プーチンの国

ある地方都市に暮らす人々の記録

Anne Garrels
アン・ギャレルズ

築地誠子[訳]

原書房

Putin Country:
A Journey into the Real Russia

プーチンの国　ある地方都市に暮らす人々の記録

目次

［……］および段落外の＊は訳者による注記である。

1990		ゴルバチョフ、ソ連の初代大統領就任
1991		保守派のクーデターによりソ連共産党解体。独立国家共同体（CIS）誕生。ソ連消滅。エリツィン（ロシア共和国大統領）がロシア連邦初代大統領に就任
1992		市場経済導入。国営企業の民営化。国際通貨基金（IMF）に加盟
1993	著者が初めてチェリャビンスク市を訪れる	ロシア連邦憲法制定
1994	閉鎖都市、オジョルスク市とスネジンスク市が国内外の地図に初めて載る	第一次チェチェン紛争
1998		ロシア財政危機。対外債務の不履行（デフォルト）
2000		プーチンが大統領に就任
2004		プーチン大統領が二期目就任
2000年代半ば	チェリャビンスクも消費ブームに沸く	
2005		対 IMF 債務を完済。石油、天然ガス価格の高騰で、ロシア経済急成長
2007		世界金融危機、始まる
2008		メドヴェージェフが大統領に就任。プーチンは首相に
2011		下院選挙の不正に対する大規模な反政府デモがモスクワで起こる
2012	著者、チェリャビンスク市に数か月滞在し、本書執筆開始。コペイスクの第六刑務所で非暴力抗議運動	プーチン大統領が三期目就任。メドヴェージェフは首相に
2013	隕石落下	
2014	州知事選	ソチ五輪。クリミア併合。ウクライナ東部紛争。西側諸国による経済制裁が始まる
2015	著者のチェリャビンスク取材終了	ネムツォフ暗殺事件。石油価格暴落で、ロシア経済悪化
2016	本書（原書）刊行	

関連年表（翻訳者作成）

	チェリャビンスクの歴史	ロシアの歴史
18世紀半ば	ロシア帝国軍、現在のチェリャビンスク市に要塞建設	
19世紀	ロシアと中国を結ぶ貿易中継地となり、発展	
19世紀後半	シベリア鉄道の中心駅となり、繁栄。人口が十倍に	
1914		第一次世界大戦にロシア帝国参戦
1917		ロシア革命が起こり、ソビエト政権樹立
20世紀前半	ロシア革命とそれに続く内戦により、衰退	
1924		レーニン死去。スターリンが台頭
1930年代前半	石炭と鉱物資源が豊富な同州が重工業地帯に選ばれ、冶金化学工場、トラクター・戦車工場建設	
1937		スターリンの粛清がピークを迎える
1941	チェリャビンスク市は「タンコグラード（戦車の町）」と呼ばれるようになる	独ソ戦勃発
1945	チェリャビンスク州が核兵器開発計画の建設予定地に選ばれる	独ソ戦勝利。第二次世界大戦終結。米ソ冷戦の始まり
1948	ソ連初の原子炉稼働。テチャ川への放射性廃棄物大量投棄開始	
1953		スターリン死去。フルシチョフが最高指導者に
1956		フルシチョフのスターリン批判
1957	マヤークの放射性廃棄物貯蔵タンクの爆発事故	
1964		フルシチョフ失脚。ブレジネフが最高指導者に
1979		ソ連軍、アフガニスタン侵攻
1985		ゴルバチョフ、書記長就任。ペレストロイカが始まる
1986		チェルノブイリ原発事故
1980年代後半	反核運動の高まりで、被爆者の補償問題をめぐる訴訟が続出	
1989	粛清の犠牲者の遺体が大量に発見される	

ヴィントへ

変わらぬ愛をこめて

第1章 カオス

隕石落下

二〇一三年の真冬の朝――九時すぎのことだ。ロシアのチェリャビンスク市［ウラル山脈東麓にあるチェリャビンスク州の州都］の人々は、空を横切る隕石雲に目がくらんだ。それは遅い夜明けの空を明るく照らし、長い煙の跡のようなものを残しながら地平線に弧を描いた。国立高等学校第三十一番リツェイの生徒たちは教室の窓に顔を押しつけて、「見たこともない光」をじっと見つめた。数分後、大きな爆発が起こった。頑丈な窓は震えるだけですんだが、町中の窓ガラスやテレビ画面は粉々に砕け、破片が飛んだ。車の窓ガラスも砕けて警報装置が鳴り響いた。亜鉛工場の屋根が一部倒壊した。降り注ぐガラスの破片や瓦礫でおよそ千二百人が負傷したが、幸いなことに、一名の死者も出なかった。

インターネット上にはあっという間に驚くべき映像が次々と現れた。車のダッシュボードに設置されたカメラで録画された映像だ。本来なら、この地域で頻発する交通事故を録画し、保険金請求に役立てるために取り付けられたものだ。今回カメラがとらえたものは、直径十八メートルの隕石が地球に接近する姿だった。隕石は事前に観測されることなく、時速約六万八千キロメートル、秒速約十九キロメートルで地球に接近し、チェリャビンスク州上空の高度四十五キロメートルで爆発し始め、TNT換算［爆発などで放出されるエネルギーを等エネルギー量のトリニトロトルエン（TNT）の質量に換算する方法］で約五百キロトンのエネルギー（広島に投下された原爆の三十倍のエネルギー）が発生した。最高時には、その火球は太陽光線の三十倍の明るさであった。ロシアの科学者によれば、これはロシア帝国時代の一九〇八年にシベリアのツングースカ川に落下した隕石以降、最大のものという。

隕石の破片はこの地方一帯に降り注ぎ、最大のものは、チェリャビンスク市から車で二時間ほどのところにあるチェバルクリ湖の厚い氷に巨大な丸い穴を開けた。ただし湖では爆発音はなく、ただ閃光があっただけだった。近くのロシア正教会の教会では、信者たちはそのまま礼拝を続けていた。凍結した湖で魚釣りをしながらうとうとしていた人たちはびしょ濡れになって夢から覚めたが、落下した謎の物体はすぐに湖底に消えてしまい、そこにはぽっかりと開いた穴があるだけだった。

八か月後にダイバーが湖から五百キログラムの隕石を回収したが、引っ張り上げるときに三つに割れてしまった。そのうちの最大のものが、チェリャビンスクの博物館で展示され、アクリルドームの中におとなしく収まっている。ウラル山脈原産の緑色のクジャク石や紫色のチャロ石といった鮮やかな石と比べると、その隕石はくすんだ色の塊であり、いくつもの穴があいている。隕石の溶融物質が、その驚くべき旅の間に少しずつ削られてできた穴だ。

迷信深い人や信心深い人は、この椿事に何か意味を見出そうとした。ウラジーミル・プーチン大統領に指名された州知事［プーチン政権になってから州知事は任命制。後に公選制］は長いこと汚職疑惑の渦中にいたが、彼の罪ゆえにチェリャビンスクが警告を受けたのだと噂する者もいた。いずれにせよ衆目の一致するところは、モスクワから東へ千六百キロのところにある埃っぽい工業地帯であるチェリャビンスク州が、またしても人々の耳目を集めたという事実だった。もっとも、今回は人災ではない。というのは、この州はすでに二回も「世界で最も汚染された場所」とされた過去があったのである。工場からの煤煙による大気汚染と、秘匿されていた核施設の爆発事故だ。人々は次から次へと起こる不名誉な人災にじっと耐えてきたのだが、今回の天災に関しては、ある種の誇りと畏怖の念を抱いて眺めることになった。「隕石」にちなんだ商売を始める者が現れ、しばらく繁盛した。地元のチョコレート工場は、隕石を真似たチョコレートの豪華な詰め合わせセットを売り出した。

第二の故郷チェリャビンスク

チェリャビンスク州は、一九九三年（ソ連邦崩壊から二年後）からずっと私のアンテナに引っかかっていた地方だった。当時、新たに独立したロシア連邦は、生き残りをかけて必死に闘っていた。私は旧ソヴィエト連邦と新生ロシア連邦の両方でジャーナリストとして多くの仕事に携わってきたが、一九九三年当時はアメリカの公共ラジオネットワークNPR（ナショナル・パブリック・ラジオ）のモスクワ特派員だった。

ただしロシア人なら誰でも言うように、「モスクワは真のロシアではない」。一九九〇年代にはロシア一裕福でエネルギッシュなこの都市は、どこよりも先頭を走っていた。首都であるモスクワは、政治はもちろん、金融、商業、文化、娯楽の中心である。ワシントンとニューヨークとシカゴとロサンゼルスがひとつになったような町だ。しかしほとんどのロシア国民は——多様な民族グループも含め——モスクワ以外の場所で暮らしている。広大な国土に散らばって住んでいる彼らは、モスクワという巨大都市を賞賛すると同時に嫌悪している。だから私は、モスクワの環状道路から遠く離れた場所を探す必要があると思った。そこでなら、新生ロシアの国民がこの政治的、民族的、社会的、経済的な激震後の瓦礫の中を恐る恐る進むようすを追うことができるだろう。

私はひとつの地方を集中取材することにし、いくつもの都市や地方を検討したがこれというものに出会わず、とうとう運を天に任せることにした。ダーツがなかったので、私はオフィスの壁に貼ったロシアの大地図に向かって尖った鉛筆を投げた。鉛筆は地図の中央付近に当たり、ある地方に小さな裂け目ができた。そこは多くの地方同様、長いこと外国人は立ち入り禁止だったが、最近になってようやく開放された地方だった。

どこに当たろうと取材に行くと決めていた。私とチェリャビンスクという名の都市、および同名の州との深い関係は、このように始まった。それ以来、私は定期的にチェリャビンスクを訪れ、いつしか第二の故郷にもなっていった。

チェリャビンスク州はウラル山脈の南端に位置し、面積はオーストリアと同じくらいあるが、人口はわずか三百万人だ。ところで、ウラル山脈の「山脈」という言葉は、実態とは多少異なる。長い年月の間に削り取られ、「山脈」は今や単なる「なだらかな丘」にすぎない。とは言え、だがロシアの国土を東側のシベリアと西側の「ヨーロッパ」部分に分ける境界線の役目は十分に果たしている。

モスクワからも、そして太平洋からも遠いチェリャビンスク州に住む人々は、そこがいわゆる「ロシアの屋台骨」であることを誇りに思っている。この地方は鉱物と石炭が豊富で、森と草原と湖に恵まれている。彼らは戦時も平時もロシアを支えてきたと自負しているが、彼らが払った犠牲は膨大であり、この地方には歴史の傷跡がいまだに生々しく残っている。

この構図は現在も変わらない。二〇一一年から二〇一二年にかけて、モスクワの中産階級が不正選挙、汚職、不正行為に抗議するために街頭デモを繰り広げたとき、モスクワ以外の都市や地方はほとんど沈黙したままだった。モスクワの外国特派員たちはしきりに首都のデモを報道したものの、ロシアのハートランドのことは無視した。あの時代に西側メディアの記事ばかりを読んでいたら、ロシアではすぐにも暴動が起こりかねないと思ったことだろう。

地方に対するこうした外国メディアの無関心ぶりは、チェリャビンスク州のことを追い続ける私の気持ちをさらに強くした。ロシアのほとんどの地方がそうであるように、そこは「プーチンの国」だった。そして、本書を書くにつれてそう思う気持ちはますます強くなっていった――その理由は多岐にわたり、ひどく入り組んでいるのだが。

ソ連崩壊後の、生活水準の低下した無法の混乱状態の一九九〇年代のことを、ほとんどのロシア人はいわゆる「無政府状態」として悲しげに記憶している。彼らは生活の安定と国民としての誇りを熱望していた。そして、それをもたらしてくれたのはプーチン大統領だと信じている。同時に、ロシアは自分たちの愛と敬意を捧げるに足る国であるという夢を見ている。彼らの多くは西側諸国に憤りを感じ、偽善的で傲慢だと非難している。現状維持以外の選択肢を視野に入れている者はほとんどいない（正確には、しぶしぶながらも満足しているというところだ）。反政府派がいないわけではないが、ばらばらで、生気を欠き、畏縮させられている。

一九九三年に私が初めてチェリャビンスクを訪れたとき、そこは気が滅入るような場所だった。モスクワで何か変化が起こるたびに、人々は一喜一憂していた。チェリャビンスク州は、一九三〇年代後半から「秘密」の軍需産業施設があったために外国人は立ち入り禁止だった。国営あるいは国の管理下にあった巨大施設は、かつては従業員一万人を擁していたが、突如出現した市場経済社会に右往左往するロシアの一施設にすぎなくなってしまった。そう、チェリャビンスクはいきなり世界に放り出されたのだ。国からの補助金はなくなり、「競争力をつける」ために必要な組織も命令系統もない工場には、大改革や投資が必要となった。国内の混乱と資本不足を考えれば、西側諸国からの「投資」しか選択肢はなかったが、彼らはそれについて何の知識もなかった。「利益」や「倒産」といった言葉が新たな流行語になり、実際、そうした言葉や概念がロシアを支配しようとしていたが、チェリャビンスクはロシアの多くの地方同様、何の準備もしていなかった。

チェリャビンスク市を訪れた外国人は私がほぼ初めてだった。市の役人は外国人の「受け入れ」施設がないことに当惑していた。ここには、インツーリストのみすぼらしくて値段ばかり高いホテルさえなかったのである(「インツーリスト」はソ連時代の開放都市で外国人旅行客の旅行業務を唯一担当していた旅行会社だ)。ひとつだけホテルはあったが話にもならない代物で、暖房は効かず、水もきちんとでなかった。市の幹部が、共産党のゲストハウスだった建物に宿泊してくれと申し出てきた。ややましだったが、ベッドはロシアの標準的な狭いシングルサイズで、壁紙は剥がれていた。ピンクのカーテンはナイロン製、ソ連特有の消毒剤とタバコの匂いが部屋に漂っていた(それはロシア中にいまだ充満していた匂いでもあった）。

すでにモスクワには新しいレストランやカジノがオープンしていたが、チェリャビンスク市にはなかった。会員制クラブがいくつか営業を開始していたものの、来るのは現金を持っている少数の人々のみ。看板などなかったから、場所を知らない人にはクラブの存在すらわからない。常連客は決まって黒のスーツに黒のネクタイ姿の男たちだ。侍らせていた美しい女たちは一言もしゃべらない。二流のギャング映画から飛び出してきたかのような彼らは、「マフィア」として知られていた。「マフィア」は、新しい犯罪組織にふさわしい呼び方としてすぐに広まった。彼らは町中でいわゆる「みかじめ料」を取り立て、さまざまな店や、少しずつ誕生し始めた民間企業や残っていた工場をゆすった。無力な警察署長は、部下が彼らにやられっ放しになっていたり、裏をかかれていたり、あるいは彼らに加担していることを認めざるをえなかった。

チェリャビンスク市の空は刺激性の煙で覆われてはいなかったが――私は大気汚染について注意を受けていた――、澄んだ空は安堵と同時に脅威ももたらした。ここの住人のほぼ全員が依存している製鉄工場、化学工場、軍需工場が操業停止していることを意味するからだ。労働者への給与は未払いとなるか、あるいは勤務する工場が物々交換（バーター取引）で受け取ったガラス製花瓶や工業用パイプといった奇妙な品物を現物支給された。数千人の従業員を抱える軍需工場の多くはソ連軍に粗悪でコストばかりかかる製品を納入していたが、軍それ自体がほぼ崩壊してしまったので、工場長たちは売り払えそうなものはすべて――ほとんどの場合、自分のために――盗んだ。

ソ連時代の標準から言っても劣悪な環境で暮らしていた鉱山労働者は、ストライキをほのめかした。食料は不病院は必要な品物が不足し、断続的に送られてくる西側諸国からの支援物資が頼りだった。

足し、人々は椅子やベッドやソファーの下にやっと手に入れたものをしまいこんだ。栽培したり、瓶詰にしたり、物乞いしたり、物々交換したり、盗んだりしたものだ。

一九九一年から九五年にかけて、ロシアの国内総生産（GDP）は三十四パーセントも低下した。この落ち込み方は大恐慌時代のアメリカよりも悪く、チェリャビンスクのような都市にとっては大打撃だった。市長は失業の急増、社会不安、財政危機を恐れた。そんなことにでもなれば、すべての市民が暗くて寒い冬を過ごさなければならない。最悪の事態は免れたが、それはたまたまうまくいったにすぎなかった。チェリャビンスクでは冬場の気温は例年マイナス十八度以下になるが、一九九三年は暖冬だったため市の光熱費を劇的に減らすことができ、それを生活保護費にまわすことができたからだ。給料をきちんと支払えなくても従業員を解雇するな、と工場は命じられた。

カオス

多くのロシアの都市と同様に、チェリャビンスク市も、経営難に陥っている工場を中心に組織されていた。そうした工場は、あらゆる点で自足したミニ都市のようなものだった。おんぼろとはいえ工場所有のアパートが建ち並び、病院も診療所も保育園も揃っていた。問題は、そうした福利厚生の施設は市に丸投げされたものの、市のほうでもどう対処すべきかわからなかったことだ。市はアパートの住人に、そのまま所有してよろしいと告げた。その結果、アパートの所有者になれた幸運な人たちがどっと出現した。が、アパートを所有するということが何を意味するのか、当時ほとんどの人が――犯罪に手を染めている人たちを除いて――理解していなかった。信用取引と住宅ローンが存在しない社会には不動産市場は成立しない。ただし、大金を稼いでいる連中は別だ。まず、ギャングが年寄りを食い物にした。だまし、あるいは殺し、彼らの一部屋しかないアパートを次々と手に入れていった。そうこうしているうちに、国は順番待ちをしていた人々にアパートを提供しなくなった。狭い家で何世代もの家族と一緒に暮らしていた若者は、途方に暮れた。

一方、少数の人々にとっては、一九八〇年代後半から一九九〇年代は、新事実が暴露され、好ましい変化が起きた黄金時代だった。新しい時代は、金儲けと新旧の不正を糾すチャンスを与えてくれた。かつては狭いキッチンでしか議論できなかったことが白昼堂々と話せるようになった。人に会えば、「最近何を読んだ?」と挨拶代わりに聞けるようになった。もっとも、ティーンエイジャーの若者たちは一気に出まわったスターリン時代の回想録には早々と飽きてしまい、店で山積みにされていた海賊版のDVDに夢中になった。外国のテレビ番組が解禁となり、メキシコのメロドラマやイギリスの刑事ものが人気だった。テレビ番組『ブズグリャード(見解)』が放送される金曜の夜は町から人の姿が消え、最新のロシアの政治を批判的に扱ったこの番組に皆チャンネルを合わせた。あらゆる人を笑い者にする『パペット(操り人形)』という風刺のきいた番組もあった。最初の数年間というもの、人々は議論やおしゃべりに酔いしれたが、やがて多くの人が、新しく手に入れた自由はよろこばしいと同時に精神的ストレスにもなることを理解していった。彼らが熟知し、依拠していたすべてのものが消えようとしていたからである。

一九九九年末、足元がふらつき泥酔したボリス・エリツィンがついに大統領職を辞任した頃、国民のあいだでエリツィンと欧米支持派の顧問からなる彼の側近がいかに嫌われていたかを十分に理解している欧米人は、ほとんどいなかった。今日でもそうだ。アメリカに恋した「西側諸国との蜜月時代」がすぎ、希望通りに事が進まないとわかると、多くのロシア人は捨てられた恋人に苦い思いと怒りを抱いた。

西側諸国とエリツィンの仲間は、民営化は必要なことであり、国の資産運用はその仕事を任せられるような者に委ねたいと主張したが、多くのロシア人が目にしたのは、排他的で謎だらけの競売やインサイダー取引、詐欺行為、路上で堂々と行なわれる犯罪、「オリガルヒ」という特権的な金持ちグループの台頭だけだった。オリガルヒの多くは、共産党の隠し財産で経済力をつけたと言われている。一方、労働者が得たものといえば、わずかな民営化小切手（バウチャー）、つまり民営化された国営企業の株だけである。彼らは家族を養うことに必死だったので、たいていの人がすぐに株を二束三文で売ってしまった。買ったのは、あの時代になぜか現金を持っていた人々である。

金がモスクワに集中し、モスクワの通りが外国車であふれていた頃、チェリャビンスク市の轍のできた道路は交通渋滞とは無縁で、おもな交通手段である錆ついた国産車のジグリやボルガばかりが走っていた。青空市場が国営店に取って代わり、防寒対策にめいっぱい着込んだ市民が、小銭を稼げそうなもの――手製の服、安くて無税の中国やトルコからの輸入品、どこで手に入れたのかわからない建材を売っていた。ハイパーインフレのため、人々は稼いだルーブルを外貨両替所（すでにあちこちにでき、十数か所もあった）に持っていっては、両替したドルをベッドの下に隠した。誰もがドルの為替レートを毎日チェックし、なけなしのお金を守るために為替投資に精通するようになった。だが、人々はそうした暮らしに疲れ果て、やる気をなくしていた。

チェリャビンスクの大多数の人にとっても、ロシアの他の地方の人たちにとっても、民主主義と「改革」は、飢え、犯罪、社会福祉の急激な悪化と同義になりつつあった。当時、最もお金になるのは、金属補強したアパートの扉と三重の鍵を取り付ける仕事だった。増え続ける泥棒や暴力から財産を守るためだ。

チェリャビンスクの人々は西側諸国に愛されているエリツィン大統領に幻滅し、一九九六年の州知事選ではエリツィンの息のかかった候補者を落選させ、昔かたぎの共産党員を当選させた。エリツィンは新しい民主主義が根付いたと大言壮語し、ワシントンからおほめの言葉を頂戴していたにもかかわらず、この公正な選挙結果を認めず、落選した候補者を知事にした。しばらくの間ふたりの知事が張り合い、まったく混乱した状況が続いたが、最終的には元共産党幹部が勝者となった。

一九九八年、ロシア政府は対外債務の不履行（デフォルト）を宣言した。時代遅れの設備と人員過剰の工場に相変わらず依存していたチェリャビンスクは、再び大打撃を受けた。またもや仕事と貯金を失った人々は、「まだ耐えろというのか？」と不満を口にした。

旧ソヴィエト連邦の諸共和国や東ヨーロッパの旧衛星国は、独立と新たなアイデンティティに酔いしれているように見えた。彼らはソ連に長いこと苦しめられた犠牲者を演じた。ソ連の歴史について非難されるべきなのは――共犯者は大勢いたにもかかわらず――まるでロシア人だけであるかのようだった。あるいは、そう感じさせられた。ロシア人は、ヨーロッパ連合（ＥＵ）とＮＡＴＯがかつての同盟国を口説き始めたのをじっと見ていた。西側諸国はロシアを、負け犬――無視されたり、餌食にされたりする――のように扱っているとしか思えなかった。

プーチン登場

一九九九年大晦日、おかしな言動を繰り返すボリス・エリツィン大統領が突然辞任し、あまり知られていないウラジーミル・プーチンを後継者に指名すると、多くのロシア人はほっと胸をなで下ろした。元KGB（旧ソ連の国家保安委員会）出身の、健康的で歯切れのよいプーチンは、膨れ上がる国民の怒りをただちに利用した。十年にわたる大混乱と屈辱、ソ連時代の超大国としての地位への郷愁が、ロシア人の心理に何をもたらしたかを彼は熟知していた。まず、ロシア南部のチェチェン独立派武装勢力――ロシア軍を相手に膠着状態になっていた――を完膚なきまで叩きつぶした。そしてKGB時代の旧友たちを集め、法執行機関を利用してライバルを蹴落としていった。また、野党の大半を政党として登録できないようにし、言いなりになる偽の野党を作るというエリツィンのゲーム――かつてアメリカによって黙認された――を続行した。さらに、州知事の公選制を廃止してクレムリン（大統領府）による任命制にした。

ほとんどのロシア人は不平を言わなかった。原油、天然ガス、原材料の高騰でいきなり潤ったからだ。給料が支払われ、社会福祉制度が改善され、年金が増えた。法外な利率ではあったが、住宅ローンがついに利用できるようになった。インフレが鎮静化され、個人消費が急増した。こうしたことすべてへの代価――自由の制限と汚職の蔓延――を、たいていのロシア人はよろこんで支払っているように見えた。国の過去の罪を公の場で洗い清めるというグラスノスチ（情報公開）に、多くの人はもう疲れ果て、うんざりしていたので、プーチンがロシアの主要なテレビ局を監視下に置き、少数の独立系メディア――ロシア国民に正確な情報を提供しようと格闘していた――を脅しても、ただおとなしく傍観するだけだった。

この時期、私は一年に一回のペースでチェリャビンスク市を訪れるようにしていたが、イラクなどでの取材の仕事があったので、毎回、短期間の訪問しかできなかった。だが二〇一二年にNPRを退職してからは、チェリャビンスク市で数か月過ごせるようになった。それは最高のタイミングだった。プーチン大統領の安定の時代はピークを迎え、まったく新しい問題がロシアに突きつけられようとしていたからである。

第2章 安定

チェリャビンスク市キーロフカ通り

二〇一二年秋。プーチン大統領が権力の座についてから十年有余の歳月が流れていた。ロシア経済はプーチン政権下で十倍近く成長した。消費ブームを作り出し、中産階級を誕生させた。実質所得は増加し、全国の貧困者の割合と失業率は半減した。

チェリャビンスク市と世界一物価の高い町であるモスクワを間違える人はいないだろうが、市の中心地のみに限ればモスクワにもひけをとらない。初雪が降る前の快晴の朝、私はチェリャビンスク市の中心地を散歩した。昔はさびれていたこの地区は、石畳の歩道になった途端に様変わりした。それを手掛けたのは前市長だが、彼はその敷石を自分の工場で製造し、市に売って大儲けした。明白な利益相反行為だが、おかげで彼はいま贅沢な暮らしをしている。それどころか、前市長の不正の記録にはさらに恥ずべき行為と大規模な改修工事などが付け加えられた。

改修された市の中心地は、人気のスポットになった。石畳の通りにあった革命前のファサードは改修され、今では高級ブランド店やレストランやバーが立ち並ぶ。このキーロフカ通りは、モスクワの有名なアルバート通りを真似したものだという。風変わりな銅像が十以上も建てられた。ミュージシャンの銅像はそれぞれ楽器を抱えて微動だにしないが、その横でブランドもののジーンズをはいた若者たちがビール片手に小銭稼ぎの大道芸をしている（大した額にはなるまいが）。石の馬車に乗り込んではしゃいでいる子供たちとその両親は、よく見かける外国製のスマートフォンで自撮りをしていた。お椀を差し出している乞食の像に通行人が幸運を祈って小銭を投げ入れると、ぼろをきた酔っ払いが素早く回収していく。迷信深いロシア人は、石畳に埋め込まれた十二星座の上に立ち、願い事をしながら小銭を投げる。星占いと霊能者を信じている同じロシア人が、今や十字架を身につけ、教会に立ち寄ってお気に入りの聖人にわが身の加護を祈る。

ロシア正教会はその権力の拡大と保守的傾向の高まりにより、長いこと没収されていた財産を取り返しつつあり、いたるところで教会が改修中か新築中だ。自己防衛的なナショナリズムと西側のものを何でも欲しがる風潮とのあいだの矛盾は、ますます深まっている。この町に住む私の友人たちはロシア人のアイデンティティの復活について前向きに話そうとするのだが、自分が何を言いたいのか説明するのに四苦八苦している。国営メディアは反米的な題材をますます取り上げる一方で、店舗やレストランの名前はどれも外国の名前であり、それが品質とサービスの保証になっていた。

外国語は何世紀にもわたってロシア語に取り入れられてきたが、今やその数は爆発的である。その中には「ブラウザ」「アップグレード」「プロバイダ」「ハッカー」「チャット」といったコンピュータ用語と、「Eメール」で使われる「ニコニコマーク」も含まれている。また株式市場も「コール市場」「ブローカー」「ボーナス」といった言葉であふれている。英単語は日常会話に入り込んでいて、「クール」なロシア人は今や「ショッピング」に行くといった具合だ。彼らは「リアルター」［不動産業者］を通してマンションを購入するが、「レセプショニスト」に来意を告げ、「マネージャー」と面会してから「プライスリスト」で検討する。ロシア人は「ガールフレンド」のために「ディーラー」から車を購入する。キリル文字で表記された英単語の多さにも驚かされる。レストランは「ビジネスランチ」の客を集めるために「クレイジーメニュー」を提供する、といった感じだ。ニューリッチ（新富裕層）は、「タウンハウス」か「コテージ」に住んでいるが、これは新しいミニ豪邸を表す言葉だ。こうしたことすべてが、ロシア下院［下院議員のみ公選］のポピュリストたちを激怒させるが、新たに加わった言葉「オー・マイ・ゴッド」の流入を阻止することはできなかった。

キーロフカ通りを歩いていると巨大なプラスチック製のアイスクリームソーダが目に飛び込んできて、「プリティ・ベティ」に入りたくなる。ここはアメリカの食堂を真似た店で、ウエイトレスは一九五〇年代風の鮮やかな黄色のドレスを着て、ボビーソックスとスニーカーをはくという念の入れようだ。人気メニューはもちろん「ハンバーガー」と「シェイク」だ。数軒先の、さらに洗練された「ウォールストリート・カフェ」は若いエリートたちでいっぱいで、カプチーノやシングルモルトも注文できる。近くには「ベネツィア」「バジーリオ」「デジャヴ」「アヴィニョン」といった店名の高級レストランがあり、「タイタニック」に至っては不運な客船そっくりのインテリアだ。日本料理店と中華料理店の店名は太字の英語で書かれてあり、手頃な値段で食べられるせいか大流行で、「本日の寿司」が食べられる。

「ローマ」「OKカラオケ」「ミート・ポイント」は、おしゃれな服装をした夜更かしの連中であふれ返っている数少ない「クラブ」だ。レストランとバーのある「マックィーン」の舞台では、「プリティ・ウーマン」を一曲目に持ってきたバンドが完璧な英語で歌った。ジーンズとTシャツ姿の四人のメンバーは欧米のバンドと見分けがつかない。だが演奏後に英語で話しかけるとまったく通じず、すぐにロシア語に切り替えなければならなかった。彼らの英語のレベルは歌詞止まりなのだ。曲目はもっぱらイギリスとアメリカのロックで、地元では一番人気のバンドのひとつだという。彼らは工場の年中行事——「警察の日」「冶金の日」「戦車の日」を祝うために定期的に雇われるが、お金をたっぷり稼げるのは、不動産業や建設業で財を成した「ニューリッチ」の結婚式と誕生パーティーに呼ばれたときだ。彼らの話では、ニューリッチは「より洗練されてきた」そうだ。また、荒々しく混沌とした時代に着ていたような品のない派手な服装にお金をかけるのは、もはや流行遅れだとも言う。九〇年代特有の、人目を引くギャングのような黒いシャツは、ラルフ・ローレンのシャツに取って代わられた。

高級ブランドのシャネル、マックスマーラ、エスカーダから、H&Mのようなお手頃価格のチェーン店に至るまで、アパレルショップはおしゃれなロシア人女性に欧米の服を売っている。彼女たちは十分に長い脚をさらに長くみせようと、十センチのハイヒールをはいて石畳の道を難なく歩く。新しい世代のロシア人女性は最高のメイクアップをし、最高の美容院、スパ、フィットネスクラブ（カーブスもある）に行くことができる。言うまでもないが、美容整形も可能だ。かつてのバブーシュカ（スカーフ）の時代とは隔世の感がある。

昔のロシアは「モスクワの夕べ」という甘ったるい香水の香りに満ちていたものだが、今や店の棚はどれを選べばいいのかわからないほど大量の香水であふれている。こんな話がある。ある店で若者が女性店員にアドバイスを求めた。彼女は新製品の香水を勧めた。「あなたはこれを使いたいと思いますか？」と彼は「きみ（トゥイ）」ではなく「あなた（ヴィ）」というロシア語の丁寧語を使って尋ねた。「本当のことを言ってください」。彼女は「いいえ」と答えた。「あなたが好きな香水はどれですか？」と彼は尋ねた。彼女は一瞬考えた後、棚に駆け寄り、ある香水を持ってきた。彼は「それではこれをお願いします」と言った。数分後、若者はプレゼント用の包装紙に包んだ香水を手に、店に戻ってきた。彼はそれを先ほどの女性店員に渡した。「あなたへのプレゼントです」。店にいた買い物客は微笑みながら、ふたりの邪魔にならないように遠巻きにして見ていた。

キーロフカ通りには旅行代理店があちこちにあり、エジプト、トルコ、タイ、ドバイ向けの格安旅行で繁盛している。こうしたリゾート地は、太陽と気晴らしを求める大勢のスラヴ人旅行客をもてなすのに慣れている。そこにも飽きた人たちは南アメリカに注目し始めている。店内のマチュピチュのポスターは、さらなる冒険をしたい人たちをターゲットにしたものだ。不動産業者は、富裕層向けにスペインとマイアミのマンション販売に力を入れている。

チェリャビンスク市にはつい最近までまともなホテルは一軒もなかったが、今では多くのホテルが立ち並んでいる。地元の人が建てたホテルもあれば、ホリデイ・インやラディソンのようなアメリカやヨーロッパ資本のホテルもある。こうしたホテルの宿泊客は、ロシア人や外国人の投資家、古い産業を生まれ変わらせるためにやって来た西側諸国の経営コンサルタント、市のホッケーチームや柔道の花形選手と試合をするためにやって来たスポーツチームなどだ。「グランドホテル」という名にふさわしい町一番華美なホテルは、一九二〇年代のアメリカの栄光――チェリャビンスクは一度も味わったことがないが――を模した大理石の床やビロードのカーテンと飾り房で過剰に装飾されている。しかしどのホテルにもひとつだけ共通点がある。ホテルのオーナーあるいは共同経営者は、政府の人間か、彼らと強力なコネのある人間である。つい最近まで国有地だった土地を入手するには闇取引が必要だ。競売とは名ばかりで、しかるべきコネがないと入手できない。これがロシア式「起業」である。必要なコネを失わないためには賄賂を渡し続けなければならない。そしてコネをたどっていけば――最終的にはウラジーミル・プーチンに行きつく。

快晴の晩秋の日にチェリャビンスクの町を歩いていると、中央郵便局のすぐ近くの広場でたむろしている暴走族を見かけた。革のジャンパーを着て、ヤマハやハーレーダビッドソンの高価なバイクを愛おしそうに撫でまわしている。五十代半ばのオレグ・アレイヒンは、そのグループの中ではかなりの年長者で、バイクの腕もよかった。彼は、市役所の幹部が親戚だから裏ルートの不動産取引で金儲けができるんだと簡単に認め、「ひと乗りしないか」と言った。こんなチャンスを逃す手はない。不正行為に加担している本人と話せる機会などめったにない。私はバイクの後ろに乗った。バイクはガーリン公園のずっと奥まったところにあるレストランに猛スピードで向かった。そこではオレグは明らかに常連客だった。彼は私に、友人でありビジネスパートナーでもあるアンドレイと、ポリーナとヴィーカというティーンエイジャーの女の子を紹介してくれた。彼女たちはアメリカ人の私に会っても、はしゃいだりしなかった。

オレグは彼女たちの「問題」を解決する手助けをしていると言ったが、それが何なのかは教えてくれなかった。オレグがウォツカを数杯飲んでいる間、彼女たちは長い髪と首にかけたロシア正教の十字架をいじりながら、携帯電話のロシア版フェイスブックでだるそうにメールを送ったりチェックしたりしていた。なんとか聞き出した話を総合すると、それぞれの両親は離婚し、彼女たちは――まだ十六歳だというのに――彼氏と一緒に暮らしながらこの町の有名進学校に通っているそうだ。それからオレグと娘たちは消えた。三人はレストランのトイレでセックスをしているから戻って来るまでには少し時間がかかる、とアンドレイが教えてくれた。「ふたりは売春婦ではないけれど、いかれたティーンエイジャーではある」と彼は言った。いろいろと知りたかった私はアンドレイの電話番号を聞き出してから、先約を果たすためにレストランを出た。もう一度話を聞きたくて何度かアンドレイに電話をかけたが、そのたびに適当にあしらわれ、具合が悪いとか、旅行の計画があるとか、嘘までつかれた。後日、私はオレグにばったり出会い、私のホテルに立ち寄ることを承知させた。

その日オレグが乗っていたのはバイクではなく、さまざまなオプションが付いた高級輸入車だった。賄賂が効く不動産業は、親戚のおかげで明らかに順調なようだ。彼は肩をそびやかしてホテルのカフェに入っていった。大きなダイヤの指輪をはめ、高級な毛皮の帽子をかぶり、襟に毛皮のついた高級な革ジャンパーをこれ見よがしに着ていた。私がこの手の人間と会っていることに、カフェのウェイターたちは驚きを隠そうともしなかった。裕福なロシア人の大半はもう少し控えめな服装をすることを学んだというのに、オレグの格好は「ロシアン・マフィア」のままだった。

オレグは自分のビジネス活動をほのめかすようなことを語り続けたが、私が本当に欲しい情報は提供してくれなかった。彼が私の前に現れた本当の理由は、アメリカのビザの発行を拒否されたからだった。私の力でどうにかなると思ったようだ。しかし私にはそんな力はない。そう伝えると、例の親戚がどうにかしてくれるだろうと相変わらずの強気だった。恐らくオレグのコネはその親戚止まりだろうから、一握りしかいない王子様を見つけるために、彼は大勢のヒキガエルに会わなければならないだろう。

不動産取得

私がチェリャビンスクの町を歩いていると、人々は優しく接してくれる。これまでに何回も来たことがあると言うと、「道がよくなったでしょ?」とすぐに聞いてくる。たしかにその通りだが、汚職のせいで、一キロメートル当たりの建設コストは天文学的数字になってしまった。建設コストの話をすると彼らは肩をすくめ、「少なくとも今は高速道路がある」と答える。彼らは新しい公園、新しいアイスホッケー競技場、ショッピングモール、スーパーマーケットのことを話題にするので、私はほめざるをえなくなる。たしかにここのスーパーマーケットは、アメリカの私の家の近くにある「ストップ&ショップ」よりもいいとは言わないまでも、同じくらいの品揃えである。不動産市場は、二十パーセント以上の利率ではあるが住宅ローンを利用できるようになり、すでに軌道に乗っていた。アパートや村の粗末な家を所有できた人々は、自分たちの不動産が値上がりするのを見て、長い経済的混乱の後でほっとひと安心することができた。アパートの居住者として家族全員を登録しておけば、両親や祖父母は子供や孫に相続税なしでアパートを遺贈することができ、若い世代にセーフティーネットや財産を残すことができる。

市の北西部のはずれではクレーンが地平線を覆い、マンションが建ち並ぶまったく新しい地区が誕生しつつある。それは、ソ連時代から引き継いだ住宅不足問題を解消するための必死な努力と言えた。そうしたマンションは、汚らしい巨大な工場に隣接するソヴィエト式の団地、倒壊しそうな兵舎や寄宿舎、粗末な木造家屋などと比べると、はるかに立派な作りだ。「グリーンパーク」のような英語の名前がついた周辺地域には、魅力的な「タウンハウス」も新たに建ち並んでいる。こうしたミニ豪邸は、以前は銃眼や小塔までついた要塞風の建物だったが、今ではもっと洗練され、趣味も良くなっている。ロシア人が海外旅行をする時代になったのだ。建築雑誌の『アーキテクチャル・ダイジェスト』を貪るように読んで外国人建築士を雇い、あるいは外国の影響を受けたロシア人のインテリア・デザイナーを雇っても不思議ではない。

融資を受けられるようになると――今では誰もがそれに頼って生きているが――、アパートの所有者の多くは、より個性的で、より快適で、より「西洋風」の部屋に変えようとした。まず玄関の扉を防犯対策が施されたものに替え、次にペンキのはげ落ちた隙間風の通る窓を保温性の高いおしゃれな窓に交換した（窓だけでも相当な支出だ）。通りのあちこちには「イタリア製バスタイルとバスルーム用品」や「ヨーロッパ風キッチン」といった魅力的な宣伝文句が書かれた横断幕がかかっているし、車で数時間のところにあるイケアは誰もが定期的に訪れる人気の店だ。洗濯機は今やどこの家にもあるが、乾燥機はまだ贅沢品だ。アメリカ旅行をしたことのある女友だちは、濡れた洗濯物を乾燥機に投げ込むだけで乾くことに慣れてしまったので、帰国するや「水がぽたぽた落ちるシーツを居間にかけておくのは、もううんざり」と宣言し、比較的裕福だったので乾燥機を購入した。それからというもの、友人たちは彼女の家に立ち寄り、洗濯物を洗濯機で洗ってから、乾燥機――実はこれが訪問の目的だったのだが――にかけた。

起業家アルベルト・ヤラレトジノフ

消費ブームを生み、建設業の担い手となった中小企業が、チェリャビンスクのいたるところで急増した。彼らはもはや一九九〇年代の犯罪組織にゆすられることもなく、「大企業」と違って、余計な揉め事を起こさない限りは政治的圧力を受けずにすんだ。とは言え、汚職が蔓延した、効率の悪い、煩雑すぎる官僚制度は時間とお金ばかりがかかり、町の発展にとっては相変わらず深刻な障害のままだと言える。

チェリャビンスクにはどんな新しい企業があるのだろうか。私はある工場へ案内された。凍って滑りやすい小道を進んで警備員の前を通りすぎ、「チェリャビンスク・コンプレッサー工場」のさらなる一年の事業を祝う風船の束のほうに歩いていった。作業場は騒々しく、船積み用に梱包された明るいオレンジ色のコンプレッサーでいっぱいだった。

アルベルト・ライソヴィチ・ヤラレトジノフはこの工場のオーナーであり、工場長だ。彼は農業機械学の元教授だったが、一九九〇年代前半の経済危機で給料が支払われなくなった。彼は他の人と同じように、家族を養うために売れる物なら何でも売り始めた。同時に、新しいビジネスチャンスはないかと模索し始めた。一九九六年のある日のこと、新聞の告知欄が彼の目に飛び込んできた。「コンプレッサーが工場から盗まれました。情報のある方は是非お知らせください。謝礼をお支払いします」。なぜかこの記事が気になった彼は、コンプレッサーについて調べ始めた。インターネットが普及する前の時代だ。地元の図書館に足を運び、何時間もかけて調べた。そこから彼の長い旅が始まった。

コンプレッサーとは中量から大量の気体を圧縮して削岩機や掘削装置のような工具に動力を与える機械であることを彼は知った。ソヴィエト製のコンプレッサーはあるにはあるのだが、実際には今は独立したウズベキスタン共和国製のものであり、しかも製品は問題だらけであることがわかった。となれば、良質で手頃な価格の「ロシア製コンプレッサー」の需要が見込まれる。融資はどこからも得られなかったが、彼は友人数名とまずコンプレッサーの設計と製造に取りかかった。なかなかうまくいかず、改良を繰り返した。そのためには、金属スクラップや古タイヤなど、お金になりそうなものは何でも売りさばいた。やがて、機械が盗まれ、がらくたしか残っていない廃工場のひとつを手に入れた。全員で協力して掃除をし、暖房を入れ、水を引いた。

一九九八年、二年間の試行錯誤の末にヤラレトジノフのチームはコンプレッサー第一号を完成させた。その年はいわゆるロシア財政危機の年で、ロシア政府は四百億ドルの対外債務の支払いを停止し、ルーブルを切り下げた。それにより、生命綱ともいえる預金が消えてしまった人々の数は数百万にのぼった。その中には、新しい事業を始めようとしていた人たちも含まれていた。だがヤラレトジノフはじっと耐え、経済が好転した二〇〇二年についに銀行から融資を受けることができた。

現在、彼の会社は四百人の従業員を抱えるまで成長した。従業員の給料はチェリャビンスクの平均賃金を上まわり、彼らの経営者への信頼は厚い。売り上げは伸びており、ヤラレトジノフはその利益を会社に投資し続けている。五十代の寡黙な彼は、新たな富裕層を指す「新ロシア人」という言葉を嫌った。派手さとは無縁の彼は、協同組合に近い「集団農場（コルホーズ）」の成功について言及してから、一冊の本を私に手渡した。その社史には従業員たちの苦労の成果、会社の浮き沈み、会社主催のピクニックの楽しげなようすが記録されていた。「私は多くを語らない。働くだけだ」と彼は言った。

彼は礼儀正しいが、愛想がいいわけではなかった。几帳面で、やや厳格だった。政治の話はしないが、国が原油や天然ガスに依存し続け、彼の会社のような新しい事業をないがしろにしていることに苛立ちを表した。彼は職業技術専門学校の廃止を嘆き、最小限度の技術しか身に着けていない若い労働者を雇うことですら大変だと愚痴をこぼした。一九九〇年代、こうした専門学校は教員に給料を支払えなかった。工場も労働者に給料を支払えず、たとえ払えたとしてもほんのわずかだったので、有能な人間は製造業を捨てて、法律、銀行、貿易、建設などの仕事に就くようになった。

プーチンの汚職撲滅運動

私は彼に、「忠誠心を示す」ためにどれほどのことをしなければならないのかと尋ねた。「忠誠心を示す」とは、「地方自治体へ賄賂を贈る」ことを意味する婉曲的な表現であり、多くの事業主は生き残るためにそうしなければならない。「もし何か違法なものを手に入れたければ、ある程度は政治活動をしなければならないだろうが、正々堂々とやるのなら、その必要はない」と彼は答えた。「アメリカだって、そんな時代があったはずだ。われわれはうまくやっていく。心配無用」

私が粘って汚職がどれほど蔓延しているのかを尋ねると、「はかり知れない」と彼は答えた。さらに粘ると、具体的に話してくれた。彼の会社は道路建設会社、鉄道会社、石油産業業界にコンプレッサーを売っているが、どれもおおむね国に管理されている事業である。政府の役人は定期的に割り増しした偽の請求書を要求する。そうすれば差額を懐に入れることができるからだ。だが自分はそれに加わりたくないと彼は言った。そうせずに済むように、彼は仲介業者にコンプレッサーを売っているそうだ。「役人のしていることは、彼の仕事のうちなのだろう。しかし私の仕事は、品質の良いコンプレッサーを製造して適正価格で売ることだ」。長年の苦労が実り、彼のコンプレッサーに注目する外国企業が増えてきたと言う。

真の経済発展を願う人々は、ヤラレトジノフを将来の手本として引き合いに出す。そして今後は、彼のような正直な実業家は政府からの脅迫や恐喝をますます拒むようになるだろうと楽観的に考えている。しかし今のところは、ロシア人のほぼ全員がそういったことに無関心か、すでに脅かされているか、買収されているかのどれかにあてはまるように見える。

二〇一二年の公式な統計でさえ、汚職によってロシアの国家予算の三分の一が食いつぶされていると発表している。プーチン大統領が汚職撲滅運動を宣言した結果、チェリャビンスク州で副市長（助役）が逮捕されなかったのはかろうじて一市だけという事態になった。州政府の大臣の中にも汚職容疑で取り調べ中か、あるいは勾留中の者がいる。汚職撲滅運動は人々に希望を与えるはずだったが、そうはならなかった。私が取材した人たちは、プーチンの「運動」は期限付きの闘いだと考えていた。

洞察力に富むロシア専門家のアメリカ人、セレステ・ワランダーは、ロシアの汚職システムのことを「メキシカン・スタンドオフ」の拡大版だと評した。これは敵同士が互いに拳銃を向け、身動きが取れない状態をいう。拳銃にはいわゆる「コンプロマート」――「知られるとまずい情報」を意味するロシア語――が詰められている。誰もが相手の弱みをにぎっている。だからもし逮捕されて有罪になったとしたら、それはその人がこの汚職システムに入っていないか、許容範囲を超えた贈収賄をし、独り占めしたからだろう。逮捕された人間はまず口を割らないし、「検察側と取引」もしない。口を割れば事態が悪化するだけだからだ。彼らは口をつぐみ、さらにおいしい取引ができることを期待する。

また、もしもしゃべったりしたら家族に被害が及ぶことも心配している。

チェリャビンスク州の最大の課題は、近代化しそこなったソ連時代の工場という負の遺産である。数年にわたる奮闘にもかかわらず――原油や原材料価格の高騰で経済的余裕があったはずなのだが――、多くの工場はついに死にかけている。たったひとつの工場や疲弊した鉱山に依存している地方の町は、今や消滅の危機に瀕している。最も気がかりなのは、チェリャビンスク市の鉄鋼・鉱業大手「メチェル」が、深刻な問題を抱えていることだ。しかしたとえプーチンがこの問題に個人的に関わっていたとしても、彼が責められることはない。原油と天然ガスからの収入に依存しすぎてロシア経済を多様化しそこなっても、彼が責められないのと同じである。恐らくプーチンは責任逃れをするだろう。メディアは従順だし、国民は国際貿易に疎いからだ。あるいは、プーチンの代わりが務まりそうな人物を誰も思いつかないからだろう。

二〇〇八年まで、メチェルのCEOで億万長者のイーゴリ・ジュージンは、なるべく世間の注目を浴びないようにして政治から遠ざかっていた。プーチンに反抗した「オリガルヒ」の末路をよく承知していたからだ。だがプーチンは、ジュージンがあまり従順でないという報告を受けて苛立っていた。さらにプーチンの怒りを強めたのは、メチェルはコークス用炭を国内より低価格で外国に売っているという他の企業からの苦情だった。その価格は合法的な長期契約に基づいて決めたものだったが、そんなことは問題ではなかった。

プーチンはジュージンに政府の会合に出席するように要請した。ジュージンが病気を理由に出席を拒むと、プーチンはいかにも彼らしい皮肉っぽいコメントを返した。「病気なら仕方がないが、ジュージンはできるだけ早く快復したほうがいい。そうでなければ、医師を彼のもとに送って、あらゆる問題を片付けなければならないだろう」。プーチンが考える医師とは、「検察庁と連邦反独占庁」のことであるとメディアは補足した（「医師を送る」とは旧KGBで「処分する」ことを表す隠語）。

国民のジュージンへの非難とそれに続く根拠のない嫌疑（不当な低価格で販売し、ロシア経済に損害を与えた）は、効果てき面だった。メチェルの株価は暴落し、一晩で約六十億ドルも企業価値が下がった。その結果ロシア全体の株価は五パーセント下がり、二〇〇八年の世界金融危機でこの下方スパイラルはさらに悪化したが、プーチンにとって一番大事なのは、責任の所在を示すことだった。

すぐにプーチンは、ジュージンとメチェルを非難したことによって会社の株式資本が減少してしまったことを後悔していると語り、まるで反抗期の子供の話でもしているかのように、ジュージンは今や「良い子になった」と述べた。そして、このメッセージの真意がさらにはっきり伝わるように、彼は政府の言うことを注意深く聞くようにと他の大企業に警告した。

連邦移民庁への連行

私の二〇一二年のチェリャビンスク滞在は、二か月ほど経ったときにいきなり横槍が入った（私のビザの有効期限はまだ数週間残っていた）。

朝の六時半に部屋の電話が鳴り、私は無理やり起こされた。外はまだ真っ暗だった。「面会の方がいらしてます」と告げたフロント係の声は明らかに動揺していた。前の晩は遅くに就寝し、あまり眠っていない私は眠気を振り払うために頭を振りながらロビーまで降りていった。取材のために頼んでいた運転手がとんでもなく早く迎えにでも来たのだろうか。ところが私の姿を認めたフロント係は、ふたりの男のほうをちらっと見てから神経質そうに肯くしぐさをした。会ったこともない男たちだった。

彼らの正体はすぐにわかった。私はこのタイプの男たちなら何度も前に見ている。私服警官だ。私服で正体を隠そうとしているのだろうが、無駄だった。革のコートは警官の標準仕様の制服のようなものだし、うつろな表情は彼ら特有のものだった。

ふたりはバッジをさっと見せ、「質問したいことがあるから連邦移民庁に同行願いたい」と言った。今日は約束があるから一日だけ待ってほしいと言ってみたが、それは要請などではなく命令だった。「急ぎの案件だ」と彼らは答えると、それ以上は何も言わなかった。私がパジャマと大差のない服のうえにコートをひっかけたとき、フロント係の女性が――私服警官の視界から外れていた――「大丈夫ですか？」と震える声でささやき、素早くホテルの電話番号をメモ用紙に書いて私に手渡した。必要になったときに備えてメモをくれたわけだが、私が気づきたくなかったことに、彼女は敏感に気がついていたのだ。

初めのうち私は、ようやく実現した今日の取材をキャンセルしなければならないことのほうが気がかりだった。何だかんだ言っても、私は合法的なビザを持っているし、適切に登録されていた。私はチェリャビンスク市に二か月滞在して、本書の執筆に取り組んでいた。政府や自治体の役人も含めて数十人に取材し、ロシアがこの二十年間にいかに発展してきたかを工業都市チェリャビンスクを通して記録したいと説明してきた。

連邦移民庁では数時間待たされた。少しも「急ぎの案件」ではない。他の職員が出たり入ったりするなか、私の担当官は私の回答をご苦労なことに手書きで記録した。私はビザの有効期限の違反容疑で罰金を科せられていたが（これについては何の説明もなかった）、チェリャビンスクに滞在できると言われたときにはほっとした。ところが私が座っている机の前に、他の部屋から運ばれてきた書類がどんどん山積みされていった。最終的には、私は町の中央にある別の建物に車で連れていかれたが、そのビルはなんとKGBの後身である連邦保安庁（FSB）の隣にあった。

私は州の移民庁長官のもとへ連れていかれた。セルゲイ・リャザノフ大佐は、無表情な冷たく青い瞳が印象的なハンサムな長身の男性で、正装の制服を着ていた（私が後日インターネットで彼のことを調べたら、すべての写真でスーツ姿だった）。私が入室しても彼は立ち上がらず、手を差し出しても握手を拒んだ。彼の周りには男女の一団がいて、集めた書類を静かに整理していた。良くない兆候だ。何の前置きもなく、彼は私に「三日以内にチェリャビンスクを、五日以内にロシアを出るように」と命じた。私が説明を求め、この命令に不服申し立てをしたいと言うと、皮肉たっぷりの小ばかにしたような返事が返ってきた。「わが国はまだアメリカほど民主主義が発達していない。弁護士を呼ぶことはできない」。「違法なことは何もしていない」と抗議すると、彼は膨れ上がった私に関するファイルを軽く叩き、私が三十年前にABCニュースの特派員としてモスクワに初めて赴任したときのことを持ち出してきた。私に国外退去命令が出された、例の騒動についてだった。しかしそれはソ連時代の一九八二年のことだ。今とは国も違えば、時代も違う。当時、私は反体制派の活動を取材していた。そのことで私は告発され、「好ましからざる人物（ペルソナノングラータ）」としてソ連から強制的に出国させられた（スパイ容疑まではかけられなかった）。あの時代、二年以上ソ連で仕事をしているロシア語を話せるジャーナリストには強制退去はよくあることだった。しかし、新たに独立した、新しい「民主主義国家ロシア」になってからは、私は何度も入国することができたし、実際に取材もしてきた。チェリャビンスクは十回以上も訪れている。私にどんな問題があったのだろうか？　何か神経を逆なでするようなことを私はしたのだろうか？　ロシア人を突き動かすものはいったい何なのですかと問う私の取材は危険すぎる、と誰かが判断したのだろうか？　誰かが彼らに電話をしたのだろうか？　もしそうなら、いったい誰が、何のために？

私はここ十年近くの間に知り合った人たちの顔を思い浮かべた。工場労働者、店舗経営者、成功した実業家、ポン引きに売春婦、教師、医師、ソーシャルワーカー。キリスト教徒とムスリム、人権活動家と市民グループのリーダー。

ロシア人の友人たちが最初に口にした言葉は、「賄賂が欲しかっただけじゃない？」だった。だが私があの日の出来事をくわしく説明すると、友人たちは、そのようすではいつものロシア式問題解決法でもうまくいかなかったのだろうと認めたうえで、何か別の目的があるのかもしれないと言い出した。でもどんな目的があるというのか？　関係当局は、つまびらかになりつつあるチェリャビンスクの大汚職事件［第8章参照］を私に知られたくなかったのだろうか？　クレムリンが任命した知事と、これまたクレムリンが任命した州裁判所の長官とのあいだの見苦しい争い――ふたりとも相手が汚職をしていると主張していた――を気にしていたのだろうか？　ひょっとしたら私は、高まる反米運動の標的になっていたのだろうか？　あるいは、モスクワとは違い、地方当局は外国人に嗅ぎまわられるのに慣れていない、ということなのかもしれない。友人たちはさらにあれこれ考えてくれたが、彼ら自身のファイルには何と書かれているのだろうかとだんだん不安になり始めたのが、私には手に取るようにわかった。ソ連時代ならまだしも、現代のロシアでそんな心配を感じるなんて、友人たちも予測していなかったからだ。私はソ連崩壊以降とんと忘れていたこと――友人や取材者への気遣い、つまりうっかり彼らを危険な目に遭わせてしまったのではないかという恐れ――を思い出した。やがて、数日前に実名で取材に応じてくれた人たちから、匿名にしてほしいという連絡が入った。

第3章 アイデンティティ

イリーナ・コルスノワの矛盾

どうやらスパイ容疑をかけられてチェリャビンスクからの強制退去を命じられた私は、二十年近くかけたロシアの取材が終わってしまうと落ち込んでいたが、驚いたことに私は引き続きビザを取得できた。さらに驚いたのは、私の不倶戴天の敵である連邦移民庁のセルゲイ・リャザノフが「大規模」な収賄容疑で後日逮捕されたことだった。

再び私はチェリャビンスクで知り合った人たちと連絡を取り合うことができるようになった。三十代の編集者イリーナ・コルスノワもそのひとりだ。私はチェリャビンスクに戻ると、彼女のオフィスで寿司とピザを食べながら話を聞いた。光沢のある茶色のドレスに流行のロングブーツをはいた彼女は、服と同じような「高級」雑誌の編集者だ。州政府から補助金を受けているこの雑誌は、チェリャビンスクにまやかしのスポットライトを当て、投資してくれそうな人を呼び込むことを目的としている。雑誌の中のチェリャビンスクは、汚職が蔓延した評判の良くないロシアの工業都市などではなく、ベルリンのような都市に見える。ただし、この町のごく一握りの人たちに限っては雑誌に載っているような生活を送っていることは事実であり、そのひとりであるイリーナも、この町の美点だけを見ていたいのだった。ロシアはかつて世界の強国であったし、再びそうなれる――と彼女は信じている。そして、ロシアに対する西側諸国の批判は、ロシアがひざまずく姿を見たいという願望の反映にすぎないと考えている。問題は山積しているものの、資源が豊富で、広大な土地があり、有能な人間がいるロシアは、再び世界から一目置かれる国になるだろうと期待しているのである。

イリーナが話す言葉の端々には激しい防衛本能と多くの矛盾が認められる。しかし、それこそがロシア人の特徴なのだ。ロシア人は、自分が何者で、世界のどこにしっくり収まるのかを知りたがる。欧米の文化を手当たり次第に取り入れる一方で、公式の「ロシア」モデルに合わないものをめざとく見つけては拒否する。その姿勢は矛盾だらけだ。

要するに、イリーナの欧米化はあるレベルまでなのだ。西側への扉が開かれた頃、彼女の母親はその波に上手に乗って事業を成功させた。裕福な女性実業家になった母親は、娘のイリーナをスイスの一流花嫁学校に入学させた。イリーナは外国を旅行し、ヨーロッパの高級服を身に着けるようになった。成功したエンジニアと結婚すると、いかにも中流階級らしい生活を送り、息子が欧米の消費財とテクノロジーを手に入れるのをよろこんだ。ソ連時代に育った彼女には、どれも手の届かないものだった。

イリーナは欧米風の暮らしを送りながら、同時に西側諸国に反感を抱き、あからさまと言ってよいほど憎悪してもいる。誇り高きロシア人である彼女は、ロシアは世界に最善のものを与えたにもかかわらず、ほぼ何の見返りも受けていないと信じている。たとえば、日本の産業と技術の発展はソ連時代の研究に基づいていると思い込んでいるし、中国のスポーツが世界でトップクラスになったのはソ連のスポーツ技術を取り入れたからだという。彼女はソ連崩壊を残念に思い、西側諸国から入ってきた汚職のせいでロシアの最善のものが破壊されてしまったと思っている（もっとも、最初に汚職について不満を漏らしたのはロシア人のほうなのだが）。こうしたことは滑稽に聞こえるかもしれない。しかし、彼女は私がチェリャビンスクで出会った多くのロシア人たちの代弁者にすぎない。彼らは自分を責めるのにうんざりしている。自分たちの国がマフィアの支配する泥棒国家にすぎないと思われることに飽き飽きしている。また、自分たちの犯した罪を西側諸国から責め立てられるのに辟易している――とくに西側諸国の犯した罪をくわしく知るようになった今となっては。

チェリャビンスクの歴史

ロシア人は、国家のあるべき姿をしっかりと見定めていないときには、目の前の問題に冷静に対処するのではなく、すべて「外敵」のせいにしてきた。歴史を振り返ると、ロシア人は侵攻してきた外敵に対しては死力を尽くして撃退している。十八世紀のスウェーデンのカール十二世、十九世紀のナポレオン、一九四一年のドイツなど、すべてそうだ。そして今日のロシア政府と正教会と国営メディアは、「外国の影響」という漠然とした外敵を激しく非難している。この三つの強大な勢力は、「弱体化したロシアをさらに傷めつけようとするアメリカと西側諸国の陰謀」という疑念を人々の心に植えつけることをかなり成功させてきた。

世界の中で正当な地位を占めなければならないというロシア人の強い思いは、彼らの激動の歴史に根差している。それは苦悩と誇りに満ちた、議論百出するような歴史であり、チェリャビンスク市はその歴史を目の当たりにしてきた。十八世紀にチェリャビンスクに要塞が建設されたのは、ロシア皇帝の軍隊がユーラシア大陸の東側にある未踏の地、シベリアと太平洋を目指して進軍したときのことだ。帝国軍は、ムスリムの遊牧民である土着のバシキール人とタタール人から土地を収奪して建設したのだ。郷土史家のウラジーミル・ボージェは、こうした史実を丹念に記録して、ネイティブ・アメリカンに対するアメリカ西部の流血の征服史と比較している。しかし私がここで出会った人たちは、たとえ高学歴の人でさえ、土地の収奪の話は聞いたことがないと答えるか、その事実を否定する。

十九世紀にはチェリャビンスク市は貿易の中継地となり、拡大するロシア帝国と中国を結びつけた。貿易商人の二階建ての木造家屋は、町の中心地にいまもなお点在している。改修されたものもあるが、精巧な彫刻が施された手の込んだ派手な建物はほとんどが朽ち果て、屋根は陥没し、いずれ土地ごと誰かが不正入手してしまうのだろう。

帝国軍の前哨基地ができるとすぐにロシア正教会がやって来て、てっぺんにタマネギ型ドームのついた教会堂のある修道院が建てられ、無秩序に広がる町の大半を占めるようになった。この広大な修道院はやがてスターリンの側近に爆破され、跡地はがらんとした練兵場となり、今でも大きなレーニン像が建っている。

チェリャビンスク市の歴史は好況と不況の繰り返しだった。十九世紀後半になるとシベリアまで達する鉄道ができ［シベリア鉄道は一九〇四年に全線開通］、人口は七千五百人から一気に七万五千人に増えた。指定地域外に住むことは禁止されていたユダヤ商人たちが、商機を求めてチェリャビンスクにやって来た。彼らは必要とされていたので、大目に見られたのだ。一九〇五年にはシナゴーグも建てられた。しかし、革命が起こると取り壊された。

一九一七年の革命とそれに続く内戦で、チェリャビンスクの発展にブレーキがかかった。新しく誕生したソヴィエト政権によってこの地域の農作物は繰り返し没収され、飢餓が発生した。郷土史家ボージェの試算によれば、一万人がチェリャビンスク地方で餓死し、人口が大幅に減少した。宗教への弾圧はほかの地域より苛烈だった。ソ連の法律ではそれぞれの宗教は礼拝所を各コミュニティにひとつ持つことを許していたが、チェリャビンスクではロシア正教会の教会が町にひとつ残されただけだった。モスク、シナゴーグ、他のキリスト教宗派の教会はすべて閉鎖された。チェリャビンスク市の共産党指導者は、「神の存在しない町」になったと誇らしげに宣言した。

その後モスクワの政権は、石炭と鉱物資源が豊富なチェリャビンスク州を重工業地帯にしようとしたが、内戦後の人口の大幅な減少により、それに見合うだけの労働力がここには残されていなかった。一九三〇年代前半になると、冶金化学工場の拡充と新たな建設計画、さらにはスターリンの第一期五か年計画の目玉となる巨大なトラクター・戦車工場の建設計画を実現させるために、ここに労働者と専門家を集めなければならなかった。ところが連れてこられたのは監視下にある政治犯が多く、また、いわゆる富農（クラーク）くずれもいた。農業集団化により土地を没収され、投獄され、この地に追放されてきたのである。

一九四一年に独ソ戦が始まると、さらに多くの囚人がここに送られ、働かされた。今度はドイツ系ロシア人だった。彼らは何世代にもわたってこの国で生きてきたにもかかわらず、敵国のスパイになる可能性があると疑われたのだ。歴史家エレーナ・トゥロワは、一九九〇年代前半にようやく情報公開された記録を使って、ソ連時代にチェリャビンスクに送られた三万八千人のドイツ系ロシア人の姿を克明に追った。「彼らは真冬に連れてこられ、吹きさらしの空き地で降ろされた。すぐに地面を掘って半地下の小屋を作らされ、同時に冶金工場の建設をさせられた」。彼女は偶然見つけたある若者のファイルの記載内容が忘れられないと言う。そこには、一日の「ノルマ」を達成できなかったために射殺された、と記録されていた。高い死亡率は、体罰、寒さ、飢え、病気が原因だった。「死人が大勢出ると、シベリアとカザフスタンに流刑されていた者が補充要員として移送されてきた。最初は男性、次にティーンエイジャー、最後は女性が送られてきたが、母親は子供を連れてくることができず、彼らの運命は神の手に委ねられた」

ロシア政府も地元自治体も、トゥロワのこの骨の折れる綿密な調査に何の財政支援もしてくれなかった（活動資金は、外国からの資金提供が今よりも自由だった一九九〇年代から二〇〇〇年代初めにかけて、ドイツから入手していた）。トゥロワは黄ばんだスターリン時代の詳細な記録をコンピュータのデータベースに入力しているうちに、気分が悪くなることがよくあった。それは、相反するふたつの感情によるものだった。ひとつは非道な政府への恐怖。ひとつは兵器工場の建設を実現してヒトラーの軍隊を押し戻した同胞への誇りだ。彼女は新たに公開された公文書を精読していくうちに、自分自身の祖父が一九三一年に銃殺されたことを知った。記録によれば、反ソ的と思われる歌を祖父が歌っているのを聞いた者がいた。祖父は連行され、誰にも消息がわからなくなった。トゥロワの母親が祖父について決して話題にしなかったのは、「反逆罪」の容疑をかけられた祖父のせいで自分の家族がひどい目に遭わないようにするためだった。

このような秘話は、チェリャビンスクのほぼすべての家族にあったはずだ。一九九〇年代には人々がこうした非道に対して怒りをあらわにすることはよくあったが、今ではもうなくなってしまった。ロシア人はスターリンの大量虐殺には目をつぶり、彼の指導による国の発展と第二次世界大戦での勝利――それも大きな困難を乗り越えての勝利――に目を向けるようにと言われている。「目的は手段を正当化する」というメッセージであることは明らかだ。

一九八〇年代後半から一九九〇年代にかけて、粛清の犠牲者の情報を集め、彼らの名誉回復などのために活動していた有志の人々は、今は「影に怯えて暮らしている」と語った。彼らの多くは、アンドレイ・サハロフ博士の後援の下に創設された「メモリアル」――全体主義への回帰を防ぐために活動する歴史的な人権擁護団体――のメンバーである。そのメモリアルがプーチン政権によって攻撃を受けた。メモリアルの幹部によれば、「われわれの組織はプーチン主義に、そしてもちろんスターリンとソヴィエト政権は偉大な国の建設に成功したという考え方にも真っ向から反対している」からだという。メモリアルのチェリャビンスク支部は、閉鎖された。

独ソ戦に話を戻そう。チェリャビンスク市は戦争遂行のための中心地となり、人口が爆発的に増加した。東部戦線近くにあった軍需工場とその労働者が、ヒトラーの空軍が飛んでこられないチェリャビンスクに移転してきたからである。しばらくの間、ここは「タンコグラード（戦車の町）」と呼ばれる光栄に浴した。不十分な設備の中、労働者たちは一万八千台の戦車、ほぼ五万基の戦車のディーゼルエンジン、千七百万発の弾薬を製造した。そして第二次政界大戦が終結し冷戦時代になると、スターリンは秘密の核兵器開発計画を進めるため、この州を開発と実験の地に選んだ。核兵器工場を含む軍需産業の拠点となったチェリャビンスク州はすべての外国人を締め出し、それによって名声を得ると同時に孤立を味わった。

一九五三年のスターリンの死によって、少しずつ安定らしきものが訪れた。粛清が終わり、夜中に人が消える恐怖と飢えへの恐怖は薄らいだ。生活環境は改善した（それまでは、多くの労働者は半地下の小屋か、混雑した兵舎のような建物で暮らしていた）。一九五〇年代後半から一九六〇年代初頭にかけて、ソ連はアメリカ合衆国に対抗するために核兵器開発をさらに進め、世界初の有人宇宙飛行を成功させた。ソ連はようやく平和になったが、その平和は寒々としたものだった。ソヴィエト政権は欧米諸国に「追いつき、追い越す」ことを国民に約束した。

しかしこうした金食い虫の国家プロジェクトおよび労働意欲の欠如、「ソヴィエト帝国」によるアフガニスタン軍事介入などのために国庫は空になり、徐々に不景気になった。一九八〇年代の終わりには、この国が破産しかけているのは明らかだった。飢えがもう一度、現実の恐怖となり始めた。

ソ連最後の最高指導者ミハイル・ゴルバチョフはこうした難題に取り組み、「情報公開（グラスノスチ）」の拡充、国民のデモ活動の容認、より自由な報道、自由選挙を約束したが、ソヴィエト連邦の人々を団結させるには力が足りなかった。彼への最大の挑戦者は、ソヴィエト連邦構成共和国のひとつである「ロシア共和国」の選挙で選ばれた大統領ボリス・エリツィンだった。一九九一年十二月、エリツィンはウクライナ共和国の初代大統領とベラルーシ共和国の最高会議議長と共謀し、ソヴィエト社会主義共和国連邦（ＵＳＳＲ）の代わりに、独立国家共同体（ＣＩＳ）［バルト三国はＣＩＳ発足前に独立したため加盟せず］というゆるやかで無力な国家連合体（コモンウェルス）を誕生させた［ベロヴェーシ合意」。

西側諸国への不信感

その後に起こった一連の出来事は、多くの点でロシアと西側諸国との間にある今日の危機の核心をなしている。ソ連の終焉を西側諸国の多くは祝福したが、ロシア共和国を含む十五の共和国のほとんどが、新たな独立国家として得た「棚から牡丹餅」の自由と市場経済をうまく活用する準備ができていなかった。政権を握ったボリス・エリツィンと「改革派」は、誘惑に勝つことができず汚職に手を染めてたちまち私腹を肥やした。欧米諸国に支援された多くのNGO（非政府組織）はいくつかの有益なプログラムを立ち上げ、市民生活の改善に踏み出したものの、最終的には、協力した欧米諸国の人間つまり外国人はロシアの腐敗した官僚や役人を守り、助長させたと責め立てられた。やがてロシア人は、外国人がロシアを弱体化させようとしていると思い込むようになった。

こうした考え方はいまだに広く行き渡っている。本章の初めに登場した雑誌編集者イリーナ・コルスノワもそのひとりだ。彼女は、ロシアのような広大な国では民主主義は必ずしも適切とは限らないし、過度な自由は無政府状態を引き起こすと語った。そして、ロシア正教会が家父長的で求心力のある、愛国的な勢力として影響を及ぼすことを望んでいる。そんな話を聞いたらこの州のムスリムがどう思うかなどということは気にもしていないようだ。もっとも、多少ロマンチックなところがある彼女は、ソ連時代は多くの民族が仲良く幸せに暮らしていたと思い込んでいる。

プーチン大統領を受け入れたのは、彼女のような人たちである。二〇一四年にプーチンがクリミアをロシア連邦に併合し、次にウクライナに住むロシア語話者を守ろうとすると、彼の下降気味の支持率は一気に上がり八十パーセント以上という途方もない数字になった。プーチンは欧米の個人主義や堕落した生活や二枚舌を非難しつつ、われわれの道徳的優越性は明らかだとロシア人をほめ称えた。また、利用できると判断すれば、ロシア正教会の主張——ロシア正教はロシアの真なる唯一の宗教であり、ロシアの偉大さの源である——をも支持した。さらには「内部矛盾と曖昧さのない」普遍的な高校歴史教科書を作ることを求めさえした。これは、どんな国の歴史にとっても、とりわけロシア史にとっては難問である。そのために委員会が召集されたが、期待に応えられる教科書は作り出せなかった。

チェリャビンスク国立大学の若き歴史学教授アレクサンドル・フォキンによれば、研究者たちはロシア人固有の特質を見極め、美点のみを強調するように要求されている。そもそも無理な課題であり、歴史の曲解でもあると彼は言う。それだけでなく、ナショナリストやいわゆる愛国者は、彼の研究内容や教室での発言に口を挟もうとする、とフォキンは述べる。だがチェリャビンスク市は隣の州都エカテリンブルク市に比べたらまだましなほうだ。そこではプーチンの統一ロシア党の若手議員が、反逆的であるとみなした教授たちの名を公表した。もっともチェリャビンスク市でも、政府に異議を唱える大学教員へのインターネット上の匿名の攻撃はある。

連邦保安庁は国家反逆罪の概念を再定義し、「ロシアの安全を脅かすことを目的とした外国あるいは国際組織への融資・技術顧問、その他の支援の提供」まで有罪の範疇に含めようとしている。フォキンは国際会議に先立ち、「外国の研究者と秘密——具体的に何を指すのかは不明だが——を共有しないこと」を約束する文書に署名するように大学から言われた。その文書には、参加者は「ロシアに惨事を招く」かもしれないいかなる言葉も口にしないという命令も含まれていた。彼はフェイスブックでこの件について皮肉たっぷりの投稿をした。「わが祖国のおかげで、私はまたもや楽しませてもらった」。国中の学者から、似たような懸念を表す返信があった。彼らの多くが「ウェルカム・バック・トゥー・ザ・USSR」と書いてよこしてきた。

政府の公文書にアクセスするのはさらに難しくなりつつあり、不愉快な問題は掘り起こさないほうがよいと役人は言う。「グラスノスチ」の全盛期だった一九九〇年代に情報公開されたファイルも非公開になってしまった。今や機密ファイルへのアクセスは特別な許可がない限り不可能であり、許可を得られたとしても海外渡航禁止——多くの人はそれだけは避けたいと思っている——が条件になるだろう。

もちろん外国の研究者はさらに大きな問題を抱えている。連邦保安庁から機密情報取り扱い許可証を要求されるからだ。幸運なことに、私はこの厳しい取り締まりが始まる前に郷土史家や公文書館専門職員（アーキビスト）に会っていた。いま私が彼らに面会を願っても、「誠に残念ながら『ノー』と答えざるをえない」と彼らは言うと思われる。

ロシア人の西側諸国への不信感は根拠に乏しいことが多く、ロシア政府によって情報操作されることもあるが、まったく事実無根というわけではない。一九九二年にアメリカ大統領ジョージ・H・W・ブッシュ（父ブッシュ）が一般教書演説で「神の恩寵により、アメリカは冷戦に勝利した」と宣言した。しかしソ連崩壊期にアメリカの駐ソ大使だったジャック・マットロックは、冷戦の終結は勝ち負けではない、それは慎重に協議された合意であり、両陣営に利益を与え、将来の協力を保証すべきものであると主張した。またマットロックは、「アメリカは新生ロシアを負け犬のように扱うことが多すぎるが、そんなことをしていればロシア人は屈辱感を覚え、雪辱の機会を窺うことになるだろう」と苦言を呈している。マットロックはプーチンの擁護者ではないが、ロシアとロシア人への無理解は、冷戦と核兵器開発競争の再開を必ずや引き起こすことになるだろうと、あえて注意を喚起したのである。

冷戦終結後、欧米諸国はNATO（北大西洋条約機構）を拡大しないと約束したわけではないとしつつも、弱体化しているロシアに付け込むようなことはしないと誓約した。それ以降ロシア人は、とくにアメリカはそれを守ってきたと考えている。とは言え、もはや冷戦が存在しないのにNATOが東ヨーロッパへ拡大しているとはどういうことかと彼らは繰り返し不安を口にする。やがてコソボ紛争では国連安全保障理事会の承認がないまま、同じスラヴ人であり、正教会の信者でもあるセルビア人へのNATO軍の空爆が始まった。ほかにも、アメリカはコソボをセルビアの領土の一部と認めていたにもかかわらず、コソボの独立を承認した。さらにアメリカは弾道弾迎撃ミサイル制限条約（ABM条約）から脱退し、かつてのワルシャワ条約機構の国々にミサイル防衛システムを築くと発表した。それだけではない。二〇〇三年にアメリカがまたもや国連安保理の承認を受けずにイラクに侵攻したこともロシア人は引き合いに出す。またアメリカは、ウクライナ、ジョージア［旧名グルジア］、キルギスタンの偽りの民主革命に首を突っ込み、ロシアと国境を接するジョージアとウクライナにまでNATOを拡大すると言い出した。

クリミア併合とウクライナ東部紛争

一方、欧米諸国の大勢の人と一部のロシア人はこうした考えに異議を唱え、真の問題はロシアがますます全体主義になりつつあり、ロシア帝国というかつての夢を取り戻そうとしていることだと述べ、ロシアの抱える経済問題と近代化の失敗を考えれば、プーチンは国内問題から国民の目をそらすために外敵を求めているにすぎないと主張する。

彼らの主張通り、二〇一四年にプーチン大統領は探し求めていた外敵を見つけた。前年末にウクライナの親ロシア派の大統領ヤヌコーヴィチがEUとの連合協定締結交渉を凍結すると発表すると、首都キエフで数万人の抗議集会が起こり、アメリカが支援する反体制派がヤヌコーヴィチを解任した。そしてウクライナの国会（最高議会）はロシア語の公用語としての地位を無効にするという法案を可決した。結局この法案は発効されなかったが、プーチンはウクライナ新政府を揺るがすような大事件の準備をすでに進めていた。

最初にプーチンはクリミアを併合した。歴史的に言えば、そもそもクリミアは黒海に突き出たロシアの半島だったが、一九五四年にウクライナに移譲された。当時はロシアもウクライナもソ連邦の一部だったので、この移譲はおもに象徴的なことにすぎなかった。ところがソ連が崩壊しウクライナが独立すると、クリミアは苦しい立場に立たされた。戦略的に重要なクリミアにはロシア人住民が圧倒的に多かったからだ。一方、ロシア政府はウクライナ政府から黒海艦隊基地の使用許可を得なければならない羽目になり、許可の撤回を絶えずちらつかされるようになった。この問題が、ヤヌコーヴィチ政権の崩壊により一触即発の状態になった。ウクライナがアメリカの支援を得てロシアのこの権益に冷淡になったと知るや、ロシアはすぐに行動に出た。プーチンはクリミアを併合すると、ウクライナ東部の工業地帯に住むロシア語話者を支援するために武器と軍隊を送った。そして、彼らも大幅な自治権の拡大、あるいはウクライナからの分離を求めた。

すぐにチェリャビンスクの知人から切々と訴えるようなEメールが私に届いた。その大多数は西側諸国の経済制裁を非難し、プーチンを支持するものだった。知人の中にはウクライナ東部に親戚がいる者が多く、彼らが働く工場や鉱山はロシア市場に完全に依存していた。ウクライナがヨーロッパに近づけば親戚たちは経済的にも文化的にも取り残されてしまう——知人たちはパニックになっていた。

クリミア併合以降プーチン支持にまわった人々の中には以前なら考えられないような人も含まれ、かつては「反政府派」と自称していた面々もいた。だがチェリャビンスクのエリート層に属す「V」は、イリーナ・コルスノワのような猛烈なロシア国粋主義者よりもはるかに現実的な考えの持ち主である。彼はクリミア併合には賛成だとしたうえで、ウクライナ東部へのプーチンの軍事介入は大失敗であり、紛争が始まった責任はプーチンとオバマ大統領の両方にあると断言した。彼の見解によれば、アメリカ政府がきめ細かいアプローチをせずに、そしてこの状況が一筋縄ではいかないことをよく考えもせずにウクライナに干渉したのは、愚行としか言いようがない。言ってみれば、アメリカは選挙で選ばれた大統領に対するクーデターを支援したことになる。問題のヤヌコーヴィチ大統領は汚職まみれの見下げ果てた人間だったかもしれないが、だからと言って他国への内政干渉をすれば、アメリカは自国では許さないことを他国には奨励しているという印象を強めるだけだ。ウクライナはロシアにとって「大事な存在」であることをアメリカは理解する必要がある。ウクライナはロシアなしでは健全な経済活動を行なえないのは明らかだというのに、アメリカはその点を理解しそこなっていると彼は言う。「西側諸国は、汚職まみれの破産した国に本当に融資する気があるのか?」彼は私に質問した。

ロシアもアメリカもこの危機を外交的に解決できなかったことに、彼は苛立っていた。外交的に手詰まりになったのは、少なくともある部分では、アメリカが第二次世界大戦という大昔の所産に基づいて不必要にロシアを孤立させ、もはや現代世界では通用しないヨーロッパの安全保障システムを永続させてきたことが原因だと、彼も——大多数のロシア人と同じように——主張した。子供の留学先であるアメリカの最新事情に精通し、アメリカで見聞きした多くのことに賛辞を惜しまない「V」でさえ、アメリカ人の無知と傲慢さにはいまだに驚かされ、内政干渉という罪を犯したアメリカが同罪のロシアを糾弾しようとするその態度に憤っていた。

高級レストランで語る「V」の見解も、雑誌社のオフィスで語ったイリーナ・コルスノワの見解も、暖炉のせいでさらに熱を帯びたような気がした。

製鉄所のエンジニアであるユーラ・コヴァチは私の二十年来の友人だが、二〇一四年以降、プーチンをますます支持するようになり、私たちの関係が気まずくなることがあった。私たちは彼の妻であるイリーナを介して知り合った。彼女はソ連時代は失意の経済学者だったが、崩壊後の一九九〇年代になるとすぐに大活躍をし始めた。彼女は早い時期に株式ファンドを作り、それは年金生活者を守ることにもなった。また、彼女が組織した金属加工職人のグループは、ぞくぞくと建つ新しい建築物用の凝った手すりを製作する契約を次々と結び、高い利益を得た。こうして彼女が稼いでいる間、腕のよいエンジニアである夫は一銭も稼げなかった。夫婦仲はうまくいかなくなった。その後、彼女は事業から手を引き心理学者になったが、仕事にのめり込んで燃え尽き、自宅で死にかけている母親を数年間介護した。その間ずっと、彼女はあるインド人グルと彼の瞑想法の熱心な生徒となった。菜食主義者になり、豆腐ビジネスを始めたが失敗した（需要がなかったからではなく、政府資産の売却がらみで倒産した）。その後、負債を返済しようと為替取引を始めた。

彼らの四十年にわたる結婚生活は試練の連続だった。ふたりの生き方は正反対だが、離婚することもなくずっと一緒に暮らしてきた歴史があり、ある一点だけ意見が一致していた――プーチンはロシア最高の指導者であるという点だ。ユーラは、一九九〇年代に新しく登場した銀行家やトレーダーや広報の専門家が幅を利かせ、エンジニアという彼の職業が軽んじられていくのを目の当たりにした。だからプーチンが二〇一一年から二〇一二年にかけてのモスクワの反政府デモ参加者を「お気楽なホワイトカラー」と呼んだときには拍手喝采をした。ユーラは私にイーゴリ・ラステリャエフという人気のある労働者階級出身の詩人を紹介してくれた。彼はNATOを「くず」と呼び、「寿司を食べず、日焼けサロンにも行かない人たち」を賞賛した。そう、コヴァチ夫妻は外食をしない。外国旅行にも行かない。

国営メディアではなくインターネットから情報を得ているユーラですら、アメリカ政府とNGOはモスクワの反プーチンデモとウクライナの反政府デモを支援したと思っている。また、アメリカは自分で内政干渉をしておきながら、ロシア政府がアメリカの国事や国益に口をはさむことを許さないだろうと考えている。彼もまた大勢のロシア人と同じように、アメリカは国益を守るときには、自国向けの法律とロシア向けの法律を使い分けるだろうと主張する。

私は、ロシアにもふたつの法律――プーチンと彼の仲間である腐敗したオリガルヒ向けの法律と、それ以外の人たち向けの法律――があり、使い分けられているのではないかと質問した。彼の苦しい答えは――ロシアが世界で最も汚職が蔓延している国のひとつとして挙がっていることには言及せず

──汚職はどこの国にもある、というものだった。彼はプーチンを聡明で有能な人物として、ロシアの産業と国際的な地位を回復できる人物として支持している。私がどれほどプーチンを批判しても彼はそれをはぐらかし、ロシアの諺で締めくくった──「火事場では、火を消してくれるならどんな消防士でもかまわない」［二〇一〇年夏のモスクワ南部の山火事の際には、プーチンは消火活動に参加した］

第4章 タクシー運転手コーリャ

私が初めてコーリャと会ったのは、チェリャビンスク市の歌劇場の前だった。それはモスクワのボリショイ劇場を控えめに摸した建物で、ソ連時代にはどこの都市にもあったようなものだ。きらきらした青い瞳とすきっ歯の笑顔が相まって、彼の人懐こさには「私の好み」かもしれないと思わせるものがあった。当時三十歳だったコーリャは白タクの運転手で、上客が乗り込むタクシー乗り場で客待ちをしていたが、警官に尋問されずに済むように地元のギャングに毎月五十ドルの「みかじめ料」を払っていた（もっとも、それが効くのは一時だけだとわかったが）。

錆びた赤いジグリは飛び抜けて魅力的な車というわけではなかったし、ジャージ姿のコーリャはどう見ても身なりがいいとは言えなかったが、人は自分の直感に従ったほうがよい場面があるし、慎重に検討する時間がないときもある。ジャーナリストの誰もが言うことだが、これぞという運転手を見つけることが重要なのだ。危険地帯では命を救ってくれるし、それほど危険でない場所では必要不可欠なガイドにもなってくれる。

車の見た目はひどかったが、私の直感は正しかったようだ。交通事故が驚くほど多いチェリャビンスクで、コーリャは腕ききの運転手であることがわかった。この町では飲酒運転以外にも事故の原因はたくさんある。乱暴な運転、凍った道、増え続ける車に対応しきれない劣悪な道路。さらには女性ドライバーの急増。もっとも、アパートの窓から私が一日外を眺めているだけでも平均五件の衝突事故や人身事故に出くわすが、女性ドライバーが関与している事故はまれだった。

運転技術以外でも、コーリャには都会で生き抜く知恵があった。彼はチェリャビンスク市を隅から隅まで熟知していたし、親戚は一流レストランのオーナーで、そこに州議会議員がランチを食べにやって来る。また母方の叔父は「うまくやって」ひと財産を築き、新築のタウンハウス（ミニ豪邸）に住んでいる。この叔父も州議会議員である。コーリャの客には近くの美術館の学芸員もいて、私が興味を持つだろうと彼女を紹介してくれた。じきに私たちは親友になった。

コーリャはチェリャビンスク市の荒っぽい地区にも精通していた。町の売春婦がたむろしている、見るからに寂れた通りを私たちは車で走った。寒さと嫌な客を避けるために、彼女たちはタクシーの中で客待ちをする。彼女たちの身の上話は世界共通だ。辺鄙な村や町で虐待されて育ち、どうしてもそこから抜け出したくて都会に出て売春婦になるが、ポン引きに搾取される厳しい生活が待っていたという落ちだ。彼女たちはいつかこんな生活が終わり、幸せになれる日が来ると夢見ながら生きているが、そうならなかったときのことを考えると不安でたまらないという。

コーリャはこの町の汚らしい違法賭博場も探し出してくれた。彼があまりに素早くスロットマシンを動かすので、私は目がチカチカしてしまった。彼に言わせると、「現役時代」はもっと早かったそうだ。コーリャのそれまでの人生はほめられたものではなかったが、彼の世代ではめずらしいことではない。母親のタチヤーナはコーリャのことを「一九九〇年代の失われた子供たち」の申し子と呼んでいる。当時は彼女自身も途方に暮れていた。彼女がこれまで知っていたもの、共に育ってきたものすべてが消滅してしまったのだ。タチヤーナはアルコール中毒の両親から逃れるために若くして結婚し、食料品店のレジ係として働いた。一九八二年にコーリャを産んだときは十八歳だった。一九八〇年代後半から九〇年代前半にかけて、インフレと食料不足が進んだ。配給の長い列に並び、幸運にも自分の番まで食べ物が残っていたときだけしか食べ物が手に入らない日々が続いた。今でも言うのが憚られるが、タチヤーナは自分が働いている店の在庫品を盗んで闇市で売ったことがあったという。生き残るためにはそうするしかなかった。夫も違法ウオツカを売っていた。

コーリャの妹が生まれて家族が増えると、狭い二部屋のアパートで家族四人が暮らすようになった。安普請の二階建てのアパートで、戦時中にチェリャビンスクに送られてきた労働者を急遽住まわせるために建てられたものだった。かなり前に解体処分を言い渡されていたが、深刻な住宅不足ゆえに取り壊されることはなかった。やがてタチヤーナの結婚生活が破綻する。夫は二部屋のうちの一部屋の所有権を主張して売り払ってしまったので、彼女と子供たちは残った一部屋で暮らす羽目になった。

キッチンと風呂場が共有の、気が滅入るような暮らしが始まった。

タチヤーナの話では、子供時代のコーリャは賢くて愛嬌があったが、同時にまったく手に負えなかったそうだ。父親はいないし、母親も夜遅くまで働いていたので、コーリャの面倒を見るのは酒びたりの祖母しかいなかった。彼は「愛情に飢えた」子供で、年長の少年たちから認められようとどんなことでもした。十四歳になる頃には、町の有力なギャング団の仲間入りをし、店をゆすったり、みかじめ料を集めたり、品物を盗んだりするようになっていた。

初めのうちタチヤーナは息子が毎日何をやっているのか、まったく見当もつかなかった。息子は、自分の預かり知らぬ未知の世界にいた。「私が育った頃の価値観がすべて――共産党や共産主義青年同盟、規則の遵守や教育の重要性がいきなり否定されたのです。それに取って代わるように、手っ取り早くお金を稼ぐことや贅沢な暮らしへのあこがれが出てきて、犯罪が蔓延しました。私は息子をどう導いたらいいのか、何を言ったらいいのかわからなかった。私自身も息子と同じように混乱していたから」

ティーンエイジャーになるとコーリャはシンナー遊びを始め、町に急にあふれだした強い薬物に手を染めていった。少しでも売れそうなものがあれば一部屋しかないアパートからでも盗み出した。母親が帳簿係として働いていた会社に忍び込んで金庫からお金を盗むようにもなった。

犯罪歴

十八歳のとき、初犯で二年の実刑判決を言い渡された。タチヤーナは刑務官から、もし息子が殴られたくなかったら「人道的な支援」をする必要があると言われた。経済的には苦しかったが、タチヤーナは定期的に建築資材を送ることにした。早く釈放されるのではないかと思ったからだ。こうして彼女は息子のために借金を重ねるようになった。

コーリャは出所すると再び麻薬を始め、盗みを再開した。さらに、恋人も妊娠させた。新たに始まった銀行ローンで、とうてい返済できないような多額の借金をした。だから彼は二度と銀行ローンを借りられないし、外国旅行もできない。ロシアの法律では、債務者は国を離れることが禁じられているからだ。コーリャはろくに教育を受けていないうえ、犯罪歴もある。就ける仕事は限られていた。

携帯電話を盗んで逮捕されると、すぐに有罪判決が出た。再犯だったので、チェリャビンスクから遠く離れたシベリアのオムスク市にある厳しい刑務所に送られた。タチヤーナには息子に面会に行くだけの余裕がなかった。初孫であるコーリャの息子の養育費を払っていたから、刑務官に賄賂を贈る余裕もなかった。さらに、コーリャは子供との面会を禁じられていた。タチヤーナは息子より幼い孫を選んだ。コーリャはそれを知って驚き、激怒した。しかし今になって思えば、オムスクの刑務所が母と息子を救ってくれたのかもしれない、とふたりは口をそろえて言った。コーリャは改心せざるをえなくなり、麻薬をやめ、二度と刑務所に戻るまいと誓った。のちにタチヤーナは息子の決心を知ると、「初めてほっと息をつけたわ。コーリャが刑務所を出て再逮捕されるまでの数年間は、仕事を終えて家に向かいながら、いったいどんな地獄が待っているんだろうと考えて胸が苦しかった」と語った。

絶望のどん底に陥っていた頃、タチヤーナはチェリャビンスクにできたキリスト教根本主義のバプテスト教会「ニューライフ」に通うようになった。そして彼女は再婚した。教会の「ライフスプリング」のコースを受講するようにもなった。これは、あるアメリカ人がチェリャビンスクに紹介したエアハルト式セミナートレーニング［自己発見と自己実現のための心身統一訓練。アメリカの企業家W・エアハルトが始めたもの］のひとつである。タチヤーナがトレーニングの最中に息を吐くのをコーリャは恐ろしそうに見つめ、母親も麻薬を始めたのかと勘違いしたそうだ。そのときのことを思い出して、タチヤーナはくすっと笑った。ライフスプリングのトレーニングは自尊心を高めるのに役立つと彼女は言う。その後、彼女はレギュラー・トレーニング・クラスに進んだ。彼女はもうじき五十歳になるが、魅力的で自信にあふれている。

タチヤーナは自分の妹と連絡を取り合っているが、妹が住む世界は別の世界だ。彼女は地元の役人と結婚したのだが、夫はみるみる出世し、今では妹はデザイナーズブランドの服を着てあちこち旅行をする身分である。そうした優雅な暮らしは、ソ連時代の貧しいティーンエイジャー、それもその界隈で一番貧しかった娘たちにとっては夢のような世界だっただろう。

二〇一四年当時も、タチヤーナはあの老朽化したアパートで暮らしていた。多少は金銭的余裕も出てきて、前夫が所有していた部屋を借りられるようになった。彼女のここ十年の生活は安定している。娘は自分で稼いで大学を卒業し、今は町の高級レストランの支配人として働いている。タチヤーナは「勤勉で正直な」上司に仕え、マンションを購入するためにせっせと貯金をしている。

アンナの村

コーリャが二度目の服役を終えると、タチヤーナは息子をニューライフ・バプテスト教会に連れていった。バプテスト教会は、出所したばかりの人や薬物中毒者を支援するプログラムを提供している。教会は、コーリャが以前の友人や仲間から距離を置けるようにと、近郊の村で建設作業員として働けるようにしてくれた。その村でコーリャはアンナと出会った。現在ふたりは一緒に暮らしている。これでほっとしたとタチヤーナは言った。

私が初めてアンナと会ったとき、彼女は二十代半ばだった。長い黒髪のほっそりしたアンナは社交的で、普通のロシア人と違いよく笑った。国営農場で育ち、家畜に餌をやってから学校へ行き、帰ってくると家族の夕飯を作った。母親は癌で、治る見込みがなかった。彼女が高校を卒業する頃には国営農場はほとんどが解体し、大勢の失業者が出た。

西側諸国により推奨された急激な市場経済の導入という「ショック療法」は、地方においてはあまりにも衝撃的だった。一九二〇年代から三〇年代にかけて、ソヴィエト政府は自営農場をなくし、集団農場(コルホーズ)と大規模な国営農場(ソフホーズ)で農民を働かせた。ところがソ連崩壊後の新政府はいきなり百八十度方向転換し、農場労働者に向かって「さあ、ここからは自力でやれ」と告げた。国からの指示や供給や補助金がなくなり、彼らは農作物の種も肥料も購入できなくなった。さらにあの時代は食料不足だったので、家畜を大量に処分して飢えをしのぐので精一杯だった。一九九〇年代、ロシアの乳牛の頭数は七十五パーセントも減少している。

国営農場や集団農場が解体されると、農地は狡猾な元農場幹部たちに盗まれるか、農民のあいだで分割されたが、彼らには何の心構えもできていなかった。農業インフラも構築されておらず、ほとんどの農民は自力では農業を再開できなかった。工具店もなければ、わずかに残った農機具を修理するための部品もなく、新しいトラクターを買う余裕もなかった。預貯金はハイパーインフレのためにすぐに底を突いた。一九九〇年代には金利は二百六十パーセントまで跳ね上がり、融資を受けて新しい時代の農業を始めようとしていた農民たちも、二の足を踏まざるをえなかった。

アンナの村ではトラックの運転や建築現場の仕事を得た者もいたが、アンナ自身は六十キロ以上離れたチェリャビンスク市のデパートまでバスで働きにいった。彼女の父親と兄は時代に適応できず、季節労働者として働き、農業研究所でジャガイモの収穫をしてやっと暮らしていた。ソヴィエト連邦崩壊後、アンナの家族に残されたものはといえば、所有権のあった、住んでいた建物の半分だけだった。コンクリート製の小さな平屋で、二家族が住めるような構造になっていた。広大なロシアのいたるところにある、いわゆる「国営農場の家」だ。二〇一二年にコーリャは初めて私をアンナの実家に招待してくれたが、八人の家族が三部屋しかない家ですし詰め状態で暮らしていた。コーリャとアンナが一部屋、アンナの父親と同棲相手が一部屋、幼い子供がふたりいるアンナの兄夫婦が一部屋だ。玄関は、たくさんの靴と子供のおもちゃで足の踏み場もなかった。

土や泥が家の中に入らないように、ロシアの家庭では玄関でスリッパに履き替える（私はその習慣をわが家に持ち込もうとしたが失敗した）。アンナの家では、狭い廊下にひもを渡してシーツやタオルや服を干していた。壁紙は破れ、床のリノリュームはひびだらけ、屋内のバスルームは使えなかった。

家族の関係はぎすぎすしていた。定収入があるのはコーリャとアンナだけで、ふたりは他の家族の酒代を払うのにうんざりしていた。ふたりの夢は家の裏手にある狭い土地に自分たちの家を建てることだった。今はそこは自家用の菜園で、家族が冬場を乗り切れるように野菜を育てている。例年の早魅で枯れさえしなければの話だが。

村道は今もなお舗装されておらず、はぐれた豚や牛やガチョウがうろうろしている。自分たちの食料用に家畜を飼っている住人もいるが、骨組みだけ残った納屋だけが、つい最近までここが農村だったことを物語っている。村にガスが引かれるようになったが、ガス管は道と並行して地上を走り、交差点では道の頭上を通り、車がその下を走っているありさまだ。どう見ても美しい光景とは言いがたいが、誰も文句を言わない。ガス管は大いなる進歩の象徴であり、おかげでストーブの薪をめぐって争うことがなくなった。

それでも薪が必要なのは、「バーニャ」に欠かせないからである。バーニャはロシアの伝統的なサウナで、ほとんどの家の庭にある。ただしバスルームの排水管などが壊れたときなどは——私が初めてアンナの実家を訪ねたときがそうだった——バーニャは「娯楽」ではなく「生活必需品」となる。国の森林管理署の署員が見まわりをしていない隙に村人はカバノキの林に向かい、違法に薪を手に入れる。コーリャが、薪にまつわる村の不思議な暮らしについて語ってくれた。ある日、やや興奮気味の年配の夫婦が手押し車を引いて林からいきなり現れた。彼らの手押し車には薪用の丸太とカセットガスボンベ式のノコギリが積まれていたそうだ。

アンナの実家はソ連崩壊後もそのままだったが、村のほかの家では改築中の景気のいい音が聞こえてきた。この村は近隣の町やチェリャビンスク市のベッドタウンになりつつあるので、新たに出現した「持てる者」と、昔のままの「持たざる者」が隣接して暮らしている。「持てる者」は、ソ連時代の画一的なコンクリート製の家を取り壊し、塔や小塔のあるレンガ造りの豪邸——一九九〇年代後半にとくに好まれた——を建てた。控えめな増築の場合は、床を足してプラスチック製の外壁にした「フィンランド風」もあった。またソ連時代の断熱効果の悪い、雨水が入ってくる窓を新しい窓に取り換えた家もあった。新たにめぐらした柵の内側では獰猛な犬が鎖につながれている。どの家でも共通して言えるのは、門をこしらえたことだ。誰もが泥棒を恐れていた。

一年後の二〇一三年にアンナの村を訪れたときにはさらに改築や改修が進み、彼女の実家ですらそうだった。大家族の家がとうとう改修されたのは、アンナの兄夫婦に生まれた第二子への政府からの助成金のおかげだった。助成金は家の改修に使う規則になっている。コーリャに急き立てられて、アンナの家族は重い腰を上げて家の改修をした。はがれた壁紙とひびだらけのリノリュームは新しくなった。バスルームとキッチンもきれいになり、バスルームの排水管も修理された。小ぎれいになったコーリャとアンナの部屋にはTVチューナーが内蔵された新品のノートパソコンが置かれ、ふたりはダウンロードした海賊版のアメリカ映画や、自分たちの結婚式や披露宴のビデオを繰り返し観ている。

結婚式

結婚式はふたりにとってよろこびに満ちあふれた思い出だ。繰り返しビデオを観たくなるのも肯ける。結婚式自体は役所で手早くすませたが、その前に村でロシア風の結婚前の儀式をひと通り済ませていた。

その日、コーリャは飛び切りハンサムに見えたが、新調のスーツは見るからに着心地が悪そうだった。彼は自分の家族とアンナの親友を伴い、ブーケを手にしてアンナの実家にやって来た。卑猥な歌と歌の間に、コーリャは数々の試練を受けることになる。まず薄切りレモンの下からアンナの名前が書かれた紙が出てくるまで、酸っぱいレモンを何枚も食べさせられる。さらにアンナの身長、体重、ウエストのサイズを答えるクイズもある。答えられなければ罰金だ。三足の靴の中からアンナの靴をあてるクイズまであった。最後の試練は、大きなビンに入った自家製のジュースを飲み干して、底にある家の鍵を手に入れることだった。アルコールが入っていない飲み物はこのジュースでしばらくお預けとなり、その後の数日間は祝い酒の大盤振る舞いとなる。コーリャが鍵を手に入れると、やっとアンナが現れた。肩ひものないとても美しいウェディングドレスだった。コーリャの母親はふたりにイコン（聖像画）を贈った。

それからふたりは大量のシャンパンを積んだ車で友人と一緒にチェリャビンスク市までドライブをして、しばらく町を練り歩いた。どうしても行かなければならない場所——無名戦士の墓に立ち寄り、それから乞食の像の頭を触って幸運を祈った。

再び村に戻ったふたりは、レストランで披露宴をした。披露宴の前にはコーリャの母親が今度はパンと塩を持ってふたりを出迎える。これはロシアの伝統的な儀式で、パンと塩は「歓待」と「長寿」を表している。披露宴は乾杯の声と「苦いぞ、苦いぞ」と囃し立てる声でますます騒々しい。「苦いぞ」とはやし立てられるたびに、新郎新婦はその場の雰囲気を甘くする（和やかにする）ために繰り返しキスをし、陽気に踊らなければならない。祝いの儀式はまだまだ続く。酔っ払った招待客は近くの森でさらに二日間もご馳走を食べながら酒を飲み続ける。男性は女装し、女性は男装する。その由来はわからないが、とにかく愉快だった。肉が焼かれ、準備されていた自家製の酒が振る舞われた。酒がなくなると、ウオツカを買いに地元の酒屋に何度も足を運んだ。

家は改修されたものの、家族の関係はぎすぎすしたままだった。定職についているのは相変わらずアンナとコーリャだけで、ふたりは長時間働いていた。コーリャは木曜から土曜までは深夜のシフトで、チェリャビンスクのクラブで遊んでいる連中を上客にしていた。彼らは深夜になると――金はあるが――分別がなくなる。深酒をしていることが多く、何倍ものタクシー代を払った。「おれが盗んでいるんじゃない。あいつらが自分の金を盗んでいるんだ。あいつらは二倍、ときには三倍の料金を払う」とコーリャは笑いながら言った。

逆に、コーリャがタクシー代を大目にみた客もいた。その男は町中のさまざまな住所を書いたメモを見せ、全部まわってくれと言った。指定された場所に着くと、男は車を降りてショットグラスに酒を注ぎ、飲み干し、コーリャの赤いジグリに戻ってきた。行く先々で同じことを繰り返すのを見ているうちに、男はアフガニスタン紛争［一九七九年～八九年］の退役軍人で、命を落とした戦友の家の前で献杯しているのだと気がついた。コーリャはタクシー代を請求しなかった。

爆弾発言

コーリャとアンナの夫婦にとって試練の時が来た。うれしいことにアンナが妊娠したのだが、そのことをデパートの上司に告げると、よくあることだがアンナは雇い主から言い含められた。出産休暇中は最低賃金の月額六十ドルのみ支給されるが、出産後に職場復帰できる保証はないと言うのだ。さらにコーリャが私に爆弾発言をした。

ここのところコーリャはあまり具合が良くなさそうだったが、私は肺炎にでもかかったのかと思っていた。数か月後に会ったときも、かなりやつれているように見えた。ある日彼は私が借りているアパートに立ち寄った。彼はあたりを見まわし、耳を指して、誰かに盗聴されていないかと尋ねた。そしていきなり切り出した。「そろそろあんたに話してもいい頃だ。知り合ったばかりの頃はあんたにどう思われるか不安で、言えなかった。おれはHIV感染者だ」

コーリャは二〇〇〇年に初めて刑務所に入ったときに、HIV検査を受けて感染していることを知った。しかし、治療を拒んできた。アンナや母親のタチヤーナや妹が懇願しても受けつけてこなかった。取材のため、私はこれまで何度もコーリャの車でチェリャビンスク感染症センターまで乗せてもらっていた。このセンターは思いやりのある立派な医師によって運営されていることを話し、治療を勧めたが、彼は聞く耳を持たなかった。「おれはその治療法を信じない。それでよくならなかった友だちがいる。おれは健康だ」と言い続けた。アンナも検査を受けたが感染していなかったと言い、「おれは神様に召されるまで生きるだけだ。この話は、これで終わり」と言って帰っていった。

私がもう少し注意深かったら、ずっと前に気づいていただろう。コーリャの刑務所時代の話は、ときどき曖昧なところがあった。とくに仕事の内容や生活空間について根掘り葉掘り聞くと、辻褄の合わないことだらけだった。今になって理由がはっきりした。当時HIV感染者は残りの受刑者から隔離されていた。彼らは労役に服すことを許されず、「チョコレート」と言われて嘲笑されていた。コーリャは「チョコレート」だったのだ。

一年後の二〇一四年、私は再びチェリャビンスク空港に降り立った。朝の五時半に出迎えてくれるのは、コーリャだけだ。彼はかなり良くなったように見える。親戚のコネでリムジン会社で働くようになり、モスクワからやって来るビジネスマンを乗せて町を案内している。給料は悪くないし、何より合法で、危険がない。ジグリの故障や警官の心配もしなくて済むようになった。自家用車としてフォードの新車も購入したそうだ。

「ウクライナ」という言葉が新聞の一面を頻繁に飾るようになっていた。コーリャは柄にもなく政治について語り出した。昔はロシアの指導者ウラジーミル・プーチンを「おれたちに安定をもたらしてくれた男」と多少支持する程度だったが、今や熱烈な支持者になっていた。コーリャは国営テレビ局のニュースを鵜呑みにし、「ウクライナのファシスト」「ロシア人のプライドの回復」「危険な敵であるアメリカ人」について繰り返される論評をそのまま口にした（もっとも、私は例外だとあわてて訂正したが）。かつてのアメリカへの賛辞はどこかへ消えてしまったようだ。

ふたりで市場で買い物をしているときも、彼の政治談義は止まらなかった。再びロシアに経済危機が起こりそうだという不安を退け、むしろ西側諸国の経済制裁によりロシアもやっと国内産業の発展に取り組むことになるだろうと言った。コーリャとアンナの住む村に向かう車中では、「おれは愛国者だ」と断言までした。家に着くと、アンナは伝統的なロシア料理ペリメニ［小麦粉と卵で作った薄い生地で、挽肉と刻んだ野菜を包み、茹でて食べる］を作るために生地を練っている最中だった。料理をしている間もアンナは、十か月になる娘のクリスチーナが歩行器で狭いキッチンを動きまわるのを見守っている。詰める作業に入ったアンナが、挽肉の値段をコーリャに聞いた。数週間前よりも七十パーセントも値上がりした値段をコーリャが答える。ロシアではそば粉やそばの実でパンケーキやお粥を作る。そばは貴重な穀物だが、近いうちに値段が四倍になるだろう。コーリャがプーチンやウクライナでのロシアの軍事行動を再び絶賛し始めると、アンナが口をはさんだ。彼女はウクライナ難民なのだ。

へ支給される助成金や無料住宅について不満を抱いていた。彼らのような若い夫婦は生きるのに必死

家族の雰囲気は悪いままだ。酒びたりのアンナの父親がキッチンによろよろと入ってきては私たちの会話の邪魔をするので、コーリャは小言を言い続けなければならなかった。

数週間後に朗報が届いた。コーリャの母親のタチヤーナがとうとう新しいマンションを購入できたのだ。アンナとコーリャとぽっちゃりした健康的でかわいらしいクリスチーナの三人は、チェリャビンスク市のあの老朽化したアパートに引っ越しをすることになった。親子三人で都会のアパートで暮らせると知り、アンナの夢は膨らんだ。娘のクリスチーナには、自分が得られなかったものをすべて——音楽のレッスンや良い学校への進学——与えてあげられるかもしれない。だがコーリャの病気については、話題にものぼらなかった。

第5章 LBGTの人生

ホモフォビア（同性愛嫌悪）

チェリャビンスクにも「活動的」なLGBT（性的マイノリティー）の人たちがいる。しかし彼らの毎日は、彼ら自身が望むような生き生きとしたオープンなものではまったくない。市の青少年育成課課長だったセルゲイ・アヴジェエフが数年前に――当時でも腹蔵なく話をしてくれた――私に語ってくれたように、「非伝統的」な性的嗜好のロシア人がこの地で生きていくということは、四十年前のアメリカ、あるいはひょっとしたら現在のアラバマ州の田舎で暮らすようなものかもしれない。

チェリャビンスクの人たちにゲイの知人がいるかと聞けば、誰もが「いない」と答え、不快な表情をするだろう。しかしもうひと押しすれば、ちょっと「変わった」人ならいると答えるかもしれない。

LGBTへの風当たりが強いことを考えれば、カミングアウトする人はまずいないことは予想できる。家族との関係が気まずくなったり、仕事で差別されたりするのを恐れるのは当然だ。ロシアのゲイ・カルチャーがアンダーグランドな世界に甘んじてきたことはたしかだが、今では出会い系サイトやさまざまな出会いの場が大量にあることもまた事実だ。あるゲイの友人は「ぼくらの暮らしとぼくら以外のロシア人の暮らしは、パラレルワールドみたいなものだよ」と言った。

ソ連時代、同性間の性交は違法だった。最高五年の実刑という規程はソ連崩壊後も存続し、ようやく一九九三年に廃止された。その後ゲイ・カルチャーはヒップで前衛的なものの象徴とみなされ、モスクワとサンクトペテルブルクでたちまち信奉者を得るにいたった。ところがゲイ活動家がゲイ・カルチャーはエンターテイメント以上のものであると主張し始めると、強い反発が巻き起こった。

イスラム教指導者はゲイたちへの暴行を問題視せず、罰せずに放っておいた。ロシア正教会も、同性愛は罪であると非難した。右派の議員がこれに同調し、いくつかの市議会では非伝統的な性的関係についての情報を未成年者へ広めることを禁止する条例が可決された。二〇一三年には国会でも同性愛宣伝禁止法可決された。この新しい法律は子供を守ることを表向きの理由にしているが、実際にはロシアの同性愛者と（誕生したばかりの）同性愛者の権利運動（ゲイ・ライツ・ムーブメント）を抑圧するための試みであることは明白だった。たとえば、ゲイパレードはこの法律の曖昧な文言の下では犯罪とみなされる。私が取材した高校教師はもちろん、大学教員までが、文学のテーマとして同性愛を論じるだけで「未成年者に同性愛を宣伝する行為」と受け取られることを恐れて、その種のテーマを避けるようになることは容易に想像がついた。

二〇一四年のソチオリンピックの準備期間中、ロシア国内で蔓延するホモフォビア(同性愛嫌悪)は、国際オリンピック委員会(IOC)とロシアの組織委員会にとって広報活動の大きな障害となった。この法律は同性愛者に制裁を加えるものではない、とプーチン大統領は明言し、「本法は性的マイノリティーの権利を侵害するものでは決してない。彼らはロシア社会のれっきとした一員であり、決して差別されることはない」と付言した。

現実はまったく違った。プーチンが欧米諸国に対するロシアの道徳的優越性を語るとき、同時に欧米の同性愛者を攻撃していることをほとんどのロシア人は理解している。たとえば、同性婚が認められている国の人はロシア人の子供と養子縁組することは許されていない。ホモフォビアを広めるために、プーチンは同性愛嫌いを声高に言い募るニュースキャスター、ドミトリー・キセリョフを国営通信社のトップに任命した。

ロシアのメディアで最も力のあるキセリョフは、同性愛者が臓器移植のドナーになることを禁ずべきだと公言しただけでなく、彼らの心臓は「他人の寿命を延ばすには不適当」だから死亡したらすぐに心臓を焼却するか埋葬すべきであると言い添えた。亡くなった同性愛者の尊厳を冒瀆するだけにとどまらず、二十二歳のロシア人男性が惨殺された事件を取り上げて、彼のカミングアウトが襲撃者たちを激怒させたのが原因だから自業自得なのだとまで言った。キセリョフの発言はヘイトスピーチを禁じるロシアの憲法に抵触することを指摘する者は、誰もいなかった。同性愛宣伝禁止法やキセリョフのような有名人の暴言には、過激な反同性愛活動家を付け上がらせる効果もあった。また、ゲイたちがロシア下院の建物の前でキスをしてこの新しい法律に抗議したとき、彼らが水をかけられ殴られるのを警官は遠巻きに眺めていただけだった。

チェリャビンスクに住む三十歳のゲオルギーは、これまで参加していた青少年団体の会合からいつのまにか声がかからなくなった。彼はカミングアウトしていないが、ロングブーツにぴちぴちのジーンズ——チェリャビンスクの男性はそういう服装はしない——、さらに独特の仕種を見れば、青少年組織から避けられるのも肯ける。幸い、彼には広報の才能があり、勤務している会社では販売部長をまかされているほどなので、仮に首になっても仕事は難なく見つかるだろう。

ホモフォビアが顕著になるにつれて、ゲオルギーはゲイ仲間同士のSNSを使うときには以前にも増して用心するようになり、罠や挑発にはのらないように努力している。彼の友人の話だが、SNSで知り合った男性のアパートに行くと待ち伏せしていた男たちにこてんぱんにされ、この町に住むゲイの名前を言うように脅されたということがあった。友人はゲイであることを公表され、仕事を失い、チェリャビンスクを去った。

最近ゲオルギーには恋人ができたが、ふたりとも慎重に行動することにしている。劇場で働いている友人の中にはごくわずかだがあえて外でも男同士で手をつないでいる者もいるが、彼はそれを一笑に付した。チェリャビンスクでもゲイパレードが行なわれたことがあるものの、ゲオルギーのように非常に用心深い参加者ばかりだったので、道行く人たちはそれが何のパレードなのかわからなかったと思われる。二〇一三年のいわゆる反同性愛法施行以前のゲイパレードがピークのときのことで、百人近い人が集まって色とりどりの風船を飛ばしたが、スローガンはあえて何も唱えなかった。それはゲイコミュニティのメンバーと彼らの家族と友人による、静かで毅然としたパレードだった。恐らくこの半数程度の人たちは、今でも毎年集まっているのだろう。彼らは、西側諸国から注目されたり、こうしてデモ活動がしていることがどれほど自分たちの役に立ったのか——あるいはどれほど弊害になったのか——を議論している。

ゲイクラブ「ネオン」

チェリャビンスクで最も人気のあるゲイクラブは、リュドミーラ・アブラムゾンが経営する「ネオン」だ。離婚歴のあるシングルマザーの彼女はすでにカミングアウトしたレズビアンで、恋人もいる。フェイスブックではほぼ包み隠さず書いているが、必要とあれば、たとえば幼い娘の学校行事やイベント向けのケータリングのときには、レズビアンではなく「自然に」——ロシアのゲイでも使っている言葉だ——見えるように振る舞うことにしている。

ネオンは週末の深夜になると、高級な、ひどく気取ったゲイクラブに変わる。私はその場に居合わせたのだが、ある週末の夜、遅い結婚披露宴が終わり、出席者がまだ残っているところにゲイの集団がやって来たことがあった。ネオンのウェブサイトには派手な写真が載っているのに、披露宴に出た人たちはそのことを知らなかったのだろうか？（もっとも、このふたつのグループが顔を合わせないように店側は懸命な努力をしていたのだが）

タクシー運転手はこのクラブの評判をよく知っているので、「ネオンに行ってくれ」と言う客には後部座席に座るように要求することが多い。同性愛は移ると思っているようだ。

ネオンの入り口では、スキンヘッドの男たちや「挑発目的のおとり」の男性が揉め事を起こさないよう、店の用心棒たちが客をチェックすることにしている。麻薬を持っていないか、バッグの中も調べる。経営者であるリュドミーラは警察の手入れだけはごめんだと思っているが、今のところは警察や地元当局に悩まされたことはない。町一番清潔なクラブだからね、とリュドミーラは冗談を言う。彼女はいつも控室の監視カメラで店内を見ており、面倒が起きていないかをチェックしている。ドラァグクイーンが登場するショーは夜明けまで続く。ここのショーは気が利いていて、パロディーをやったり、人種的に含みのある表現で笑わせたり、客を参加させたりする。私はロシア語ができるほうだと思うが、辞書で調べないとわからない単語がけっこう出てきた。悲しいかな、辞書は訳に立たなかったのだが。

店に通い続けているうちに、私は何人かの常連客と知り合いになった。若い弁護士、会計士、IT専門家などで、仕事に支障をきたすことを恐れているのでカミングアウトする気はまったくない。「変わった人」に不寛容な社会で育つことがどれほど過酷なことかを、彼らは語ってくれた。大多数のロシア人男性と違い、彼らはほっそりしていて、目を見張るほどハンサムだ。チェリャビンスクのゲイたちのあいだでは恋人獲得競争が激しいからだという。彼らに言わせると、「自然な」男ならありのままの姿でも何とかやっていけるらしい。

サーシャ

ネオンのショーに出ているダンサーのサーシャは膨らんだ胸と女性らしいヒップをしているが、男性器はすべてそのまま付いている、いわば両性具有の青年だ。多少困惑しながら携帯電話でやり取りした後に、ようやく私たちは出会えることになった。私はカフェの外で若い「男性」を待っていたので、あやうく見逃すところだった。肩まで伸びた髪に薄化粧をしたサーシャは、女性として十分に通用した。

サーシャの話では、彼の立場は普通のゲイよりも複雑だ。サーシャは目立つので、一緒にいると人に見られることが多くなってしまって嫌なのだと彼らは言う。サーシャは、政府の同性愛宣伝禁止法は「同性愛者＝小児性愛者」という間違った印象を与えていると憤慨する一方、同性愛の情報が世の中に多く出まわると「自然な」人でもゲイになってしまうという不安が広まっていることを一笑に付した。孤独で、困惑した、悩み多い青春時代を過ごしたサーシャは、ゲイやレズビアンの子供たちへのカウンセリング体制がないどころか法律で禁止までするのは残酷だと言い切る。彼はロシアを出ることさえ考えている。幼い頃に家族を捨てた父親が今はアメリカ国籍を得ているので、アメリカで暮らせるかもしれないという。けれども、ここチェリャビンスクで友人をみつけ、支援者のコミュニティと出会うこともできた。祖国と思っている土地から離れたくはない。

しかしその祖国は、欧米諸国で起こった同性愛者の権利運動を平然と無視し、ここ数年は寛容どころか不寛容の方向に進む一方だ。サーシャは、自分が生きているうちに同性結婚がロシアで認められる日は来ないとわかっているし、ゲイのカップルが子供を持てる可能性がますます遠ざかっていることもわかっている。数年前、たまたまうまく養子縁組ができたゲイのカップルは、今だったら養子縁組なんて考えられないだろうと私に語った。彼らはいま、市の児童福祉課がすぐにでもふたりの子供を取り上げるのではないかと怯えている。知り合いの同性カップルの何組かは、いつか子供が持てるようにと、同性結婚を認めている国への移住を考えているそうだ。

ヴィーカ

リュドミーラの親友のヴィーカもレズビアンだ。ぽっちゃりしていて、服装に気をつけているようには見えない（リュドミーラはしなやかな身のこなしで洗練されている）。ヴィーカは十代のシングルマザーのときには無一文だったが、そこから起業して成功し、もうじき三十歳を迎えようとしている。てきぱきとしているが、寛容な人でもある。彼女によれば、父親はチェリャビンスクのガガーリン公園でみかじめ料を取り立てる「ならず者」だった。最後には父親はすべてを失い、ある「宗派」に入信すると、電気も水道もない田舎で今も暮らしている。両親は彼女が十代の頃に離婚した。ヴィーカは荒れてロマの男と駆け落ちしたが、男は父親の仲間に別れろと脅され、去っていった。結局、男は麻薬の過剰摂取で若死にし、ヴィーカは彼の子供を産んでひとりで育てている。

工場で働いていた頃、ヴィーカはレズビアンの人たちと知り合った。それ以降、ヴィーカは女性と付き合うようになり、自分と同じように強い女性を好んだ。工場を辞めて宅配便の仕事に就き、この町に暮らす普通の人々が起業するようすを間近で観察した。やがて彼女も起業し、今では子供向けパーティーの企画会社の社長だ。

仕事のかたわら、彼女は児童養護施設でボランティア活動をしており、あるとき親に捨てられた栄養不良の少女と知り合った。施設の職員はその子には本当の家庭が必要だとわかっていたのでヴィーカの里親申請に賛同した。こうして少女はヴィーカの家族の一員になった。ところが少女の実母が現れた。実母は麻薬から抜けられず、子供を扶養できるような仕事にも就いていなかったが、家庭裁判所はヴィーカがレズビアンであるという証言を得ると里親失格と判断し、実母に親権を与えた。ロシアでは親権は簡単に無効にされるとはいえ、実母の薬物問題や幼い娘への虐待はヴィーカのレズビアンよりも問題は少ないと判断されたのだ。この実母は再び娘を捨てるだろうと予測しているヴィーカは、つねに母親を監視している。

ヴィーカは十二歳になる息子には、自分がレズビアンであることを隠している。息子が学校でいじめられないようにするためだ。ヴィーカの親戚は彼女に金銭的に頼り、彼女の頭の良さや仕事の成功をほめちぎりはするものの、恋人の女性を受け入れたことは一度もない。「いつになったら結婚するの、って全員聞くのよね」とヴィーカは悲しそうに言ってから、「でもここではレズビアンのほうがゲイよりも生きやすいわ。誰もがこれは一時的なもので、まだふさわしい男性が現れていないだけだと考えるから」と言い添えた。

第6章 ロシアの家族問題

二〇一三年の年末。ジーマとタチヤーナ夫妻の豪邸でのこと。大きなキッチンの向こうには吹き抜けの広々とした居間があり、ティーンエイジャーやよちよち歩きの子供たちがたくさんいて、折りたたみ式ベビーカーやおもちゃがあふれ返っていた。年末年始の休み前の土曜に、チェリャビンスクの裕福な家族が町の高級住宅街にある家に集まり、キッチンで夕食を作っている。彼らは高級ワインやウオツカやオードブルに舌鼓を打ちながら、会話に余念がない。ヨーロッパとアメリカのスキー場ではどこが一番いいか、子供を外国に留学させるための下見として次の夏休みにはどこへ行くべきかなど、話は尽きない。

タチヤーナはペリメニの生地を伸ばしている。狩りから戻ったばかりの友人は、ペリメニの詰め物用のシカ肉を持ってきた。町の有力者が頻繁に訪れる一流レストランのオーナーシェフは、挽肉と魚を持参した。丸い生地に詰め物を入れて半分に折り、端と端をくっつけて何十個ものペリメニを作りながら、彼らはヨガ教室や最近南極大陸へ行った人の話をしたり、アメリカとロシアのそれぞれの教育について語り合ったりした。オーナーシェフが仕上げにとりかかる。彼はガーリックとベイリーフを入れた熱湯でペリメニをゆでてから、ガーリックバターソースでからめた。

ここに集まった夫婦は三十代後半から四十代の成功者で、貿易会社や建築会社のオーナーもいれば、地方自治体の要職に就いている者もいる。彼らは皆、世界中を旅行している。以前、オーナーシェフとその妻は料理の研究を兼ねてスペインで暮らしていたが、半年後にはスペインに戻る予定であり、スペイン滞在中は信頼の置けるスタッフにロシアの店を任せるつもりだ。彼ら以外は、ロシア人に人気のリゾート地マイアミの暖かい冬に魅力を感じているようだ。

人口減少

彼らはチェリャビンスク郊外にできた新しい住宅地に豪邸を構えている。ある夫婦は二十代前半に必死に働きながら最初の子供をもうけ、だいぶ経ってからさらに四人の子供をもうけた。ジーマとタチヤーナの夫妻にはティーンエイジャーがふたりと、二歳未満の子供がふたりいる。一見すると彼らはプーチンの理想――子沢山の安定したロシアの家庭のように見えるが、実はこれには裏がある。タチヤーナは下のふたりの子供がアメリカ国籍を持てるように、出産の数か月前からマイアミに滞在して子供を産んだ。現地の旅行代理店が、分娩時の通訳も含め、何もかも手配してくれたという。

この夫婦は生活基盤をまだロシアに置いているが、「不確かな未来」に備えて自分たちや子供たちに保険をかけることを忘れていない。上のふたりの子供は外国旅行ができるほど金銭的余裕がなかった頃に生まれたので外国籍を持っていないが、現在はロンドンやアメリカの高校に留学しているので、いずれそのまま欧米の一流大学に進学できるだろう。

二〇一三年の年末の晩にこの豪邸に集まった数家族は、外国とロシアを楽しそうに行き来していたし、子供の留学先の学校の年間五万ドルの授業料に驚きもしなかった。ところが一年後の二〇一四年、彼らが恐れていた「不確かな未来」が現実になりつつあった。彼らの中には、自分の資産と家族をこの国から永久に移す方法を検討している者もいる。まだ若い今なら人生を再スタートできる。

外国——ニューヨークやとくにヨーロッパの町は、以前からロシアの大富豪を魅了してきた。それは仕方のないことだが、今やロシアを出ようと考えている中産階級の経営者は増え続け、ロシア経済にとって不吉な様相を呈している。彼らが経営する中小企業はロシア経済全体のまだ四分の一を占めるにすぎないが、輸入依存を改善しようとしている政府の政策に彼らは不可欠な存在である。

資本逃避の問題は、人口減少と闘っている国においては頭脳流出問題と一対になっている。ソヴィエト連邦が崩壊したとき、新しく誕生したロシア連邦には広大な土地を治められるだけの人口はなかった。アメリカの人口は三億人以上だが、そのほぼ倍の面積を持つロシアの人口はたったの一億四千二百万人である。一九九〇年代の経済危機の時代には、出生率の低下、平均寿命の急落、外国への移住者の激増で年間百万人ずつ人口が減少した。このデータから専門家は、このままいけば二〇五〇年までに人口の三十パーセントが減少するだろうと予測した。こうした予想は、十年にわたる相対的な経済の安定、政府助成金、政府からのメッセージのおかげで、悲観的すぎていたことが現在ではわかっている。プーチン大統領は、若い夫婦に子作りしてもらおうと休日を作り、バレンタインデーには愛国的義務を果たしてほしいと要請した。こうして出生率は——わずかではあるが——増加した。二〇一二年にはソ連邦崩壊後初の人口の自然増加が記録された。しかしロシアは、年金制度の充実、徴兵制度のてこ入れ、将来の労働力創出といった難問に直面している。ジーマとタチヤーナ夫妻のような家族を失うことは、国家にとって大きな痛手になる。

労働力不足対策として、ロシア政府高官は出生率の増加以外にも考えていることがある。今後数年にわたって移民を呼び込もうという計画だ。しかし誰でもいいというわけではない。プーチンは旧ソ連邦の共和国に住むスラヴ系ロシア人にロシア連邦への移住を勧めてきたが、移民の圧倒的多数は貧しい南コーカサスや中央アジアからやって来る。彼らは、多くのロシア人から「黒いやつら」と蔑称されている。

私がチェリャビンスクの連邦移民庁で尋問されたとき、ロシアが非スラヴ系移民で「汚染」されるのは不快だと役人があからさまに言ったことがある。同様に、ロシア国営テレビ局はアメリカの人種差別をことさら取り上げて強調する一方で、アメリカにおける民族の多様性がもたらすマイナス面も番組にして放映している。移民庁の役人は、アメリカでヒスパニック系移民が増大していることに私も憤慨しているはずだと決めつけていた。そしてアメリカのヒスパニック系移民と「聖なるロシアに足を踏み入れるべきではない中央アジアの無知な異教徒」を比較しながら、アメリカとロシアにおけるこの恐るべき事態を激しい口調でののしった。

ロシア政府は国内出生率を上げるために、さまざまな制度に着手した。産前産後休業・育児休業（産休・育休）は今では世界一手厚い。何しろ産休中は百四十日間の給与が雇用主から全額支給され、三年間の育休中は同じく四十パーセントが政府助成金で支払われる。また、もっと子供をつくろうという意欲を刺激するため、第二子以降が生まれるたびに一時金が支払われる。女性の職場での地位は、出産後二年間は保証されている。

素晴らしい制度に聞こえるが、現実はそれほどバラ色ではない。まず、女性の給料は男性の給料よりかなり低い。ある女性は「ゼロの四十パーセントはゼロよ」と皮肉った。さらにもうひとつロシアらしい裏事情がある。コーリャの妻のアンナのように、多くの女性は非正社員として働かされているので、雇用主は産休中の給与や社会保険料を払わなくて済む。彼女たちはほんのわずかな産休給付金をもらうだけで、職場復帰の保証はない。また、ロシアでは雇用主が求人広告に性や年齢制限を明記するのは普通のことであり、母親予備軍の女性を排除することができる――労働法の改正が必要だ。さらに、父親の産休はロシアでは未知の領域であり、受け入れがたい概念である。

ナターリア・バスコワの主張

ナターリア・バスコワはチェリャビンスク市議会議員で、家族福祉委員会議長でもある。その彼女が、自分の願いはロシア人女性が早めに結婚し、二十歳までに第一子を出産することであると発言し、大変な物議を醸した。ロシアの少数民族の人たちにとってそれは昔から当たり前のことだったから、彼女がロシア人の人口増加を願って語ったのは明らかだ。だが彼女の願いは多くの女性にとって悪夢となった。

バスコワの発言でネットは炎上し、彼女の辞職――さらには彼女の命――を求める激怒したコメントであふれた。怒りのメッセージの中には、自分たちはソ連時代に戻るつもりはない、あの時代の若者は早婚で、すぐに子供ができ、一部屋か二部屋しかないアパートで両親と同居しながらどうにか学校を卒業し、正気を保つのに必死だったと書かれたものがあった。別の憤慨した女性たちは、昔と違い、現代のカップルはきちんと教育を受け、経済的に安定してから幸せな結婚生活をスタートさせているのだと反論した。彼女たちは、低収入、家賃の高騰、いわゆる無料の医療費と教育費の裏で要求される違法な支払い［第8章と第10章に詳述］についても不満をぶちまけた。公立保育園の閉鎖を非難する女性たちもいたが、一番多かったのは「素面のまともな男」がいないという嘆きの声だった。

バスコワはあわてて前言を撤回、冗談として提案しただけだと謝罪した。そして、ロシアの家庭を支援し、国の出生率を高めるために何が本当に必要かを強調するための発言だったと述べた。しかし私は彼女と長時間話しているうちに、あの発言は冗談ではなかったということがはっきりわかった。多くのロシア人女性は、とくに高学歴の女性は人生の選択肢がたくさんあるので、すぐに結婚する気も、国が切実に必要とする子供を産む気もない。彼女はそのことを心底憂いているのだ。

彼女の娘の友人は二十代後半から三十代前半だが、そのうち二割しか結婚していない。残りの八割は、旅行に行ったり自分のキャリアを築いたりしながら、バスコワ流に言う「裕福で立派な男性」が現れるのをひたすら待っている。彼女たちは勘違いしている、独立心が強くなりすぎて甘やかされているので、親になることによって生じる義務や責任を負いたくないのだ、とバスコワは嘆いた。彼女は、新たに導入された資本主義とメディアのせいで、性的魅力が重視されすぎると同時に、彼女たちの身勝手さが助長されてしまったと非難した。要するに彼女は、女性が能力を発揮できる場は家庭しかないと言いたいのである。

正直なところ、彼女からこんな言葉を聞くとは思ってもいなかった。百五十センチあるかないかの小柄なバスコワだが、一九九〇年代にチェリャビンスクで誕生した女性解放運動の立役者として知られていた女性である。外国から資金提供を受けてNGOを立ち上げ、警察や社会福祉局に長いあいだ無視されてきたレイプや家庭内暴力（DV）などの問題に取り組んだ。あまり成功はしなかったが、新たに登場した女性実業家たちを支援し、女性議員の数を増やそうと努力もしてきた。

しかしある時期から彼女は別の道を歩み始め、出生率の低下と家族支援の問題に全力を注ぐ道を選んだ。「女性が自分の人生を選択する権利は認めます。でもね、権利を得たからといって彼女たちが幸せになったかどうかは私にはわからない。女性解放運動に携わっていた者が言うと奇妙に聞こえるかもしれないけれど」と彼女は言った。

私は会う人ごとに、女性の権利と女性の選択の自由の拡大についてどう思うかと尋ねた。バスコワと同じことを言ったのは、第百四十八学校の精力的な校長タチヤーナ・アルヒーポワだった。タチヤーナは生徒たちの習熟度を記録したビデオや写真を見せてくれた後に、自分の人生を語り始めた。「ろくでなし」――と彼女は表現した――の夫と離婚したが、今では後悔しているという。口答えをせずに、勝手し放題の夫と添い遂げるべきだった。テレビのスポーツ番組ばかり見て、かと思えばふらふらと出かけたりしても、黙って料理を作り、洗濯をしているべきだったと語った。今の若い女性は選り好みが激しすぎて結局は損をしているとタチヤーナは考えている。「女は一夫一婦制、男は生まれつき一夫多妻制なの。牛と同じ。一頭の牡牛にたくさんの雌牛がいるでしょ。だから、若い女性には我慢することを教え、このことを理解させる必要がある。私はそうすべきだったのにしなかったから」

タチヤーナは、人間の本質は変えられないと思っている。生徒の保護者の中には「ニューリッチ」

がいるが、そうした父親の多くは三回も四回も結婚していて、再婚のたびに妻の年齢が若くなる。「女は哀れね。いいこと、それが現実なの。ロシアでは女性は分が悪い。何より女性の数のほうが男性より多い。それに男性のアルコール依存症の割合が高いから、まともな男を見つけるのは至難の業よ」

結婚難

一九九〇年代には、西側諸国の男性と結婚すれば自分たちの問題は解決するとロシア人女性は思い込み、外国に嫁いでいく花嫁が続出した。中でもアメリカ人男性は理想的な夫と考えられた。かたやアメリカ人男性も、ロシア人女性は優しくてセクシーなうえ、従順に家を守って家事をしてくれると思い込んだ。悲しいかな、両者とも誤った情報に踊らされていた。

一九九七年のことだ。チェリャビンスク出身者も含めたロシア中の数十人の女性が、アメリカ人男性との「婚活パーティー」のためにモスクワのロシア・ホテルに集まった。かなりくたびれた感じのアメリカ人中年男性たちと比べると、ロシア人の女性たちは魅力的で高学歴の若いシングルマザーばかりだった。彼女たちは酒びたりの夫に捨てられたか、あるいは経済危機の犠牲者だった。「まともな男」と明るい未来をどうしても手に入れたかった彼女たちは、それを叶えてくれるのはアメリカ人男性だと思い込んでしまった。

私はホテルのトイレに陣取って数名のロシア人女性から話を聞いたが、彼女たちは思惑が外れて戸惑っていた。私がトイレから出ると、アメリカ人主催者はいきなり私を突き倒し、私のレコーダーを踏みつぶした。彼らは理由を言わなかったが、怒り具合から察すると、アメリカ人男性には何か問題があると気づいたロシア人女性に取材するなんて、最もしてほしくないことだったのだろう。私はホテルのロビーという目立つ場所でひどい目に遭ったわけだが、それ自体はたいしたことではなかった。それよりも、アメリカ人主催者が——まるでロシア人と同じように——ロビーの警備スタッフを買収していたことのほうがショックだった。警備スタッフはすぐに私を助けに来なかった。だがしばらくして助けに来た彼らは、「ちゃんとした」ロシア人女性が国を捨てようとしているのを見るのは何と屈辱的なことかとつぶやいた。この事件と警備スタッフの一言は、アメリカ人のいかがわしさとロシア人の屈辱感をよく表していた。

アルコール依存症はロシア人の家庭生活を破壊する元凶であり、今や世界一高い離婚率の主因になっている。出勤途中の工場労働者や、飲酒解禁年齢をはるかに下まわる子供たちが、ビール片手に通りを歩いている。目立たないように茶色の紙袋に隠すということすらしない。ただしホワイトカラーのあいだでは飲酒への考え方が——ゆっくりとではあるが——改善しつつある。チェリャビンスク市青年局はスポーツ講座を設け、健康的な生活を奨励している。

つい最近までは身分証明書で年齢をチェックされることもなく、あちこちのキオスクで簡単に購入できたが、ようやくロシア政府は酒類の販売、とくにビールの販売を制限することに着手した。ところが二〇一五年に経済が悪化すると、プーチン大統領は高騰するウオツカの値段を抑えるように関係当局に命じた。健康上の理由からそう命じた、ウオツカが高値だと質の悪い密造酒の消費が増えるからだ、という説明だった。言うまでもなく、この価格統制も国民に支持されることになり、反対の声が上がったとしても難なく撃退できるだろう。

過去十年間でロシア人の平均寿命が多少延びたのは事実だ。飲酒による死亡や自殺が減り、殺し合いはまれになったからだが、世界的に見ればその統計上の数字はほめられたものではない。ロシア人の飲酒癖はいまだに深刻な問題だ。ロシア人男性の二十五パーセントが五十五歳の誕生日を迎える前に死亡する。ほとんどの西側諸国では七パーセントだ。研究者はその主因として飲酒を挙げている。平均寿命についても、ロシア人女性は七十六歳なのに対して、男性はたったの六十五歳である。以前より少し延びてはいるが、アメリカ人男性の七十八歳と比べるとはるかに短い。

バスコワが自分の主張を押し通したら、ロシアはソ連時代の生活スタイルに逆戻りし、再びアルコール依存症の夫に治療を受けさせることになるのだろう。「個人の権利についての話だってことはわかっているけど、家族の権利はどうなるの?」と彼女は反論したが、ソ連式の「治療」では統計上の数字を改善できなかったことを彼女はきれいさっぱりと忘れている。

政治的にも社会的にも混乱し、個人主義がはびこったあの一九九〇年代、かつてはバスコワ自身も活躍したあの熱狂の一九九〇年代を彼女は直視しようとせずに、「私はあの時代を繰り返したくない。そんなことを許すわけにはいかない。私たちが築き上げてきたものを破壊してしまったのだから」と言い切った。

二〇一二年のプーチンの三度目の大統領選挙期間中に、彼が率いる「統一ロシア党」への反対運動が盛り上がるのを見て――チェリャビンスクではわずかだったが――彼女は動揺した。「再び無政府状態になると思った。そうなってほしくない」。現実離れした、ソ連時代に逆行するような話に聞こえるのは承知のうえで、バスコワは誰もが集う「統一」を欲し、「全ロシア人民戦線」を熱狂的に支持した。これは、プーチンが統一ロシア党への支持率低下を挽回するために選挙戦略として作った運動組織であり、そのゴールは「全ロシア人の統一」と明記されている。この「全ロシア人」には「無所属の市民組織や実業家」も含まれており、彼らは「ロシアをより繁栄させ、より偉大な国にするために何をなすべきかについて、価値観や理想や思想を分かち合う」。それはクレムリンの影響力を拡大するための戦略だった。その事実をバスコワは認めたうえで、「全ロシア人民戦線」は共通問題を解決するために人々を団結させる刺激的な方法だと述べ、きちんと会費を払って入会した。共通問題のうち、彼女にとっての最大の関心事は家族問題だった。

若い女性に子供を産めと「冗談として」提案したときに、彼女に向かって投げ返された「そうできない理由」の中に、若い夫婦への補助金の削減、保育園不足、狭い居住環境が挙げられていた。しかし西側諸国の経済制裁のために、チェリャビンスクなどの地方の州ではさらに財政状況が悪化し、これらの問題はなおざりにされたままだ。

さて「結婚相手としてふさわしい男性」の不足問題はどうやって解決すべきだろうか？　これは難問である。婚活サイトが誕生し、ロシア人女性はいまだに外国人花婿を募集している。外国人男性と結婚してみじめな結婚生活を送っているロシア人女性からの報告が次々と寄せられ、国際結婚ビジネスは下火になっているにもかかわらず、である。

DV問題

ナターリア・バスコワは地方自治体を動かして初の家族危機センターを作り、無料相談窓口を設けて家庭内暴力（DV）の相談や家庭崩壊した家族の支援などを行なっている。ホットラインもあり、協力してくれる心理学者の名簿もできたが、彼らの人数も研修も不十分だ。その一方で、三百万人の人口を擁する州であるにもかかわらず、被害女性用のDVシェルターは自治体が資金を提供している小さなシェルターがひとつあるだけだ。シェルターのスタッフは調停方法についてもっと学びたいと思っている。またロシア政府の外国人嫌い（ゼノフォビア）によって、外国からの資金提供が先細りになっていることを残念に思うとひそかに言う人もいる。

DVは、長年にわたって作り上げられた性別による役割や行動パターンが大きな原因だ。それを変えるのは簡単なことではない。時間のかかる問題であり、ようやく始まったばかりである。つい最近まで、自治体はDV被害を受けた子供を親から離して国の児童養護施設に入れることでこの問題の解決を図ってきた。だがそうした児童養護施設では、粗末な食事しか与えられていないことは今ではよく知られている。

DVはとくに目新しい問題ではないが、「新しい資本主義」の下でより顕著になり、ようやくオープンに語られるようになってきた。ロシア人女性が自分たちの我慢強さについて語るとき、そこには誇らしさだけでなく憤りも混ざっている。ロシアが「母なる国」と呼ばれるのにはそれなりの理由がある。ロシアが国として生き残りをかけて戦うときにその象徴として利用される銅像は、そのほとんどがそびえ立つような女性像であるとロシア人女性は言う。彼女たちは仕事と家庭の両立という難題に――望んだわけではないが――取り組んできた。それもしばしば不可能な状況の下で。

ロシア人女性が自分たちの生活について素直に語ってくれる場所と言えば、何と言っても「バーニャ」、つまりサウナである。誰に聞いても、それはロシアの良き伝統であり、経済的な立場に関係なく誰とでも分かち合える伝統だと答えるだろう。さまざまなエステティック器財を備えた高級商業施設にもなりうるが、やはり自宅の庭に建てられたバーニャが一番だ。グループの中の慣れた者が温度調節するために焼け石に水をかけると、熱い蒸気が一気に立ち上る。焼け石にアロマオイルをかけると会話はいきなり中断され、その薬効についての蘊蓄を傾け合う。それぞれ頭に奇妙な被り物——何らかの帽子を被らなければならない——をした裸の女性たちは、暑さに耐えられなくなると姿勢をちょっと変えるために慣れたようすで高さの違うベンチに移る。

のんびりした会話が中断するのは、冷水を浴びたり、体をこすったり、自家製の化粧品をつけたり、お茶——あるいはビール——を飲んだり、カバノキの枝で勢いよく体を叩いたりするときだ。よく出る話題は男女の違いについてだが、ロシア人男性をよく言う人はまれだ。ところが「フェミニズム」という言葉を使おうものなら、すぐに嫌な顔をされる。それは、恐らく彼女たちがソ連時代の一種の歪んだフェミニズムを——本当に望んでいるのかと問われることもなく——受け入れざるをえなかった経験をしているからだろう。たしかにソヴィエト連邦は男女の同一賃金と機会均等を取り入れた。しかし同時に、女性は家族の世話をするものという期待も存在していた。

ロシア人女性は「フェミニズム」という言葉を使うのを避けようとしていると思われる。しかしその一方で、男女の役割が変化しつつあることについては広く論じられるようになった。実際、ロシア語版の『コスモポリタン』『グラマー』『ヴォーグ』のような女性誌でも、男女の役割については人気のテーマとなっている。たしかに、女性は大切に扱われることを好む。花を贈られたり、コートをかけてもらったり、ドアを開けてもらったりするとうれしい。でもその程度のことで、侮辱されたり、暴言を吐かれたりしたことが帳消しにされてはたまらない。男女の役割は、微妙なバランスの上に成り立っているのだ。

男女の役割変化

現代のロシア人女性は母親の世代の女性とはあまり似ていない。母親の世代は毎朝出勤し、帰りには配給の列に並び、夜は家事に追われる生活を続けた。四十歳になる頃には疲れ果て、老けて見えたものだ。しかし現代のロシア人女性は、自分たちのことをロシア人男性——厚かましくて粗野というのが通説だが——よりも強く、柔軟で、教養があると評する。経済危機に見舞われた一九九〇年代、ロシア人男性の肩にはたしかに重い負担がかかった。彼らの多くは仕事と地位を失い、為す術もなかった。「しかし」と私の友人は言う。「多くの男たちは酒びんを片手にソファーでごろごろしていたけれど、私たち女は現実に適応せざるをえなかった。誰かが子供たちを養わないといけなかったから」。女性のエンジニアや医師や科学者はプライドなどかなぐり捨て、稼げるならどんな機会も逃さなかった。

元教師のエレーナ・コルニロワは、中国とトルコの市場を往復する女性の一団に加わり、買い付けてきた安物の商品をチェリャビンスクの埃だらけの凍えるような青空市場で売った。絶えず変動する為替レートにだんだんと精通するようになり、ついに有能な女性実業家になった。生活は楽になった。が、結婚生活がうまくいかなくなった。夫はさらに酒を飲むようになり、離婚直後に肝硬変で早世した。幼いふたりの子供を抱えながら、彼女は生き延びた。

レギンスをはいたエレーナは、黒髪を今風のカットにし、銀色のマニキュアを塗っている。五年以上前からアムウェイのディストリビューター（独立自営業主）となった彼女は、本社からのボーナスや順調な出世や無料の招待旅行についてうれしそうに語った。

「今や優秀なロシア人は、女性の中にいる」と断言するのは、ふたりの子供の良き父親であるロマンだ。彼は村で成功した数少ない男のひとりである。「女性たちは子育てに責任を持ち、懸命に働く」。四十歳をすぎたばかりのロマンは、ビルや温室用のプラスチックパネルを製造・販売する事業を少しずつ大きくしていった。高校時代のことを振り返りながら、十七人いた男子のクラスメートのその後の人生を教えてくれた。殺害されたのがふたり、原因不明で死亡したのも複数いて、残りは軽犯罪者か飲んだくればかりだという。「いわゆる普通の家庭生活を送っているのは、自分を含めたたったの五人だけ」と彼は話を結んだ。

彼の解釈によれば、ロシア人男性は一攫千金を狙うか、ろくでなしになるかの二者択一式の考え方にとらわれているそうだ。「ロシアの男は全員生まれつきヒーローなんだ。追い込まれれば偉業を成し遂げられると思い込んでいる。しかし現代の暮らしに求められるのは偉業などではない。小さな仕事をこつこつ継続することだ。ロシアの男はそういったことができない。彼らには小さな事業を少しずつ大きくしていくという考えが理解できないんだ。数ドルから始めなければ百万ドルなんて手に入らないのに」

「こうした考え方を変えられるのは女性だけだと思う。われわれ男を救えるのは、女性だ。女性は息子たちに日々努力し続けることを教えるべきだ。ロシアが変わるには二世代、少なくとも四十年はかかるだろうね」

私はバレンタインデー——今やロシアでも人気のイベントだ——の直前に開かれた男女関係をテーマにした公開討論会に出かけたことがある。パネラーのメンバーは、一見奇妙だが、ある意味では典型的な組み合わせ——深遠なる永遠の力を証明する女性占い師と、ロシア正教会派の精神科医——だった。占い師は男女関係がうまくいかない責任はロシア人男性にあると言い、彼らは女性を慰み物のように扱っていると責め立てた。占い師のところに来る女性客の九十パーセントが惚れ薬を欲しがるそうだ。一方、ロシア正教会派の精神科医はロシア人女性は傲慢すぎると激しく非難し、結婚生活が破綻するのは彼女たちが夫を変えようとするからだと責めた。

「家族の大切さ」をプーチン大統領はスローガンのように唱えるが、彼自身は二〇一三年に離婚している。ロシア政府もギリシャ正教会も子供をつくれと言うが、ビジネスチャンスの拡大（および欠落）や、変貌する社会道徳の観念は、ロシア人の男女に「家族の大切さ」とは異なる価値観を日々提示している。

うまくいっているロシア人の家庭とはどのようなものかと問われれば、それは家族の仲が良く、互いに助け合い、数世代一緒に暮らしているような家庭であると言えるだろう（義母の超辛口ジョークはたくさんあるにしても）。ロシアでは年老いた両親の世話をしないのは恥ずべきことだといまだに考えられている。元経済学者のイリーナ・コヴァチ［第3章に登場］も、学校長をしているタチヤーナ・アルヒーポワも、数年間にわたり自宅で母親の介護をした。私の他の友人たちも毎日のように老いた親を訪ねている。国営老人ホーム——民間のものはない——に老親を入れようと考えていると口にしただけで、身震いされ、恥知らずと言われるだろう。

何世代にもわたって、ほぼ同じことが繰り返されてきた。祖父はたいてい若死にし、祖母は相変わらず家庭生活の重要な一員として、若い親たちが大学を卒業するまで、あるいは仕事から帰ってくるまで孫の世話をした。ところが現代の若者はなかなか結婚しない。彼らは家を出て自活したり、就職先を求めて他の町や都市に引っ越したりすることができるようになった。一方、現代の祖母世代は仕事を持っている。あるいは、少ない年金を多少なりとも増やすために、五十五歳（特典付きで引退できる年齢）をすぎても働き続ける。いまロシアでは国民の平均寿命が延びるにつれて年金世代が増加し、それによって生じるさまざまな問題について激しい論争が巻き起こっている。家族の力学が変化しつつある。

第7章 頑固な親たち

エレーナ・ジェルノワの闘い

エレーナ・ジェルノワが息子を出産したとき、ロシア人医師たちは生まれた子供は将来歩くことも話すこともないだろうと断言した。しかしそれは、具体的な検査結果に基づいた診断ではなかった。ジェルノワは分娩後のもうろうとした状態で、生まれたばかりの子はもう忘れて、もうひとり「健康な」子供をつくればよいという医師の言葉を聞いた。彼女と夫が拒むと、彼らは驚きの表情を浮かべた。息子は今や大学生となり、国際経営学を学んでいる。

昔からロシア人医師たちは、特別な支援が必要な子供が生まれると、国の施設に委ねるように両親にアドバイス、いや、命令してきた。そうした施設では最低限の健康管理しか期待できない。成長や教育のチャンスは望むべくもなかった。それがソ連時代のやり方だった。そして、今でも続いている。チェリャビンスクにいると、「普通でない」――ロシア人が「特別な支援を必要とする人」を指すときに使う最も丁寧な言葉――子供は、もともとこの町にはいないように思ってしまうかもしれない。見当たらないのだ。パブリックスペース（公共空間）には彼らのための設備はほとんど、あるいはまったくない。よくある平均的なアパートでは、彼らは外出するだけでもおおごとだ。エレベーターのドアは狭すぎて、国から支給された車椅子は入らない。階段しかない建物にいたってはお手上げだ。

子供を手放せと――あからさまな命令ではないにしても――忠告する医師に楯突く家族を、たいていのロシア人は理解することも同情することもなく、長いこと傍観してきた。人生は健康な者にとってさえ厳しい、障害があれば尚更だ――そう考えたのだろう。ずっと恥ずかしくてたまらないような気持ちで生きてきました――障害のある子供を持つ家族は、繰り返し私にそう語った。能力の度合いも障害の度合いもまったく違うのに、しばしば十把一絡げかつ誤った診断を受けた子供たちは、適切な教育を拒まれ、社会から隔離された孤独な生活を余儀なくされてきた。そうした子供たちは学習能力も生殖能力もなく、社会の一員になれないと広く考えられてきた。

エレーナ・ジェルノワによれば、特別な支援を必要とする子供たちは、ひとりひとりの症例を考慮されることなく、何種類かの施設に振り分けられているにすぎない。ダウン症の子供はこっちの施設、自閉症ならあっちの施設、脳性麻痺の子は別の施設――子供の進歩など期待していないし、多少違う施設をいくつか用意しておくだけだ。両親が抗議しても、「われわれのほうがあなた方よりくわしい。あなた方にできることは何もない」と冷ややかな目で言われるだけだ。

こうしたぞっとするような現状に対して、献身的でとことん頑固なロシア人の親たちは、今や戦いを挑んでいる(アメリカでも障害を持つ子供の親たちは、これまでもそして今も闘っている)。彼らは自分の子供を手放したり、絶望的な診断や孤立した状況を受け入れたりする気はもはやない。チェリャビンスクではエレーナ・ジェルノワが先頭に立ってこの現状に立ち向かおうとしている。彼女は、ロシアや世界中の人たち――何が実行可能かを示してくれた「先人」――に触発されて、闘っている最中である。

彼女は息子のニキータのために闘いを始めたのだが、生後間もないニキータへ下された残酷な診断はまったくの誤りであったことが今ではわかっている。まず彼女は、ニキータの成長を促すための運動とゲームを考案した。一年後、ニキータはしゃべり始めた。英語も学び始め、本も読みだした。彼の運動能力は人並みに近づいた。にもかかわらず、彼の出生時の診断書を見た小学校は例外なく入学を拒否した。エレーナはめげることなくいくつもの学校を訪ね歩き、とうとうある学校を説き伏せてニキータの入学許可を得た。その学校で、ニキータは目覚ましく成長した。やがてエレーナは、障害児を持つ親への支援活動を始めた。外国のNGOから資金提供を受け、馬との触れ合いや乗馬を介して治療する「ホースセラピー」を脳性麻痺の患者に実践するポーランドの専門家たちを訪ねた。エレーナはロシアに戻ると馬を一頭購入し、自分でプログラムを作り、それが息子や他の子供たち、たとえば国の施設に閉じ込められていた子供たちの役に立つことを願った。

ある秋のこと。ニキータは毎年新学年に提出するエッセー「夏休みの思い出」に何を書こうか迷っていた。「精神病院で夏休みを過ごしましたっていうのはどうかな?」と母親に冗談を言った。それを聞いたエレーナは、医師の出生時の診断を受け入れていたら、あなたは精神病院に入れられていたかもしれないのよと、ニキータに打ち明けた。「本当のことを知ったときの彼の目が忘れられない」とエレーナは私に語った。現在ニキータは大学で学ぶかたわら、時間があれば障害のある子供たちのためにボランティア活動をしている。

障害児支援センター「星の雨」

ニキータの子育てが一段落すると、エレーナは他の子供たちに関わる時間が増えた。「あの子たちをあのままにしておくわけにはいかなかった」と彼女は説明した。二〇一〇年、エレーナはダウン症の新生児を抱えるある裕福な実業家ジーマと出会った。最初ジーマは生まれたばかりの娘に会おうとしなかったが、娘を手放すようにという医師の「提案」は拒否した。「どこか外国に移住する、なんてことはしたくない。娘には未来のある生活をここで送ってほしい。私にはこうした子供たちを支援する資金がある」と彼はエレーナに語った。

エレーナはジーマと他の保護者と協力して、「星の雨（スターリー・レイン）」という障害児支援センターを作った。市が提供してくれた地下倉庫をきれいに掃除し、自分たちの資金に寄附金を足して、倉庫を明るい現代風の施設に変えた。とくにトイレは自信作だった。チェリャビンスク市には障害者用のトイレがほんのわずかしかなかったが、センターのトイレにはさまざまな動物の絵が描かれた色付きのタイルを貼った。エレーナは、このセンターをこれまでのような「厳格な、気が滅入るような施設」にはしまいと思っていた。障害児を抱えた家族は、そういった施設をうんざりするほど見てきたからだ。エレーナは交渉上手でもあった。必要なものを通常より安く手に入れることができた。彼女の人柄に工務店の人たちも記録的な速さで内装を仕上げてくれた。ある才能豊かな母親は、壁一面に夢あふれる絵を描いてくれた。

エレーナと同じように熱心で創意工夫に富む専門家スタッフに率いられたこのセンターは、さまざまな障害を抱えた子供たちに個別評価と無料診療——エレーナが望んでいたものより診療範囲は限定されてはいるが——を提供している。何よりもこのセンターは、子供たちが人と交流し、励まされ、成長する場所である。また、子供たちの保護者が悩みを分かち合い、家での子供への接し方を学ぶ場所でもある。良いと思えば何でも取り入れるのがエレーナのモットーだが、インターネットに載っているものは戸惑うものも多い。矛盾だらけのレポートがあるかと思えば、障害児の親が飛びつきそうな奇跡の薬効を並べ立てているサイトもある。エレーナは、親たちが自分たちでもできそうなプログラムや、役に立ちそうな情報を探している。「もしそれが風変わりな装置を使う、飛び切り複雑なものだったら、私たちの役には立たない」。彼女は障害児のいる家族のためにサマーキャンプを開催した。保護者たちはテントを張り、自分たちの苦労を語り合った。子供たちが思いがけない能力を身に着け、自信をつけていくようすを満足げに見守った。

エレーナは自費であちこち出張しては新しい指導法を学び、センターのスタッフや保護者たちに伝えた。二〇一四年には、めったに支給されなくなったアメリカ政府の助成金まで得てネバダ州の学校を訪れた。障害のある子供たちに、責任感を持たせ、どんな仕事でもいいから社会の中で働き手となれるように指導するようすを見学した。

ロシアの雇用主も障害のある人を雇うことはある。しかしそれは「善行を施す」気持ちで雇っているだけにすぎないとエレーナは言う。「雇い主は彼らに何も期待しないし、何も要求しない。それでは彼らは自分たちの無能さを痛感するだけで終わってしまう。ところがアメリカでは、そうした障害のある若者が現実的な仕事に携わって報酬を得ていた。たとえそれがレジの横で客が購入した商品を買い物袋に詰めるだけの仕事だったり、店の床を掃除するだけの仕事だったりしてもね」

エレーナのセンターが軌道に乗るのを見た自治体の役人は、それを自分たちの功績だと言い始め、センターの前で記念写真を撮りたがった。しかし彼らは地下倉庫を提供しただけで、それ以外は何の支援もしなかったというのが紛れもない事実だ。寄附金が集まらなかったときにはスタッフへの給料を遅配せざるをえなかったことがあったが、エレーナのコネと説得力が功を奏して、以後は少なくとも給料遅配の問題は解決できた。そしてついに、センターで働く教師たちの給料を市の教育予算の中から出させることが可能になった。

センターを開設した年、支援できた家族の数は百八十三だったが、それは支援を必要とする人たちのごく一部にすぎなかった。今や「星の雨」は七百家族の相談に乗っている。中には、遠く離れた町に自分たちのセンターを開設したいと考える人たちも出てきた。エレーナは外国の事例を真似た資金集めのイベントを絶えず開いている。子供たちが参加する演劇、スポーツ大会、手作り菓子のバザーなどがそうだ。

センター作りの手伝いをしてくれた最初のグループの保護者たちは本当によく協力してくれたが、センターが軌道に乗ってから参加した保護者たちは、こうした活動を続けるためにしなければならないことを十分に理解しているわけではない。彼らはセンターの背後に自治体がいると思い込んでいる。チェリャビンスクの人たちはそう考えるのに慣れているのだ。エレーナはこのセンターは自治体のひも付きではなく、財団であることを保護者たちに理解してもらうために一層努力しなければならないと語った。それもまた、変わりつつあるロシアの一部なのだろう。彼女は軽度の学習障害を持った子供たちのための有料の学校も始めた。この学校とセンターが協力し合うことを彼女は願っている。

エレーナにとって、地元の著名なテレビジャーナリストのマルガリータ・パヴロワからの支援は大きな支えとなった。彼女の下の娘は重度の自閉症と診断された。エレーナのときと同じように、国の施設に娘を委ねるように忠告されたが断った。けれど彼女が頼りにした家族や友人知人は皆、自閉症児とどう向き合ったらいいのかまったく知らなかった。パヴロワによれば、二〇一〇年頃は、自閉症は公の場で議論されることもなければ、真剣に研究されてもいなかったという。パヴロワは彼女なりに全力を尽くしたが、娘の自閉症はなかなか改善しなかった。「ここの専門家は役立たずで、何十年も前の知見に頼っていた。他の国では新しい方法や新しい研究成果を試みて、何らかの効果が出ているというのに」と彼女は不満をもらす。彼女の娘は今、「星の雨」に通っている。

パヴロワはジャーナリストの仕事を辞めて、家族と子供の問題を扱う州のオンブズマン［役所や公務員の違法行為を見張り、行政に関する苦情を調査・処理する機関。また、人］になった。そして彼女は大切なことに気がつく。「私が愛情と覚悟を持って娘に接していれば、それは社会の人たちにも影響し、娘や娘のような子供を見る眼が変わる」

パヴロワがオンブズマンとして最初に手掛けたのは、新しい倫理コードを立案することだった。それがあれば、医師たちは彼女や他の親たちにしたこと――彼らを脅したり、説得したりして子供を手放させようとしたこと――を禁じることができる。またパヴロワは、娘のような自閉症児についての啓蒙活動を行なうことと、彼らにリハビリや教育や上質な医療を提供することを州政府に約束させる活動も開始した。

「星の雨」のエレーナ・ジェルノワは、最近起きた「歴史的な」変化について語ってくれた。市の社会福祉局から助けを求める手紙が届き、両親を説き伏せてダウン症の子供を手放さないようにしてほしいと書いてあったという。「あの人たちが私たちに助けを求めたのよ！」と彼女は興奮して言った。

国際養子縁組

子供の問題についてのもうひとつの大きな変化は、養子と里親の受け入れが徐々にだが前進していることだ。昔からロシア人は、養子をとるにしても生まれたばかりで実子として周囲をごまかせる年齢の子供しか養子にはしない。だから養子をとるときには妻が妊娠している振りをするのはよくあることだった。さらに、欧米諸国でも長い間そうだったが、養子の子供が自分の人生の始まりについて教えられることはめったにない。だからロシアでは、実子として「ごまかす」には大きすぎる子供は、国の児童養護施設に送られることになる。

一九八〇年代後半から一九九〇年代にかけての経済危機の時期、ロシアの児童養護施設への補助金が削減された。一方で、施設の前に置き去りにされる子供の数は増え続けた。そうした子供の中には、いわゆる「社会的孤児」がいた。彼らは困窮した親に捨てられた子供であり、あるいは麻薬中毒やアルコール依存症や犯罪などで親権を失った親に代わって国に委ねられた子供たちだった。児童養護施設はどこも定員オーバーとなり、切羽詰まったロシア政府は外国人との養子縁組を初めて許可した。

一九九〇年以降、アメリカ人夫婦は六万人以上のロシア人の子供を養子に迎えたが、ロシアの経済が回復し始めると、「われわれの子供を輸出するのは止めよう」という呼びかけがロシア国内で広まった。国際養子縁組を国の恥と考える人々が増えたのだ。

二〇〇五年当時チェリャビンスク市の児童福祉課の課長だったナジェージダ・ガルトマンは、特別なケースを除いて、国際養子縁組に反対するようになった。「モスクワ行きの飛行機に乗っていたら、養子縁組したばかりの子供を連れている外国人夫婦がいました。そのとき、自分の子供を連れて行かれるような気がしたの。私は隣にいた部下に言いました。私たちがあの子供たちを手放すのは、どれだけ手を尽くしてもロシア人の両親を見つけられなかったときか、ここでは治療できないような医学的な問題を抱えているときだけにしましょうって」と彼女は目に涙を浮かべながら話してくれた。

ここ数年は養子縁組の規定が変わり、生まれたばかりの健康な子供の養子縁組はロシア人夫婦が優先されることになった。また、国内での養子縁組の手続きも簡素化した。しかしそれでも、希望者はあまり多くない。一方、外国人が養子を希望した場合は時間ばかりかかり、経費も増大している。そのため養子候補の子供は、人生最初の大事な時期を適切な世話ができていない児童養護施設で過ごし、肉体的・精神的な問題を抱えることになる。

国際養子縁組に反対する声は大きくなり続けた。ロシアのマスコミは、国際養子縁組が最悪の結果になった事件をヒステリックに書きたて、アメリカ人夫婦の養子になった子供の十九件の死亡事故を大々的に取り上げた。このうちのふたつの事件は大見出しで報道され、国民の意見を大きく左右した。ひとつは、二〇〇八年に一歳九か月のドミトリー・ヤコヴレフが熱中症で死亡した事件だ。アメリカ人養父が日中九時間も車中に放置したのである。養父は過失致死罪に問われたが、バージニア州の裁判所は無罪を言い渡した。するとロシア中に、アメリカの寛大な法律に対する怒りの声が沸き起こった。

二〇一〇年には、七歳の少年がテネシー州に住む養母によってロシアに単身で送り返されるという事件が起こった。養母は少年にメモを持たせていたが、そこには「この子は発達障害と重度の行動障害があり、もう私には手に負えない」と書かれていた。

これらの事件を契機に、ロシア政府はアメリカ人との養子縁組を一時停止し、やがて養子を希望するアメリカ人夫婦に厳格な適正審査を行なうということでアメリカと合意に達した。ところがこの協定がようやく締結された頃、米ロ関係は再び悪化し始めた。二〇一二年にアメリカ議会がマグニツキー法を可決したのだ。セルゲイ・マグニツキーは、事件当時三十七歳のロシア人弁護士である。彼は、アメリカの投資ファンドを隠れ蓑にして巨額の公金横領を行なったとしてロシア政府高官数名を告発したものの、逆に脱税の容疑で逮捕されて獄死してしまった。これを重大な人権侵害だとしたアメリカ政府が、マグニツキーの獄死事件に関与したと思われる十数名のロシア人政府高官に制裁措置（アメリカへの入国禁止とアメリカ国内の資産凍結）を講じたものが、マグニツキー法である。マグニツキーの支援者によれば、彼は獄中で適切な治療を意図的に拒まれ、最終的には撲殺されたという。ロシア政府は、アメリカのマグニツキー法は傲慢で侮辱的な法案であり、国内政治への不当な干渉であると抗議した。そしてロシア議会は、同法への対抗措置としてアメリカ人との養子縁組を禁じるにいたった。

当時モスクワは反政府運動のピークを迎えつつある時期であり、アメリカ人夫婦との養子縁組禁止に反対する感情的なデモ行進も行なわれた。彼らのスローガンは「卑劣な役人どもからわれわれの孤児を守れ」だった。だが、身寄りのない子供の世話をする能力が他ならぬ自分たちの国に欠けていると主張するこの抗議運動は、ロシア中に広がったわけではなかった。たいていのロシア人は、ロシア国営メディアのヒステリックな報道――アメリカ人養父母はこれ以上ないほどの悪者に仕立て上げられた――をおおむね受け入れていたのである。またロシアの国会議員たちも、自立した国家は自分の面倒は自分で見るべきであると宣言した。

チェリャビンスクのソーシャルワーカーは、この養子縁組禁止令に愕然とした。政府が児童養護施設にいる大勢の子供たちへの適切な世話をいまだにできていないことを熟知していたからだ。また、ロシア国内での養父母や里親探しの取り組みもあまりうまくいっていないことも承知していた。地元の人気のウェブサイトは養子縁組を待つ子供たちについて連日のように取り上げ、かわいらしい子供の写真とともに、養子縁組に関する問題の要点や、「ママがほしい」というメッセージを掲載した。結局、チェリャビンスク州の児童養護施設にいる五千人の子供のうち、二〇一二年にロシア人夫婦と養子縁組できたのはたったの二百人である。しかもそれがピークだったのであり、以降の実績はかんばしくない。アメリカ人養母が子供を送り返した事件は世間に広く知られた。しかし同様な事件がロシアでもしばしば起きていることは――報道はされていない――担当者も認めている。

イリーナ・ブトリナは、州の社会福祉局で働く若い職員である。無愛想だが非常に優秀、働き者だ。彼女によれば、「昔なら養子を考えるのは子供のいない夫婦と決まっていましたが、今ではすでに子供がいるであろう夫婦が私たちに養子縁組の件で連絡してきます。そうするべきだと彼らが考えたからです」。しかし、養子縁組を考えるロシア人夫婦の数はいまだ少ないと彼女は言う。加えて、外国

――とくにアメリカ――のように、障害のある子供を養子に迎えようとする夫婦はきわめて少ない。

国際養子縁組の議論が盛んだった頃、チェリャビンスクの児童養護施設にいる十四歳の少年マクシム・カルゴポルツェフは、政治的な駆け引きに巻き込まれた。彼は、アメリカのバージニア州ウッドストックに住むウォーレン夫妻と数年にわたって連絡を取り合っていた。ウォーレン夫妻がマクシムに初めて会ったのは、夫妻が所属する教会を通じて彼の児童養護施設でボランティア活動をしたときである。マクシムには発達障害があったが、そのまま施設にいた場合の彼の将来を案じた夫婦は、二〇一一年に彼を養子に迎えることを決意した。養子の話を聞き、アメリカへ行くことを心待ちにしていたマクシムは、フェイスブックの自分の名前に「ウォーレン」を付け足した。

ところがマグニツキー法のために彼の養子縁組の話は取り止めになってしまった。マクシムのことを知ったチェリャビンスク選出の下院議員で過激なナショナリストでもあるセルゲイ・ヴァインシュタインは、ロシアの家庭は子供をもっと養子として迎えるべきだとテレビで語り、自分はマクシムの後見人になるつもりだと勝手に言い出した。ヴァインシュタインはマクシムに携帯電話を買い与え、休暇を一緒に過ごすための旅費を払いもした。しかし、「後見人」としてしたことはせいぜいその程度だった。マクシムは彼の家族と打ち解けることができず、児童養護施設に居続けた。その間もウォーレン夫妻はマクシムと連絡を取り合い、定期的にスカイプで話をしていた。マクシムとウォーレン夫妻は彼らなりに報道関係者対策を講じたもののうまくいかず、今では新聞記者と話すのを恐れている

――事態を悪化させるだけだからだ。

児童養護施設

ロシアの児童養護施設そのものは、たいていのアメリカ人が信じ込まされてきたほどひどくはない。が、こうした国の施設では責任者の役割はきわめて重要だ。たとえば、面倒見のよいスタッフによって上手に管理されている施設をけなすことは誰にとっても困難なはずである。施設長であるタチヤーナ・スミルノワはこの施設の仕組みをがらりと変えた。彼女は子供たちを十人単位のグループに分け、グループひとつひとつを「家族」と名付けた。それぞれの「家族」は居心地がよく、宿題をはじめさまざまなことの手助けをしてくれる世話係もついている。ただしスミルノワは現状に満足しているわけではなく、つねに心理学的知見を得ようと努力している。彼女は自分の児童養護施設を過大評価しない。どんなに改善しても、本物の両親のいる本物の家庭には及ばないことは承知している。できれば養父母はロシア人のほうがいいと思っているが、前回取材したときには、国際養子縁組はまだ必要だと考えていると言っていた。

ロシアの社会福祉に携わっている人たちがよく口にすることだが、スミルノワにとっても最大の課題は、こうした子供たちを現実の世界へ旅立たせるためにどんな準備をするべきかということである。「奇妙に聞こえるかもしれないけれど」とスミルノワは前置きしてから話し始めた。ロシアの児童養護施設出身の子供は、普通の家庭で育った子供よりも独立心にかなり欠け、自立する準備ができていない。児童労働と誤解されないように、施設が子供たちに洗濯や料理をさせるようなことは今ではありえない。施設内の菜園の野菜を収穫しなさいと言うこともない。子供はお金の使い方も知らない。

だから施設を退所する年齢になっても、自活するのに必要な生活スキルは何も身についていない。さらに言えば、人から物をもらうのに慣れてしまっている。施設の子供たちに携帯電話や服を贈るのが流行っているからだ。だが十八歳になれば彼らは施設を退所する。そうしたものはもらえなくなる。スミルノワは施設の後援者たちに、贈り物をしたり、クリスマスパーティーを開いたりすることよりも、もっと彼らの将来に役立つことをしてはくれないかと提案している。旅立つ子供たちにとって一番必要なのは、人生の手本となるべき人間と知り合い、将来の仕事につながるような職場を訪問し、週末を本物の家族と過ごして家庭生活というものを味わい、責任感を養うことだと彼女は言う。

社会福祉局のイリーナ・ブトリナに、十八歳で退所した子供たちのその後の人生について尋ねると、「扱いの難しい微妙なテーマですね」と彼女は答えた。彼女の調査によれば、質素だが安定した家庭生活を送れている者はせいぜい三十パーセントで、残りの者は、最後には刑務所送りになっているか、何らかの形で社会から見放されているかのどちらかだという。子供たちは十八歳の退所時に公営アパートをもらえることになっているが、ネズミが出そうなアパートのワンルームがせいぜいである。逆に十分な広さのあるアパートだったりすると、社会経験に乏しい子供たちは詐欺師の格好の餌食になり、わずかな現金で手放すことが多い。さらに悪質なのは、児童養護施設のスタッフが子供たちを食い物にし、彼らのアパートを自分のものにしてしまうケースだ。退所した子供にアパートを与えるのはなかなか良い方法だが、実際は問題が多いようだ。

ナースチャとマーシャ

アメリカ人との養子縁組禁止令は、やがて同性結婚を認める国々との養子縁組禁止令にまで発展し、国際養子縁組はさらに厳しく制限されるようになった。NGOのスタッフとチェリャビンスクのソーシャルワーカーは、何千人もの子供が当分の間は児童養護施設に置かれたままになるだろうと予想した。

そうした子供たちの中で最も気がかりなのは肉体的・精神的な障害を抱えた子供たちであり、彼らが置かれている環境は劣悪なままだ。チェリャビンスク在住の二十三歳の女性ナースチャ・プラトノワは、稀有な遺伝子疾患を持つ、ある子供の里親になろうとした。ところが手続きを進めようとするとそのたびに壁にぶつかった。その子のいるモスクワの児童養護施設が、国から支給される月額二千ドルの助成金を失いたくなくて邪魔しているのだった。

生後間もなく捨てられたその子はその後マーシャと名付けられ、トリーチャー・コリンズ症候群と診断された。頬骨の欠如、耳の奇形または不形成、難聴、垂れ下がった目が特徴の非常にまれな疾患である。マーシャはモスクワにある、特別な支援を必要とする子供のための児童養護施設に引き渡されたが、この施設は国から十分な助成金を得ているにもかかわらず、特別な支援はもちろん、基本的な世話もしなかった。

ナースチャが当時三歳のマーシャに初めて会ったとき、マーシャは栄養状態が悪く、あらゆるものに怯えていた。話すことも歩くこともできなかった。施設の職員からはわずかに補聴器を与えられただけで放っておかれた。

ある日ナースチャがマーシャに新しい服を持っていくと、施設がパニックになってしまった。着替えさせようと服を脱がせて、ナースチャにはその理由がわかった。マーシャの体はあざだらけで、明らかに叩かれてできたものだった。彼女はビデオでマーシャの体のあざを録画したが、協力してくれているNGOのアドバイスに従い、どこにも公表しなかった。彼女がマーシャの里親になるのを拒むことで、施設長たちは報復するだろうと忠告されたからだ。

実際、施設はマーシャを成長の望めない植物人間とみなしていた。ある職員などは、そんな子供を欲しがるナースチャは頭がどうかしているとまで言ったそうだ。施設側は、ナースチャがマーシャを里子にできないようにあらゆる手を打った。施設長はマーシャの実母が娘を取り戻したがっていると言い出した。嘘だった。施設側がマーシャを手放したくないのはマーシャが金の成る木だからだろう、と彼女は結論した。私が取材した他の里親たちも同意見だった。

この件では、施設側はナースチャをかなり見くびっていたようだ。ナースチャは二十名から成るある委員会に出向き、マーシャの件を訴えた。審議の結果が出るまでの間、ナースチャは建物を出て、却下されるものと覚悟しながら寒空の下で待った。するとひとりの男性が走ってきた。彼は委員会に遅刻してしまったそうで、ふたりは外で立ち話をした。やがて審議の結果が出て、ナースチャの訴えが認められた。彼の投じた一票で決まったとのことだった。

二〇一二年に私はナースチャと初めて会ったが、魅力的なティーンエイジャーと言ってもおかしくないくらい若々しい女性だった。二十代半ばの彼女は長いブロンドの髪をたらし、細身な体にTシャツとジーンズを身に付けていた。すでに健康な男の子の母親だったが、「もうひとり里子か養子を育てなさい」という神のお告げがあったという。最初は健康な女の子を考えていたが、インターネットで検索しているうちにマーシャの存在を知った。養子と里子を支援するモスクワのNGOのファイルに載っていたのである。「この子は私の子になる――すぐにわかったわ」とナースチャは語る。マーシャの顔には疾患が認められたが、ナースチャとどこか似ているところがあった。ナースチャの夫は最初のうちはマーシャを迎えることに協力してくれたが、それぞれの両親が「奇形児」の孫を持つことに猛反対した。やがて夫はこの計画に二の足を踏むようになり、協力しなくなった時点でふたりの結婚生活は解消された。それでもナースチャは歩みを止めず、今度はシングルマザーとして面倒な書類を書き上げ、再提出した。

ナースチャはマーシャを養子ではなく、里子として迎え入れた。養父母は金銭的恩恵を受けられないが、里親には助成金が支給されるからだ。障害のある子供には月額四百ドルの助成金が出るものの、児童養護施設へ支給されていた二千ドルに比べれば微々たる金額だ。彼女の家族は協力してくれなかったし、町の人はマーシャの顔を見ると嫌な顔をして、ナースチャからも遠ざかった。ナースチャはお金のためにマーシャを引き取ったに違いないと悪意に満ちたことを言う人もいた。実際は、助成金と医療費補助だけでは今後必要な手術代や心理療法代の一部にしかならない。ナースチャはできるだけ自分で支払ったが、差額はあのモスクワのNGOが支払ってくれた。ナースチャもエレーナ・ジェルノワの「星の雨」の常連だ。ここでマーシャが感覚トレーニング、体操クラス、言語療法を受け、ナースチャが同じような子供を抱える保護者同士の集まりに参加してからは、状況は一変した。また、別の町に非常に優秀な心理学者がいると知ったナースチャは、マーシャを連れてバスで三時間かけて通っているそうだ。

ナースチャの家族の一員になってから、マーシャは耳が聞こえるようになり、話せるようになった。ひょろりとしているが、走ることもできるようになった。マーシャがナースチャにべったりくっついて離れないことがしばらく続いた時期もあったが、いつしか終わり、八歳になる今はよく笑い、兄（ナースチャの実子）や他の子供とも遊び、さらに自信をつけたようだ。マーシャの稀有な疾患がどれほど謎に満ちていようが、彼女は誰の予想よりもはるかに早い成長をしている。激しく感情を爆発させたり、ぞっとするような癇癪を起こしたりする悪戦苦闘の時期もあったが、マーシャは日々成長している。もう無理だと思った瞬間もあったものの、自分の隣で丸くなっている姿を見ると、劇的に変わったのはマーシャだけではない、自分もだと気がついた。「あの子は神様からの贈り物。あの子がいたからこそ、人生で何が大切か、自分とは何者かについて深く学べたわ」

第8章

奮闘する医師たち

エドゥアルド・リービン医師

激動の一九九〇年代にチェリャビンスク市立第八病院の院長だったエドゥアルド・リービン医師は、私の取材を快く承諾してくれた。第八病院は、スターリンの死にもの狂いの工業開発、つまり五か年計画を実現するために大量に送られてきた労働者を治療するために、一九三〇年代に急遽建設された。二階、あるいは三階建ての病棟は無秩序に広がり、各病棟を結んでいるのは、夏は泥だらけの、冬は凍った、吹きさらしの道だけだ。ある病棟の診療科から別の病棟の診療科に移動するには、医師も看護師も患者も、冬には雪道を、春には泥道を苦労して歩いていかなければならなかった。まったく効率が悪く、しかも衛生面でも問題があった。病棟にエレベーターはない。コンクリートの階段はところどころすり減って滑りやすく、上がり降りするのは命懸けだった。

第八病院は市のトラクター工場一帯が担当地区だったが、当初計画していた収容人数の二倍の患者でいつもごった返していた。病院用のきちんとしたベッドもなければナースコールも付いておらず、生体情報モニタは言わずもがなである。器具はどれもひと昔前のものばかりだった。私が透析器や人工呼吸器、とくに子供用のそれらの機器について質問すると、リービン医師は眉をつり上げて私を見つめた。当時は抗生物質と麻酔薬を入手するのでせいいっぱいだったのだ。

ソ連時代の医療制度は、絵に描いた餅を見せては国民を失望させていたようなものだった。医療費はたしかに無料だった。しかし、入院患者が自分のシーツと枕を持参しなければならないほどだったのだから、手術用手袋や薬はご想像の通りである。誤診も多かった。傷跡を目立たなくして欲しければ、患者は手術用の糸を自分で調達しなければならなかった。共産党幹部用のクレムリン病院や他の病院には世界的レベルの医療技術を持つ専門医がいたものの、医師全体の平均はおそらく研修医程度の技術しか持っていなかった。そしてソ連が崩壊。医療現場は悪化の一途をたどった。しかし、世界への扉がついに開かれたとも言えた。

一九八九年六月四日の早朝、チェリャビンスクでその「扉」は開かれた。恐ろしい事故が発生し、子供たちが大勢巻き込まれたというニュースが世間の注目を集めた。サマーキャンプに向かう子供たちを乗せた列車から火花が出て、線路に低く垂れ込めていた産業用ガスが爆発を起こした。犠牲者は数百人にのぼり、病院は火傷を負った子供であふれ返った。しかしソ連の医師はこうした大規模な事故への対応法を知らず、訓練も受けていなかった。ソ連政府は――異例なことだが――この悲惨な事故が起きたという事実のみならず、ソ連の医療技術では対応が困難だという状況を隠す道は選ばなかった。事故を知った西側諸国の医療チームが直ちに救援活動を志願すると、兵器産業の中心地であり、これまで外国人立ち入り禁止地域だったチェリャビンスクに彼らが入ることを政府は許可した。

医師と看護師からなる西側の医療チームからは、ありがたいことに医療技術と専門知識の数々を得ることができた。その中には、溜まり水に置かれた細菌だらけの固形石けんの代わりに液体石けんを使うという簡単な方法も含まれる。彼らが教えてくれた新しい外科技術や火傷後の感染対策のおかげで、多くの命を救うことができた。圧迫包帯もそのひとつだ。比較的簡単な方法だが、圧迫包帯を使用すれば、治療後に残る瘢痕（はんこん）や重度の変形を軽減することができた。西側諸国の医療チームとのこうした共同作業は、以降の交流の端緒となった。

四十代半ばのがっしりした体格のリービンは、この「共同作業」という考え方に胸が躍った。一九九三年に私が初めて彼を取材したとき、市立第八病院では何十組もの使い捨て手袋が洗濯され、屋外に平然と干されていた。リービンはX線フィルムを手に入れようと必死になっていたが、抗生物質のような基礎的医薬品は西側からの断続的な支援に頼っていた。だが一九九〇年代の市場経済の導入とその後の混乱の中で、ついに彼は西側の医師たちと直接連絡を取り、彼らから最新の医療を学び、治療に役立てたいと考えるようになった。チェリャビンスクにも普及し始めたインターネットを使えば、彼らから教えを乞うこともできるだろう。西側諸国に旅行もできるようになったので、安くて良質の医療器具を直接購入する手筈をととのえられるかもしれない。そうすれば、賄賂を要求する保健省の役人を介さずに済む。

ネットで調べているうちに、自分で購入しに行けば、少ない予算でかなり良質な医療器具を手に入れられることを彼は知った。私がリービンと偶然再会したのは、アメリカ発ロシア行きの飛行機の中だった。彼は首に奇妙なもの――バザールで買ったヘビ？　それともなにかの宝石？――を巻きつけていた。それは中古の内視鏡だったのだが、彼にとっては貴重な光ファイバーの医療器具だった。それがあれば、胃腸の疾患をより正確に診断することができる。アメリカの医師たちが譲ってくれたそれを途中で盗まれないようにと、帰国までずっと大事に身に着けていたのである。

病院に戻った途端、彼の束の間の幸福は消えてしまった。時は一九九五年。チェリャビンスクの経済状態は、彼がアメリカに行っていたほんのわずかな期間にさらに悪化していた。病院の予算はそれまでも不十分だったが、さらに五十パーセントも削減されてしまった。これでは新しい医療器具の購入どころではなく、病院スタッフの給料や医薬品の購入さえままならなくなる。

そこで彼はバーター取引（物々交換）を始めた。ある会社が税金を支払えず、延滞金を科されるか、あるいはもっと悪い事態になると脅かされているのを知った。市立病院がその額に相当する分の商品を引き取ろう。「私はその会社の重役に話を持ちかけた。あなたの会社にはこれだけの額の借金がある。市立病院がその会社が製造したパイプを引き取り、驚いたことその支払いを税金にあてればいい」。リービンはその会社が製造したパイプを引き取り、驚いたことに買い手を探し出し、パイプを魚と肉の加工品と物々交換した。さらにその加工品をチェリャビンスクに持ち帰ると市場（いちば）で売り、病院スタッフの給料と医薬品の支払にあてた。

ところがこの奇策のせいで、彼は収賄容疑をかけられてしまった。彼は何日もかけて関係書類を丹念に読み、すべて説明できると確信した。後で判明したことだが、彼が病院のために稼ぎ出した金の一部を市の役人が巻き上げようとして、収賄容疑をでっちあげたのだった。彼は容疑をはねつけ、何とか生き延びた。

だが話はそれだけでは終わらなかった。その後、彼は近隣住民に担ぎ出されて市議会議員になった。二〇〇〇年にウラジーミル・プーチンがボリス・エリツィンの後継者として大統領に就任してロシアに安定がもたらされると、リービンは初めのうちは勇気づけられる気持ちだった。議員として地域医療改革に着手し、予算獲得に動き、実際に得ることもできた。ところがその予算は、お粗末な病院経営、えこひいき、戦略的な思考の欠如、汚職の蔓延によって食いつぶされてしまった。


最後に会ったとき、彼は現役を引退し、現実に絶望していた。汚職はひどくなる一方だ、と彼は言った。私は、チェリャビンスク州政府の保健省大臣と数名の高官が逮捕され、しかも大々的に報道されたことは希望にはならないかと質問してみた。それは、不正に得た数百万ドルの金をサウナのベンチで山分けしている現場をドラマのように踏み込まれ、ビデオに録画された事件のことだった。安価だが品質不良の医療器具の支払として法外な値段の領収書を切り、その差額を懐に入れるというよくある手だった。彼らの逮捕で町中に衝撃が走ったが、リービンは驚いたりはしなかった。この事件で法律が厳格に適用されるようになるなどと思ったら、大間違いだ。大臣が密告されたのは「不正の鎖」にきちんとお金を支払わなかったからだ、とリービンはほのめかした。医療器具の入札は日頃から不正操作されている——彼にとって、それは自明のことだった。

私たちは高くそびえるレーニン像がいまだに重々しさを添えている市の練兵場に近いカフェで話をしていたが、リービンの娘のひとりがやってきて会話に加わった。娘の同席とシングルモルトで口が滑らかになったのか、リービンは初めて自分の生い立ちについて語り出した。

彼の祖父母は農村で生まれ育ち、家族を養えるだけの十分な土地を所有していた。一九二〇年代後半から三〇年代にかけて、そうした人たちは「クラーク」、いわゆる裕福な農民として糾弾され、逮捕されたり、土地家屋や家財道具を没収されたりした。

母親はまだ十代前半のときに兄と暮らすためにチェリャビンスクに行き、新しい工場で働き始めた。ある朝、彼女は工場に十五分遅刻し、たったそれだけで刑務所行きを言い渡された。ただしドイツ軍の奇襲攻撃で独ソ戦が始まったので、刑務所ではなく、「志願兵」として戦場へ送られた。そこでジョージアのアルメニア兵ロマンと出会い、恋に落ちた。やがて彼女は妊娠し、故郷に帰された。ふたりは戦争が終わったら結婚しようと固く約束したが、ロマンが彼女の前に現れることはなかった。

リービンは父親のことを何も知らずに育った。戦死した、としか母は言わなかった。彼は父親のことを、祖国を守るために死んだ英雄――勇敢な秘密諜報員だったに違いないと想像を膨らませた。しかし、戦勝記念日に集まる人々は誰も父のことを知らなかったし、他の退役軍人の家族のように戦勝記念日用の特別な食料品の包みを渡されることもなかった。とうとう彼は何か変だと思うようになり、母親を問い詰めた。自分たちは捨てられたのだ、と母は告白した。

リービンはパイロットになるためにチェリャビンスク市の空軍航空学校に入学し、そこでジョージア出身の学生と知り合った。「彼と親しくなり、自分の父親もジョージア出身だと話した。すると彼は父親の所在を突き止める手助けをしてくれた。私はその場所を訪ね、あのくそ野郎と対決することにした」

ジョージアに向かった。父親が住むアパートのベルを押すと、老いた女性がドアを開けた。彼女はリービンを見ると、はっと息をのんだ。息子にそっくりな青年が立っていたからだ。彼女はリービンに息子の勤め先を教えた。「私は父親を糾弾するつもりだった」。ところが会った途端、父親は思いもかけない反応をした。リービンを見て衝撃を受け、それから驚きとよろこびの混ざった顔で彼を見つめ、「エディク、エディクなのか?」と何度もつぶやくように言った。エディクはエドゥアルドの愛称で、もし男の子が生まれたらその名前にしようとリービンの両親は決めていたそうだ。リービンは、あなたは母と私を捨てたと言って父親を責めた。すると父親はにわかには信じがたい話をし始め、ウラル軍管区から届いた手紙をリービンに見せた。それには「分娩時に妻子ともに死亡」と記されていた。「捨てられたんじゃなかったんだ……」。リービンはつぶやき、あとは言葉にならなかった。

父親のロマンは息子に空軍を辞めて医者になるように勧めた。それはリービンがあこがれていた職業だった。やがて彼は医者になり、同僚の女医と結婚し、ふたりの娘にも医者になれと勧めた(娘たちは強制されたと言っているが)。けれど娘たちは労働条件が悪く、給料があまりにも安いので、医師を辞めてしまった。今ではリービンは、かわいい孫娘が家業とも言える医師の道に進むのを辞めさせようとしている。「医療現場はめちゃくちゃだ」とリービンは言った。

医療現場

一九九三年にリービンに初めて取材してから、すでに二十年以上の年月が流れた。その間にロシアの医療現場は劇的に改善された面もあるが、大部分は混乱状態のままだ。政府が約束した無料の医療には、賄賂、過酷なノルマ、汚職が奇妙にミックスされている。一流の医療と標準以下の医療が気まぐれに混ざり合っているのも昔のままだ。たとえば、現在チェリャビンスクには新しい心臓病センターと癌センターがあるが、子供の手術ができる外科医はひとりしかいない。また、ここにはソ連時代からのエセ科学がいまだに残っている。ラドン温泉［放射性元素ラドンを含む温泉］や紫外線照射といった、ほかの国では効果なし、あるいは明らかに危険な治療として採用しなくなった安易な治療法がソ連時代の医療機関では推奨されていたものだが、まだ絶滅していないのだった。

医師たちは、医学教育は良くなるどころか、むしろ悪くなったと不満をもらしている。学生が金の力で医学部に入学したり、卒業したりできるからだ。そうなってしまったのは、教授たちが仕事に見合った十分な給料を得ていないからであり、臨床医の給料が呆れるほど低い（月収数百ドル）からだと言う。一クラス二十名の学生のうち、医師になるのはたった三名ほどだけで、残りは高収入の仕事を求めて医薬品業界や医療関係の仕事に進む。たとえ医師になるとしても、高収入を得られる美容整形のような専門医を目指すのだという。

イーゴリ・スクリプコフは献身的な医師であり、集中治療の専門家だ。彼はこの分野によろこんで進んでくれる医学生を探すのに四苦八苦している。集中治療はもっとも金にならない分野のひとつだからだ。インターネットやスカイプのおかげで難しい症例について世界中の医師に相談できるようになったのはよろこばしいことだが、その一方で自分の集中治療科にはベテランの医師が不足していることに頭を抱えている。あまりにも低い医師の収入、生体情報モニタなどの医療器具不足、市立病院の老朽化——彼が苛立つことは多い。築二十年しか経っていないにもかかわらず、彼の病院もリービンの第八病院のように、無計画に建てられた病棟の集まりで、雨漏りはするし、壁ははがれている。正直者で通っている病院長は最善を尽くしているが、成果は出ていない。どうやってその現状をしのいでいるのかとスクリプコフに尋ねると、五十代の彼は「われわれには頭脳と黄金の手がある。少なくともわれわれの世代は、無から有を生むことに多少は慣れている」と答えた。

それでも都市部の医療は、地方の医療に比べたらずっとましだ。地方は魅力に乏しい生活環境ゆえに医師が集まらない。政府は地方で開業する気のある総合診療医（ＧＰ）に多くの特典を約束したが、それがどういう成果を生んだか――あるいは生まなかったか――を見届けていない。チェリャビンスク市なら、医師は病気の子供をいまだに往診するし、公的医療保険でカバーできる範囲で最善を尽くす。ところが都会から遠い地方の村では、心臓発作のような生命にかかわる緊急な場合でも救急車はなかなか来ない。私は地方の村で複数の高齢の患者に取材したことがあるが、彼らによれば、医師たちは診察しようともせず、「長生きしたのだから、もう十分では」と言うそうだ。一方チェリャビンスクでは、無料の高度な治療を受けたのち、国から補助金の出ている保養所に自費で滞在する八十歳の患者がいるという現実もある。

チェリャビンスク市に住むある友人は、賄賂を渡すことには忸怩たる思いはあるが、そうするしかないのだと語った。「もし孫が病気になったら、金を渡さなければならないだろうね。そうしないと医者はちゃんと診てくれないだろう。渡すべきでないなんてことはわかっている。こんな不正が延々と続くだけで、何にもならないからね。けれど私自身の孫となったら――話は別だ。私は孫の健康を選ぶと思う」。専門医に診てもらい、ちゃんとした治療を受けるためには何をなすべきかという話題になると話は尽きないが、結局のところは「運」と「コネ」と「賄賂」で決まるという結論に落ち着いてしまう。

処方薬をどうするかも頭を抱える問題だ。政府が無料で提供する薬は限られており、そのリストに載っている薬は最良のものではなく、薬効の高いものでもない。医師は患者に無料の薬を処方するが、もっと適切な薬——たいていの場合は外国製——を個人の薬局で大金をはたいて購入することを勧める。だがそんな余裕のある患者は多くない。ロシアが外国製の医薬品に依存している現状に危機感を募らせたナショナリストの国会議員のひとりは、輸入制限を言い出した。すぐにネット上で反論が沸き起こったが、当時の大統領ドミートリー・メドヴェージェフ［二〇〇八年五月から二〇一二年五月まで大統領］は二〇一八年までに医薬品の九十パーセントを国内製品にすると宣言した。それは無理難題と言えた。

外国製医薬品や医療器具にすっかり依存しているので、ロシアの医療制度は苦境に追い込まれている。原油価格の下落とともにルーブルの対ドル為替レートが急落し、コストが上昇したのだ。医薬品に関する宣言の履行は延期されたが、外国製医療器具の輸入制限はすでに始まっており、外国の医療器具メーカーが入札に参加しようとしても、ロシアやユーラシア経済連合（ベラルーシ、アルメニア、カザフスタンなど）のメーカーが二、三社参加していると、もうそれで断られてしまう。もっとも、それらの国々に医療分野の専門技術があるという話を聞いた者はいないのだが。現在では外科器具の五パーセントはロシアのメーカーが供給している。スクリプコフのような集中治療医は品質に問題のある器具を使う羽目になり、状況は悪くなる一方だ。「いくら頭や腕を使って工夫しても、こうした変化には対応しきれない」とスクリプコフは嘆く。

個人病院

現在、医師の基本給を増やすために、病院は治療費を上限十五パーセントまで値上げすることが許されている。この決定は、まわりまわって患者がより快適な環境で行き届いた治療を受けることを目指すものだが、実際には、ほとんどの病院事業管理者はこの上限をはるかに超える診療報酬をすでに請求しており、その一方で「無料」の患者を長時間待たせている。彼らは長い列を作り、あるいは通路で待たされている。

良質な治療をすぐに受けたいという患者のニーズに応えるために、個人病院が特定の病気に特化して治療することが許可されるようになった。チェリャビンスク市の中心街を歩いていると、各種医院の看板が目に入る。歯科医院（大半が国の医療保険外治療）、眼科クリニック、アレルギー専門医院、不妊治療医院、美容外科医院だ。ロシアの美容外科医は高度な専門技術――私は見事な仕事ぶりを目撃したことがある――とその安い手術費で、ヨーロッパの多くの女性から注目されている。欧米なら三万ドルもするフェイスリフトが、ロシアなら近代的かつ清潔な医院で二千ドルで受けられる。ほとんどのロシア人にとっては法外な値段だが、外国人にとっては大した金額ではない。他方、脂肪吸引をする美容外科医ではなく火傷を専門とする形成外科医は、予算削減と支援不足に抗議して最近ストライキに突入した。

二〇〇三年にはチェリャビンスク市に百五十軒しかなかった個人病院は、今では七百軒ほどになっている。個人病院で週に一日、つまり月に四日働くだけで市立病院の一か月分の給与を上まわる報酬を得る医師もいる。タチヤーナ・ペストワ医師は、政府は専門治療をするための国の病院施設を徐々に縮小し、彼女のような開業医にますます委ねるようになったと言う——もっとも政府は公には認めていないが。

婦人科と不妊治療科のある個人病院の院長であるペストワは、政府の医療制度の欠点を補ってきたと自負している。ロシア政府は低い出生率を懸念こそしているが、国の施設で不妊治療を実際に受けるのはそう簡単なことではない。二〇〇九年以前、不妊治療を希望するチェリャビンスク市の夫婦は、国の施設で診てもらうために数百キロも旅をしなければならず、たどり着いても長いこと待たされるのがつねだった。その後ようやくチェリャビンスク市に国が支援する不妊治療専門クリニックが開院したが、一年間でたったの百五十組の夫婦——希望者のほんの一部——の治療しかできなかった。不妊治療を希望する夫婦は国の委員会で精査され、承認されなければならないが、それも賄賂次第だと誰もが言う。さらに、四十歳以上の女性希望者は不適格とみなされ、通常は二千五百ドルかかる体外受精はこの不妊治療には含まれない。

イギリスで不妊治療を学んだペストワは、年間五千人の患者を治療する。彼女の病院では体外受精は一万ドルする。病院は染みひとつなく、効率重視の雰囲気もなく居心地がよい。長い列もできていない。彼女は医師たちに非常に高い技術を要求するが、同時にそれに応じた報酬——市立病院の給料の十倍——を支払っている。また治療の成功率は欧米並みだと自負している。精子と卵子のドナープログラムも開発したが、国はこうしたプログラムをチェリャビンスクではまだ提供していない。

エドゥアルド・リービンがこよなく愛した医師という職業、かつて彼が大きな望みを抱いて就いたその職業は、今日のロシア人からは高く評価されていない。医療制度に満足している人は全体の三分の一以下である。リービンとこの問題について議論するようになってから二十年以上になるが、彼によれば、「現状では無料で高度の医療を提供するなど夢物語だ。ばかげている。まったくばかげている」そうだ。

第9章

薬物依存者とＨＩＶ感染者

エイズおよび麻薬中毒者支援団体「コンパス」

二〇一〇年のある晩のこと、グレイのワゴン車が道の片側に停車した。毎晩そのワゴン車は、ソ連時代のアパート――アメリカの最悪の公営住宅に酷似している――が占めるチェリャビンスク市のある地区でアイドリングをしている。ワゴン車は誰かが車のドアをノックするのを待っているが、車体にはどこから、何のためにやって来たのかを示すような言葉や文字はない。ワゴン車がやって来る時間は公表されていないが、必要な人はどうにかして突き止める。

ワゴン車の中にいるのは医師、心理学者、元麻薬中毒者から成るチームで、州で唯一の政府支援のエイズおよび麻薬中毒者支援団体「コンパス」に属している。コンパスは、アメリカやヨーロッパからの資金提供を容易に受けられ、それが公的にも歓迎された一九九〇年代に、欧米の同様の団体に触発されて創設された。現在コンパスは、市の予算から多少資金を得ている。

ロシア政府は薬物使用とＨＩＶ感染の問題になかなか取り組もうとしてこなかった。チェリャビンスクの専門家は、今ではここの住民の少なくとも百人にひとりがＨＩＶ感染者であると推定している。これはロシア全体の平均の二倍以上に当たり、アメリカの平均の二倍に当たる。ロシアのＨＩＶ感染者の割合は増え続けており、チェリャビンスクのあるウラル地方とシベリア地方が最悪である。

ＨＩＶ感染者の激増は、ソ連崩壊後の一九九〇年代にヘロイン使用者が急増したことに起因する。チェリャビンスクがもろにその影響を受けた理由は、ここがアフガニスタンから北へ向かうヘロインの大中継地点になっているからだ。政府高官は、アメリカ軍がケシ栽培を止めさせる努力をしなかったからだと不満をもらした。さらに、アメリカ政府はわざとロシア人を麻薬中毒者にさせようとしたと言い出す者までいた。

話をコンパスのワゴン車に戻そう。二十七歳になるナターリア・ゴルビヤは、国立診療所で働いている医師には見えない。国立診療所は麻薬中毒やＨＩＶ治療に関する知見は不適切なうえ、やたらと口うるさい。赤いスウェットにスリムジーンズというラフな格好のゴリビヤは、ワゴン車の中の細い机に患者のカルテとゴム手袋、注射針、試験管を並べてじっと待っている。誰もあまりしゃべらない。車の中は暖かいが、外の暗い通りは身を切るような寒さだ。風で舞い上がった雪が渦を巻いている。こんな悪天候の日にやって来る人がいるのか、チームの誰にもわからない。

やがてノックする音が聞こえ、車のスライドドアが開いた。雪が舞い込み、若い女性が五歳くらいの子供と一緒に入ってきた。彼女は検査結果を聞きに来たのだ。ゴルビヤはすぐにふたりのことを思い出し、にっこり笑った。ヘロイン中毒のその母親はＨＩＶ陰性だった。だが結果を聞いても彼女は表情ひとつ変えず、そのまま立ち去ろうとする。ゴルビヤにはまだ伝えるべきことがあった。ＨＩＶ検査を受けた人のほぼ全員に当てはまることだが、その母親もC型肝炎にかかっていた。ゴルビヤは生活上の注意点を説明し、清潔な注射針を渡した。

ゴルビヤ医師のチームはメタドンを使用しない。メタドンとは、モルヒネやヘロインに似た鎮静薬だ。ヘロイン中毒者の治療薬として世界的に認められているが、ロシアでは使用を禁止され、毒薬の一種だと非難されている。ロシアで認められているヘロイン中毒の治療法は、欧米のようにメタドンに徐々に変えていくのではなく、直ちにヘロインの使用を止めさせる方法だ。薬物治療の専門家の多くはこの禁断療法は効果がないと反論している。薬物中毒は非常に複雑で簡単には治りにくく、多くの場合、急激すぎる禁断療法は持続的な効果をもたらさないという主張だ。

ところが、ロシアではこうしたメタドン使用の是非について議論しただけで激しい抗議活動が起こり、関係当局が動くほどの事態に発展した。モスクワではクレムリン支持の若者グループが、メタドンの薬効について検討する科学者たちのシンポジウムに乗り込み、会を中止させた。主催者たちを犯罪者や欧米に雇われた手先と呼び、糾弾したのである。関係当局も、メタドン研究に関する情報をウェブサイトに載せた科学者に警告を与えた。

メタドンに関する議論、あるいはその議論がないことについてゴルビヤに尋ねると、彼女はだまって肩をすくめた。だが彼女は、コンパスが「針交換プログラム」の許可を得るためにかつて奮闘したことは評価している。針交換で薬物中毒がなくなるわけではないが、欧米諸国でこのプログラムが成果を挙げていることを知っている彼女は、ＨＩＶ感染を抑えるのに有効な方法のひとつだと今も信じている。ところがこのプログラムもまた物議を醸している（アメリカでも同様だ）。多くの人が、針交換プログラムにも正体を隠したワゴン車にも反対しているが、コンパスはトラブルを望んでいない。「薬物中毒者やＨＩＶ感染者は隔離しろって考えている人が多いの」。彼女は、先ほどの母親と子供が闇夜に消えて行くのを目で追いながら言った。「ＨＩＶ感染についての教育活動が行なわれているけど、多くの人はいまだによく知らないし、知りたくもないのよ」

ワゴン車は引き続き町中を定期的に走って、感染の疑いのある人たちにＨＩＶ検査をし、治療を施している。コンパスはエイズ教育プログラムの拡充を試みたが、針交換プログラムのほうは止めてしまった。また、以前は外国からの資金提供や外国人記者を快く受け入れていたが、今では会おうともしない。コンパスのプログラムをスタートさせ、今も監修をしている若き医師セルゲイ・アヴデーエフは、政界に進出した。政治家としての階段を確実に上ってゆくためには、プーチンの政策を支持することは絶対の条件だ。その昔、私とアヴデーエフはチェリャビンスク州が抱える問題について大いに語りあった。ホモフォビア（同性愛嫌悪）の蔓延によるＨＩＶ治療への悪影響、外国からの資金提供やジョイントベンチャーを攻撃する政府への失望感。そうした議論はもはや、彼の心には響かないのだろう。

感染症センター所長アレクサンドル・ヴィグゾフ

しかしながらある重要人物は上からの警告を平然と無視して、私の取材に応じてくれた。チェリャビンスク感染症センターの所長であるアレクサンドル・ヴィグゾフ医師だ。彼はＨＩＶ感染とエイズへの戦いで先陣を切った。それは苦しい戦いだった。彼は州の社会福祉省から最近受け取った手紙を見せてくれた。ＨＩＶに感染した子供は児童養護施設で暮らせるのか、という質問だった。「彼らはいまだにＨＩＶ感染を風邪のように人に移るものだと考えている。おまけに、この州の児童養護施設ではＨＩＶに感染した子供がすでに何十人もいて、日々暮らしていることを忘れている」と、いつも冷静な彼が一瞬かっとなり、いつまでたっても無知な役人を非難した。「彼らと長いあいだ協力してやってきたというのに、相変わらず初歩的な質問ばかりだ」

ヴィグゾフ医師は一九九〇年にチェリャビンスクで初めてエイズ患者を特定した。同性愛の男性だった。同性愛に対するきわめて否定的な風潮と経済危機や政治危機を考慮して、州政府はこの病気を重視しようとせず、優先順位は高くないと判断した。ヴィグゾフの判断は正反対だった。彼はモスクワから送られて来る資料を読み、ロシアのエイズ患者第一号が一九八六年に特定されたことを知った。外国からも情報を集めた。そして、危険は拡大しているという結論にいたった。州政府の役人が彼の警告を六年以上も無視し続けた間に麻薬常用者の数は爆発的に増えた。ＨＩＶ感染も急激に増加し、しかもそれを防ぐ手だてを講じなかった。役人たちがこの問題に真剣に取り組むようになるのは、病気が彼らの家族に襲いかかる（たとえば自分の子供が麻薬に手を染めて静脈注射を打つようになり、ＨＩＶに感染してしまう）という事態にでもならないかぎり無理なのではないか――ヴィグゾフはそんなふうにも思う。

ヴィグゾフの奮闘で、ここチェリャビンスクのＨＩＶ感染者は難なく薬を手に入れられている。西側諸国で入手できる薬ならどんなものでも揃っている、と彼は言う。しかし、州の保健省は、予算不足が深刻化すればあまり効き目のないインド製や中国製の安い模造医薬品を購入し始めるだろうと彼は懸念している。とは言え、彼が直面している目下の最大の問題は、HIV感染者の大多数が彼のところに来ないこと、そして、来たときには多くの場合手遅れになっていることだ。これはアメリカでも同様の状況だが、ロシアでさらにある種の複雑さが追加される。

アメリカの医師も、HIV感染者につきまとう汚名と闘っている。感染するのは何か「悪いこと」をしたからなのだと思い込み、いきおい検査を嫌がる人が多い。この問題はとくにロシアでは深刻で、都市から遠く離れた地域でのHIV治療は事実上困難だ。というのは、感染者が周りから詮索されたり、守られるべき匿名性が破られるからだ。

レナードは黒い野球帽をかぶったほっそりした青年だ。感染症センターの入り口でヴィグゾフを見かけると、駆け寄ってきてハグをした。ヴィグゾフの顔が輝く。レナードは成功例のひとりだ。「彼は自分の血球数を知っている。患者にくわしい説明をするときに、それを知ってくれていると助かる。自分がどの段階にいるかを理解しているということは、すでに治療に参加しているということなんだ」

レナードはこのセンターまで数時間かけてやって来る。かつて麻薬中毒者だった彼は、自分がエイズであることを村で明かすことができない。ばれたら最後、村八分にされ、自動車整備士としての仕事を失ってしまうだろう。「ここは欧米じゃない。法律ではおれを首にすることはできないけど、法律なんて何の意味もない。もし誰かにエイズのことをしゃべりでもしたら大騒ぎになる。当分、この状況は変わらないだろうね」

ヴィグゾフ医師は、かつては恐ろしげな雰囲気だったこの感染症センターを、助けを必要とする人たち全員にとって温かな雰囲気の場所に変えようと努力してきた。けれど患者の数が増えるにつれてセンターは手狭になり、スタッフも足りなくなった。感染症治療に身を投じようとする医師をヴィグゾフは必死になって探しているが、給料は呆れるほど低く、月額数百ドルでしかない（この状況は公立病院の医師すべてに言える）。他の診療科の医師ならば時間をみつけて個人病院で不足分を補うこともできるが、ＨＩＶ感染症科の医師にはアルバイトする場が存在しない。私は彼と知り合いになって五年になる。彼はいつも情熱的で、決断力にあふれている。しかし六十代半ばとなった、このもじゃもじゃの白髪頭の医師にも、初めて絶望の表情が認められるようになった。

成果は上がっている――しばらくはそう思っていた。二〇〇九年まで、新たな感染者数は年間二千人で落ち着いていた。ところが二〇一二年になるといきなり三千人に増え、二〇一三年にはさらに増加した。主因は注射針の共有なのだが、急増の理由は女性患者の増大である。無防備な性交渉で感染し、妊娠して初めて気づくパターンだ。数として圧倒的に多いのは麻薬常用者である。数年前に感染したが検査や治療を先延ばしにし、あるときから一気に症状が現れる。命を救える治療法はあるというのに、感染者数がどれほどになっているのか、ヴィグゾフにはまったく見当もつかない。彼らは検査を拒み、今もなお他人に感染させている。

無防備な性交渉と薬物使用はどの西側諸国にもあることだが、ロシア人はその点でも西側に追い着こうとしているように見える。二〇一〇年に初めてヴィグゾフに取材したとき、教育者や医師が取り組めるような効果的なプログラムがないことを彼は嘆いていた。彼らはセックスやＨＩＶ感染について議論するのがいまだに苦手だ。ロシア政府の青少年教育担当の長官が学校での性教育を非難し、十九世紀ロシア文学とロシア正教会の教えを良き手本にするように云々などという意味不明な発言をしたことは、彼らの無能ぶりをよく表している。

ヴィグゾフは、彼の言うところの「ネアンデルタール人」との戦いで手一杯だ。彼のセンターは人手不足もはなはだしく、カウンセリングやエイズ教育プログラムへの支援もほとんどない。彼は宣教師並みの情熱で絶えず外に出て、教師、学生リーダー、労働組合の代表者、心理学者などを指導している。麻薬常用者やＨＩＶ感染者は、かつてはチェリャビンスク市に集中していたが、今では遠い村や人里離れた鉱山町でも急増し、百人にひとりという割合もめずらしいことではない。

ＨＩＶ感染者と診断された人たちが住む遠い村に行くヴィグゾフに同行したことがある。車中で彼は、「旧弊な考え」の持ち主に挑んでいると語った。彼らは、ＨＩＶはとにかくロシア人には感染しない、「普通」の人は感染するはずがないと思い込んでいるのだ。しかしヴィグゾフによれば、妊婦健診後にＨＩＶ検査を拒み続ける女性はたいてい感染しており、やがて母乳を通じて健康な赤ん坊に母子感染させることになるという。彼は地元のムスリムの指導者やロシア正教会の司祭に定期的に会って協力を求めているが、彼らはなかなか関わろうとせず、エイズは神の呪いだと確信している。ヴィグゾフは、知識に基づいた、寛大で思いやりのある取り組みをしてくれるように彼らの一部でも説得できたらと願っている。

ソ連時代のコンドームは粗悪で、めったに使われることはなかったが、今ではどこのスーパーのレジでも西側諸国のブランドがずらりと並んでいる。ロシア版『コスモポリタン』のような欧米系ファッション雑誌では「安全なセックス」についてさかんに取り上げるようになってきているが、それでも無防備な性交渉は依然として大きな問題だ。パートナーにコンドームの装着を頼むとその場の雰囲気が台無しになるのではないか、と恐れて頼めない女性が非常に多い。「感染するのは怖いけど、ひとりぼっちになるのはもっと怖い」と彼女たちはヴィグゾフに打ち明ける。

彼は地域社会のリーダーたちに、セックスではなくパートナーとの関係のあり方について話してもらおうとしている。ロシアでは同性愛についてのオープンな議論は法律で禁じられているが、あえてゲイコミュニティの現状について尋ねると、彼は首を横に振って「まったくわからない」と答えた。

ヴィグゾフは、一番の問題は簡単に薬物を入手できることだと考えている。彼はその例として、核兵器工場のある「閉鎖都市」オジョルスク市（人口十万人）の麻薬常用者とＨＩＶ感染者の増加を挙げた。オジョルスク市へ通じる道路はひとつしかない。入るときは身元確認されるので市内のセキュリティーは万全である。となれば、薬物の取引には閉鎖都市を管轄している連邦保安庁の職員が関与しているにちがいないと彼は言った。

リハビリセンター

薬物依存者のための適切な治療法がないことも、ヴィグゾフには不満だった。プーチン大統領は、今や裁判所が被告である薬物依存者に治療を命じられるようになったと述べたことがあるが、国立のリハビリ施設はほとんどないうえに、裁判所が命じる治療法は、雑で、情け容赦なく、効果がないと専門家たちは非難した。

マリア・コロソワ医師によれば、その治療法では、治療の最初の二週間、薬物依存者は昏睡状態になるという。デトックス（体内から薬物を排出させること）している間、静かにさせるために鎮痛剤をたっぷり与えられるからだ。そしてその二週間がすぎると、次の段階の治療などなく、ただ放置される。こんなのは役に立たない、むしろ有害だ、とコロソワ医師は言う。

彼女はこの分野の専門医をやめたひとりである――ヴィグゾフがさんざん見てきたパターンだ。若き精神科医が薬物依存者のために働くのを辞めるのは、月額二百ドルという雀の涙のような給料のせいではなく、この原始的な治療法では何の効果もあげられないと絶望するからだ。彼女は今、ホテルのフロント係として働き、医師の頃と大して変わらない給料を得ている。

薬物依存者のリハビリは、医学的知識もなく、当局の監督もほとんどないNGOにおおむね委ねられてきた。もっとも物議を醸したリハビリセンターは「薬物なき町」と呼ばれている。その治療法は容赦なく、高圧的だ。薬物依存者の家族は、彼らを捕まえてセンターで拘束してもらうために職員に金を払っていた。数週間続くデトックスの間、彼らはベッドに縛り付けられ、水、パン、タマネギ、ニンニクしか食べさせてもらえない。それが終わると、「おとなしく」なるまで数か月にわたり強制的に監禁される。

「薬物なき町」の主催者たちは、この「耐え抜く治療法」は実に七十パーセントの成功率を誇ると主張しているが、そもそも治療後の追跡調査をまったくしていない。創設者であるエヴゲニー・ロイズマンはハンサムなカリスマ的な人物で、ロシア下院議員を一期務めたことがある。彼は、HIV感染者がヘロインの使用をやめさえすればこの病気は治ると繰り返し語ってきたが、それは科学的根拠のまったくない主張だ。もっとも、薬物中毒とHIV感染の蔓延、政府によるリハビリプログラムの少なさという状況を考えれば、彼のセンターの治療法がいかに過酷なものであっても、治療にくわしくない普通の市民やセレブやロシア正教会、解決策を必死に模索している人権活動家のグループが支持したことは肯ける。

しかし薬物依存者の誘拐や強制的な監禁の報告が増え、ついに若い女性が明らかな殴打により死亡すると、ロイズマンの治療法に疑問を投げかける人が出てきた。そして、職員数名が違法行為により有罪判決を受けると、「薬物なき町」には手違いがあったと素直に認めた。しかし「薬物なき町」は今なお運営されているどころか、二〇一三年にロイズマンがエカテリンブルク市の市長選に立候補すると、クレムリンが支援をする候補者を破って市長に当選するという大番狂わせまで演じている。

ヴィグゾフもまた、ロイズマンや他のNGOの活動を賞賛したひとりだ。そして、彼らのほうが政府のプログラムよりもはるかに成功していると思っている。しかし、チェリャビンスクにある約二十か所のリハビリセンター――利用者の自由な意思に基づくもの――はロイズマンの治療法に反対している。それらのほとんどは、バプテスト派やペンテコステ派［一九〇〇年頃にアメリカで始まった聖霊運動（ペンテコステ運動）から生まれた教団］の教会と関係がある。多くのロシア人はこうした教会のリハビリセンターを「外国のセクト」と蔑称してかなり疑念を抱いているが、薬物依存者のリハビリの分野では彼らの活動は、しぶしぶではあるが一目置かれている。

チェリャビンスクでもっとも古いリハビリセンターはニューライフ福音教会と関係があるもので、二〇〇〇年に開所した。最大百人ほどの薬物依存者は、荒れ果てた廃工場で暮らしている。彼らは自分の意思でやって来て、一年間滞在する。ほとんどの人が月額約三百ドルを払っているが、払えない人でも一連の治療を無料で受けられる。生活上の決まりは厳しく、小さな部屋で六人以上が共同生活をする。男女は分かれて暮らし、顔を合わせるのは女性が作った料理を男性の部屋の小さな出入口から渡すときと、食べ終わった男性が洗った皿をその出入口から返すときだけである。

リハビリのプログラムは、禁欲、祈り、聖書の勉強からなり、このプログラムの修了者たちによるカウンセリングもある。厳しいスケジュールに従って一日を送り、悪態をつく、タバコを吸う、喧嘩をするといった違反行為は罰せられる。罰の中には、教会の冊子を百回以上書き写すようなものもある。責任者の話では、九十パーセントの人が一年間でプログラムを終え、その後社会復帰訓練施設へ進み、そこでさらに半年間過ごす。それは政府が提供するどんなプログラムよりはるかに時間をかけており、地域社会からの支援も長期にわたり受けられることになる。

クラカジール

アーニャ・ガルトマンは高校を中退し、ヘロインを十年間も常用してからようやく二十五歳のときにニューライフ福音教会のリハビリセンターにやって来た。友人たちは死にかけていたし、彼女自身は自暴自棄になっていた。政府の短期プログラムに参加してみたが終了後のケアがないので、まったく効果がなかった。やがてアーニャはある若い女性を通じてニューライフのリハビリプログラムを知った。五年経ち、アーニャは薬物依存からすっかり立ち直り、そのままリハビリセンターのスタッフとして働いている。澄んだブルーの瞳にブロンドの長髪、タートルネックのセーターに黒いジーンズ姿の彼女は、カウンセリングをしている目の前の絶望した女性の良き手本である。

「自分は運が良かった」とアーニャは言う。現在リハビリセンターに来ている人々は、ヘロインよりはるかに有害な薬物の依存者であることが多い。ヘロインに代わって登場した、より安価でより有害な薬物混合物だ。二〇一三年に人気を集めたのは、若者のあいだで「クラカジール」と呼ばれたロシア製薬物である。これは、当時店頭販売されていた咳止め薬の材料コデインに、ガソリン、塗料用シンナー、塩酸、ヨード、赤燐（マッチ箱側面の摩擦させる部分をほぐしたもの）を混ぜれば作ることができた。

「クラカジール（ワニ）」と呼ばれるようになったのは、それを常用すると注射する部位が糜爛し、皮膚が緑色に変色してワニのうろこのようになるからだ。そして血管が破れて周辺の細胞組織が壊死してしまい、最後には体が膿瘍でおおわれ、免疫システムはまったく働かなくなる。

公式の統計によれば、毎年七万人以上のロシア人が薬物中毒で死亡し、依存者の数は急増している。アメリカの人口のほぼ半分しかいないロシアが、薬物依存者の総数ではアメリカとほぼ同じなのである。

第10章 校舎と兵舎

名門高校第三十一番リツェイ

チェリャビンスク一の国立名門高校である「第三十一番リツェイ」は、数学と物理とITをとくに重視している。この高校に入学するためには、有料の日曜特設クラス（生徒の学力を証明し、厳しい授業への準備をするためのもの）に一年間通わなければならない。入学後は、無料であるはずの国立の高校にもかかわらず、保護者は月額五十ドル相当——ロシアではけっこうな額である——の授業料を払わなければならないが、これは子供の将来への投資なのだ。この学校の生徒はロシア国内外の各種コンテストで優勝することが多く、大部分がモスクワやサンクトペテルブルクの一流大学の奨学金を得る。大学卒業後は、ハーバード、MIT、スタンフォード、オックスフォード、ケンブリッジなどの大学院へ進学を希望する者が多い。ロシア屈指の優秀な生徒である彼らだが、ロシアには未来がなく、「IT、数学、物理、経済を勉強する機会が不十分だ」と不平を漏らす。原油や天然ガスに依存し続けるよりも新しい才能や新しい産業を育成するほうが重要であることをロシア人はまだわかっていない、と彼らは言う。

こうした子供たちはインターネットでニュースを知る。国営テレビは二、三のものを除けば、露骨なプロパガンダばかりなので観ない。彼らは政治には関心がなく、お気に入りのニュースサイトが閉鎖されたり、政府系サイトに吸収されたりしても何も言わない。彼らの関心事は大学入学試験で高得点を取ることである。また普通の高校生のように、ロシア版フェイスブックの「フコンタクテ」で、恋愛や最近ダウンロードした「クール」なものについて長々とチャットする。彼らがよく利用するウェブサイトは、グーグル、ウィキペディア、ユーチューブ、ギーグ系ブログである。好きな音楽はクラシックからヘヴィメタルまで広範囲にわたる。読書の好みはどうかといえば、ロシア文学の古典からあらゆるタイプのファンタジーまで広範囲に及ぶ。ファンタジーには程遠いがジョージ・オーウェルの『一九八四』も人気がある。彼らは西側諸国の子供と同じようにオンラインゲーム——私が学校訪問したときには、チームストラテジーゲームの『ディフェンス・オブ・ジ・エインシェンツ（Defense of the Ancients）』が流行っていた——をし、ロシアや西側諸国の映画（大半が海賊版）をダウンロードする。人気のある映画は、『アバター』『マトリックス』『ターミネーター』『ライフ・オブ・パイ』であり、テレビドラマシリーズの『ゲーム・オブ・スローンズ』も好評だ。彼らは新しい映画やテレビ番組を絶えずチェックしている。「あなたたちにとってヒーローは誰？」と聞くと、「誰もいない」と答える生徒が多かったが、ヨシフ・スターリン、スティーブ・ジョブズ、ビル・ゲイツ、ガンジーを挙げる生徒たちもいた——奇妙な組み合わせだ。ロシアの反体制運動で活躍した、あるいは活躍する人物の名前など、ひとつも出てこなかった（人権擁護運動の英雄であるアンドレイ・サハロフ博士の名前すら挙がらなかった）。

私は試しにウラジーミル・プーチンについて聞いてみた。二〇一四年のクリミア併合やウクライナ東部紛争後に沸き起こったプーチン人気以前のことだ。彼らはプーチンを支持していたが、それは大統領を務められそうな人物が他にいないからだそうだ。チェリャビンスクで反政府デモは起こると思うかと聞いたら、全員が首を横に振り、「ありえない」と一斉に答えた。

ロシアの学校は優秀な教師を雇うのに躍起になっている。第三十一番リツェイのような一流校でも同様だ。二〇一三年の初任給は月額五百ドル程度であり、人々の話題になるほど高い額だったが、二〇一四年からのルーブル下落で実質二百五十ドル相当の価値しかなくなってしまった。この事情は高給取りのベテラン教師でも同様だ。教師たちは生活費を稼ぐために副業をしたり、学校で何時間も個人指導をしたりしなければならなくなった。

かつては無料で良質な教育を受けられることがロシア人の誇りだったが、近いうちに一般の高校の無料授業は基礎四科目だけになり、それ以外の科目は有料になるかもしれない。すべて無料のはずの国立高等学校においてさえ、校長たちは「寄附」をすでに要求し始めている。保護者たちは、各種器材の購入費や校舎の改修費への寄附をするように定期的に圧力をかけられる。保護者がこうした寄附ができず、また優秀な教師が見つかりにくい辺鄙な村や小さな町では、教育環境は今や劣悪だ。

イリーナ・クンキルジナとタマーラ・ハドゥセンコはふたりとも五十代の熱心な教師で、第三十一番リツェイと提携している有料の補習校「緊急支援」を運営している。これは、教師たちに給料の不足分を補う場を与えるためにリツェイ側が考案した補習校である。彼らは補習授業と受験指導をし、コンピュータグラフィックといった学校にない特別授業を提供する。

一九八〇年代後半から一九九〇年代の混乱期には、タマーラとイリーナはどうやって家族を養ったらいいのかわからず途方に暮れたが、それでも教職に留まった。タマーラは、乳が出ず、さらに粉ミルクが手に入らずパニック状態になったときのことを今でもはっきり覚えている。イリーナは、夏休みに家庭菜園で取れたジャガイモを売りにいったつらい日々のことが忘れられない。彼女は恥ずかしさのあまりチェリャビンスクの市場でジャガイモを売ることができず、同僚や生徒に見られないように二時間かけてエカテリンブルク市まで売りに行った。「家族を救ったのは男たちではなく女たちだったのよ」。とイリーナとタマーラは口をそろえて言う。プライドを捨て、どんな仕事でも引き受けて生き抜く覚悟が、男には足りなかったのだ。

とは言え、彼女たちはまだ運が良かったのだと言う。ふたりの夫は酒を飲まず、きちんと働き、ふたりが最も愛する仕事――教師を続けさせてくれたからだ。しかしふたりは、ソ連の崩壊でロシアの男は女よりずっと弱くなってしまったと感じている。彼女たちもまた大勢の人と同じように、ロシア人の遺伝子プール［互いに繁殖可能な個体からなる集団が持つ遺伝子の総体］は劣化してしまったと語った。大勢の男が、革命、内戦、粛清、そして第二次世界大戦で命を落としたからだ。そして現代では、最良の男たちがロシアを去っていこうとしているとふたりは懸念している。

タマーラとイリーナは地方の村で育ったが、ソ連時代は優れた教育を受けられたし、大学進学もできた。当時は、大学卒業後は僻地で数年間教師の仕事をすることが義務付けられていた。そしてふたりは素晴らしい教師になった。ふたりは、自分たちが育った村に教師が、とくに優秀な教師が不足していることを嘆いている。

ふたりの夢はソ連時代の諸制度の最良の部分と新たな自由が融合することだが、それはまだ叶えられていない。「汚職と貧富の格差の増大という現実を受け入れるのは、大変なことよ」とふたりは言った。なぜこれほど悪くなってしまったのかとふたりは私の目の前で議論を始める。風邪に効くからと言って私に蜂蜜入りの紅茶をもう一杯勧めながら、タマーラが真顔で語る。「これは戦争なの。武力による戦争ではなく、一種の精神的な戦争。たぶん私たちの弱さを狙った、外から仕掛けられた戦争。私たちにも罪があるわ。悪い影響を受けて、それに流されてしまったのだから」。結局、ふたりが最も心配しているのはいわゆる「モラルの低下」のようだった。

何をするにもお金がかかるようになった。昔は補習授業には補助金が——限られてはいたが——出ていた。タマーラとイリーナの補習校ではさまざまな分野のプログラムを提供しているが、どれも有料である。学校では体育の授業がない。保護者たちはチェリャビンスク市にあるホッケーやサッカーや柔道の教室に子供を通わせるために、近郊の町から車で送迎している。女の子たちは社交ダンスやタンゴに夢中。親にレッスン料をせがむ一方で、やる気のある男性パートナーの不足に頭を抱えている。チェリャビンスク市にはチアリーディング・チームが今では十数チームある。ロシア語訛りではあるが、「チアリーディング」と呼ばれている。

荒れ果てた旧文化宮殿の中にある貸しホールで練習しているチアリーディング・チームを見た。ソ連製のシャンデリアから埃まみれの水晶が落ちてくるのを巧みによけながら、毎日四時間練習している。七歳から十八歳までの二十四名の少女たちは、ロシアの体操競技の技術を生かしながら、アメリカや日本などのチアリーディングが盛んな国のビデオを観て真似をするのに一生懸命だ。雇われコーチであるアナスタシーヤは「SUPER　CHEER　COACH」とプリントされたTシャツを着ている。ここに娘を通わせているオルガ・テルジャン（夫は将校）は、子供たちをサッカー教室とチアリーディング教室に送迎する良き母親であり、反転、リフト、トスなどの練習を毎日手伝っている。少女たちが練習を始めると、「バスケットトス！」「フライヤー！」「キャッチャー！」といったロシア語訛りの英語が大ホールにこだまする。ひと昔前のチアガールの衣装を着てポンポンを手にした少女たちは、国内外のさまざまな大会に出場したり、地元のプロホッケーチームの試合で演技して拍手喝采を浴びたりしている。

大学教育

かつての高等教育は何もかも無料だったが、今ではだんだん少なくなっている。現在のロシアの大学は複雑な仕組みになっており、国の奨学金を得た学生（奨学生）もいれば、自分で授業料を支払う学生（非奨学生）もいる。学部ごとに奨学生と非奨学生の定員が異なり、授業料も違う。法学、経営学、行政学などの人気の学部は奨学生が少なく、非奨学生の授業料は――景気が後退し、大学でどんな専攻をしようが、昔のような良い仕事に就けなくなっているにもかかわらず――高い。ロシアが中国と親密な関係を築いているためか、チェリャビンスク市の大学にある、中国語を学べるユーラシア学部はあっという間に人気の学部になり、授業料が値上がりした。

授業料制の導入で好きな学問を学べるようになったとよろこぶ学生が出てきた一方で、教授たちが非奨学生に頭が上がらない状況も出てきた。何しろ彼らは大学を支えていると言ってもよい存在なのだ。大学は彼らを裏口入学させることも多く、金の成る木を手元に置くためには「為すべきことをせよ」と教授たちに指導する。落第しそうな学生やカンニングをした学生を大目に見ろ、という意味だ。当然のことながら、高等教育のレベルは低下していると教授は言う。

チェリャビンスクの大学で教鞭を執ったことのあるアメリカ人は、あからさまで恥知らずなカンニングが横行していることに呆れ返った。チェリャビンスク教育大学で教えたフルブライト奨学生は、学生たちの無関心さに啞然とさせられた。各界の第一人者の講演を動画サイトで視聴できる「TEDトークス」を学生に見せ、テーマについてどう思うかと尋ねたところ、学生たちは「それは自分たちが考えるべきことじゃない。自分たちよりずっと賢い人間のいる政府が決めることだ」と答えたという。

一九八〇年代後半から一九九〇年代にかけて新しい思想を学ぶチャンスを突然与えられて興奮した若手の教授は、時計の針が逆戻りしたようなこの状況にショックを受けている。それでも彼が大学に留まっているのは、研究テーマへの情熱と少数の熱心な学生のためである。もちろん給料のためではない。高校の教諭の給料より安いのだから。

三十代前半のアレクサンドル・ホルライ教授は、狭い部屋がふたつあるだけの共同キッチンの教員住宅で、妻とふたりの幼い子供とともに暮らしている。引っ越す予定は今のところない。大学では不十分な設備の中で化学を教え、生活費を稼ぐための副業もしている（そのせいで研究時間が削られてしまう）。しかし彼は自分の仕事を愛しており、この国の未来にとって重要な研究だと考えている

――たとえ政府がそう思わなかったとしてもだ。

一メートル八十センチ以上ある、ひょろりとしたホルライは自分を「愛国者」だと言う。学生たちにはロシアの最良のものを大事にしてほしいと思っているし、ロシアが十分に強くなり、西側諸国の金融機関から不当な圧力を受けることなく自国の運命を決められるようになってほしいと思っている。彼は科学や歴史や世界情勢の必修講座で、グローバリゼーションの現実を説明する。ロシアの国益を守るためには、創造性を発揮し、石油や天然ガスへの依存体質から脱却しなければならないと学生に説く。

ホルライは、国が推し進めている経済努力を評価しない。ロシア政府が「新」シリコンバレーの建設を計画していることに疑問を抱いている。料理を注文するようにビル・ゲイツやスティーブ・ジョブズのような才能のある人物が簡単に目の前に現れるわけがない――これはホルライを含め多くが口にした意見だが、無視され続けている。それよりもむしろ――大学の研究やそこでのアイデアを民間企業で商品化することを後押ししてやる気を起こさせ、ロシア中に技術革新(イノベーション)を起こさせることが必要だと彼は説く。

しかしロシア政府への彼の懸念は的中してしまった。政府の計画は、石油と天然ガスの生産、鉱物と重金属の採掘で知られるロシアを、国内のイノベーターやハイテク起業家にとって魅力的な場所に変えるというものだ。目玉は、二〇一〇年に計画されたスコルコボ・イノベーションセンターである。モスクワ郊外の六百エーカーの土地［東京ドーム約五十二個分］に新たに四十億ドルを投資して建設し、最大五万人の研究者とIT技術者を雇用する予定だった。外国の投資家も意欲満々の、前途洋々たるスタートだった。だがほどなくしてセンターは、汚職の蔓延、経済危機、さらにはその影響を受けた政府からの資金援助削減という事態に直面した。悪いことにプーチンがインターネットを制限し、自由な意見交換を抑圧する態度に出たので、政府とIT産業およびウェブサービス産業との関係は悪化の一途をたどった。こうしたことが重なると、外国人投資家が慎重になるのはもちろん、ロシア人起業家が外国に活路を見出そうとするのは当然である。

ホルライ教授は大学の講義で、この二十数年間にロシアの製造業で何が起こったかを解説した。ソ連崩壊後、不正だらけの競売を通じてただ同然で国営工場を入手した新しいオーナーたちは、投資はいっさいせず、やることといえば工場の資産をうまく処分するだけで、つまりは国の財産を奪い取ったのだと彼は言う。

ホルライは自らの体験談も語った。彼はチェリャビンスクの鋼管工場に雇われ、マッキンゼーのような欧米のコンサルティング会社と共同して新しい事業計画を立てる仕事に携わったことがある。それはわくわくするような仕事で、すべて順調に進んでいたのだが、いきなり会社がこの計画はコストがかかりすぎるので取り止めにし、従来通りのやり方で行くと言い出した（たしかに原材料費が高騰した時期ではあった）。しかし価格はじきに落ち着き、結局会社は改革しそこなったことを後悔することになった。目の前のものだけを見る近視眼的な考え方がいかにロシアの発展を損なってきたか――ホルライは学生たちにこれを教えたいと思っている。そして、消費した以上のものを生産することの重要性、新しいものを作り出すことの重要性も説く。

彼の講座は優秀な学生たちから高い評価を得ていた。しかし私が彼らに「ロシアのこの現状を変えるために何ができると思うか？」と質問すると、きまり悪そうな顔をするのだった。学生の中には反政府運動に参加した者はいなかったし、彼らの友人にもいなかった。彼らはプーチン政権下の安定を当たり前のように考えていたようだが、就職の見通しについて尋ねると、不安だと胸の内を明かしてくれた。二〇一二年初めは、十年以上続いたチェリャビンスクの好景気に陰りが見え始め、その終わりが近づいている兆候が見え始めた頃である。

ふわふわの毛皮のベストを着て超ミニスカートにサイハイ・ブーツ［太ももまでのロングブーツ］のクリスチーナが、いきなり不満をぶちまけた。「不正選挙にはもううんざり。当選者は最初から決まっていて、どうすることもできない。プーチンの対立候補になりそうな人は全員追い払われてしまう。まったく悲しくなるわ。けど、この状況を変えようにも何をどうすればいいのか、わかんない」。クラスメートは居心地悪そうに目をそらしている。

クリスチーナは英語を流暢に話せる。夏休みにアメリカで体験学習プログラム（アメリカ国務省の支援プログラムの中で一番成功したもの）を受けてから上達した。ロシア政府は反米感情が高まった二〇一四年に高校生をアメリカへ留学させる「未来の指導者交換プログラム」への参加を中止したが、大学生向けの「ワーク・トラベル・プログラム」は生き残っていたのだ。とは言え、チェリャビンスクのある年輩の教授はこのプログラムへの反対運動を始め、これは優秀かつ有能なロシア人学生を洗脳してアメリカに留まらせるための陰謀であると主張した。

この大学生向けのプログラムが最高潮に達した二〇一二年には三万二千名のロシア人学生にビザが発行され、その中にはチェリャビンスクの数百名の学生も含まれていた。彼らは夏休みの間だけアメリカで働きながら旅行をした。クリスチーナもフロリダのリゾート地で家政婦として働いた。彼女は、アメリカ人は自国の外交政策が世界に支持されていないことを知らなかったこと、外国についてまったく無知だったことに驚いた。ロシアといえば、太った女性、踊るクマ、終わらない冬、入れ子人形のマトリョーシカぐらいしか思い浮かばない人ばかりだった。しかし振り返って自分のことを考えてみると、アメリカについてよく調べたはずなのに、同じように偏った知識しかないことに気がついた。彼女はアメリカを旅する中、貧困と人種差別を目の当たりにして衝撃を受けたが、それと同時に、アメリカ人の「立ち直る力」――彼女にはなじみのないもの――を実感した。それは、彼女がよく知っている、「私たちは誰よりも耐えることができる」というロシア人の感性とはまったく違うものだった。ロシアに戻る頃、彼女の中には《ロシア人の諦観》という新しい考えが生まれていた。「《ロシア人の諦観》は、私たちの歴史から、人々が怯えながら生きてきた何百年もの歴史から生まれたものだと思う。それは私たちに染み付いてしまっている。私たちは何か悪いことが起きるのを待っている。何か良いことが起きても、すぐに悪いことが起きると思い込んでいる。私たちの国にも何か優れたものがある、というようには考えられない。そう思えるのは、のんびり外国旅行をして、別の角度から物事を見られるようになったときだけ」。クリスチーナが私に向かって話している間、他の学生たちはさらに居心地悪そうにもぞもぞしていた。

クリスチーナと同じ講座を取っているジーマは、政治学で修士号を取るために大学院に進み、今はチェリャビンスクにある大学のひとつで地政学の講師をしている。私が始めて彼と会ったとき、彼はタクシー運転手、私はその客だった。ジーマはタクシー運転手のアルバイトで生活費を稼いでいた。ウクライナ危機真っただ中の二〇一四年、チェリャビンスクでは州知事選が目前だった時期だ（プーチンが知事の指名を取りやめた初の公選制による選挙）。当時ジーマは、大学講師のわずかな給料を少しでも補おうと、選挙前に州政府に雇われて報酬のよい社会学的な事前調査を行なっていた。彼は二十五歳で、妻は妊娠中だった。

彼は自分がこんな茶番劇に関わったことを恥じていた。知事選では、かつてプーチンが指名した現知事が再選を目指して立候補し、最有力候補とされていた。「茶番劇」というのは、仮に無所属の人間が立候補しても現知事に太刀打ちできるはずがないからだ。法律では、知事選に出馬する人は州議会議員から推薦の署名をもらわなければならないが、議員のほぼ全員がプーチン支持者であり、しかも不正選挙で当選した者ばかりだった。現知事陣営は、ほんのわずかでも手強そうな候補者が現れるとあらゆる手を使って潰しにかかってきた。かろうじて出馬できたとしても地元の主要メディアは彼らの言いなりであり、彼あるいは彼女を取り上げようとはしない。候補者同士の討論会など夢の夢だった。

現在、国民は政治にまるで無関心だが、自分はあくまで楽観主義を貫くしかなく、いつか人々が目覚め、政治や市民生活で積極的な役割を果たしてくれることを願っているとジーマは語った。そして最後に、「国民が責任を取らずに政府任せにし、彼らのほうが自分たちより分別があると思い込んでいることが何よりの問題です」と言った。

徴兵制

多くの学生が政府任せにしない分野がひとつだけある——徴兵制だ。ロシアの男性には、十八歳から二十七歳までの間に一年間の兵役義務がある。だが第三十一番リツェイの生徒で軍隊に行きたい者などひとりもいない。全員が「時間の無駄」だと言い切る。大学生や大学院生は卒業と同時に嫌々ながら兵役に就く（在学中は兵役が免除される）。

男性すべてに一年間の兵役義務がありながら、ロシア軍が優秀な新兵を得るのはますます難しくなっている。原因としては、徴兵忌避、軍隊内のいじめへの恐怖、一九九〇年代の出生率の低下が挙げられる。最近になって出生率は多少上がったものの、それですぐにどうなるものでもない。また、兵役逃れの方法は今や芸術の域にまで達し、事情通の両親は早い時期から準備をする。たとえば、説得力のある病歴を時間をかけて作り上げ、息子が兵役検査で不合格になるようにする。裕福な親は医師に数千ドル相当の金を渡し、架空の病気をでっちあげさせる。あるいは、徴兵委員会のメンバーを直接買収するという手もある。チェリャビンスクでのこうした工作の相場は、おおよそ五千ドルである。知り合いの若者に兵役義務について聞くと、嫌そうに肩をすくめることすらせず、金を表すサイン――親指と人差し指をこする――をするだけだった。

ロシア軍は軍隊を維持するために、たいていは地方出身の病弱であまり教育を受けていない新兵を集めざるをえない状況だ（それでも必要な数より二十パーセントも常に不足している）。プーチンは軍隊を増強しようと計画しているが、実現は相当難しいだろう。こうした厳しい現実は、ロシアの空軍総司令官のかなり正直な公式コメントによって明らかになった。そのコメントでは、二〇一一年に空軍に入隊した新兵一万一千人のうち三十パーセント以上が精神的に不安定であり、十パーセントがアルコールや薬物依存症に苦しみ、十五パーセントが栄養失調だったと述べられている。なお、彼らの大半は貧しい村の出身者だった。新兵の要員になぜこれほど問題があるのかを調査するため、ロシア軍は私の知り合いの若い精神分析医にも調査を依頼している。

プーチンはロシア軍を増強し、近代化することを明言した。それどころか、ロシアはソ連崩壊以降最大の軍事力増強に着手している。冷戦の終結以降見られなかった大規模な軍事演習も行なわれ、NATOによればロシア空軍［二〇一五年からは「ロシア航空宇宙軍」］は定期的に欧州を領空侵犯している。二〇二〇年までに五千億ドルをかけて再軍備計画を進めるという構想もある。その莫大な費用を懸念して反対する者がクレムリンの中にいるにもかかわらず、プーチンはこの計画を強く推し進めてきた。

しかし莫大な費用はともかくとしても、これだけの再軍備に必要な兵員をロシア軍はどうやって集めるつもりなのだろうか？

経済制裁により西側諸国からの融資もなく、高品質の部品も手に入らないというのに、ロシアの軍需産業はこの新戦略に必要な武器や道具をどうやって製造するつもりなのだろうか？

軍需産業は世間の評判があまりよくない。是が非でも必要な熟練労働者を集めるのは至難の業のはずだ。熟練技術者や理工系大学卒業生の数は過去二十年間で激減しており、昔ながらのロシアの工場と外資系メーカーの新工場のあいだで彼らの激しい取り合いが繰り広げられている。そうした外国メーカーのひとつであるアメリカのエマソン・エレクトリックのプロセス・マネジメント事業部は、チェリャビンスクに工場をかまえ、ハイテクのモニタリング設備やプラントプロセス機器を製造している。

こうした争奪戦に、今度はロシア軍が加わろうとしている。チェリャビンスクで開かれた最近の軍関係の会議では、大学卒業生が軍需産業工場で働けば兵役が免除されるという案が提出された。さらに、奨学金返済の免除や住宅ローンの補助という案まで出た。

軍隊内のいじめ

ロシア軍は、一九八〇年代のアフガニスタン紛争［一九七九年ソ連軍侵攻。一九八九年撤退］や一九九〇年代半ばの第一次チェチェン紛争などで悪いイメージが爆発的に広まり、以来この問題とずっと格闘してきた。チェチェン紛争は、ムスリムが圧倒的に多い地域の住民がロシアからの独立を求めて起こしたものである。若い新兵たちは、ろくに訓練も受けず、適切な支給品もないまま戦地に送られた。多くの上官が新兵たちの支給品をくすね、戦死しても家族に知らせなかった（彼らを生きていることにして上官が給料を着服し続けたからだ）。彼らの遺体は放置されて戦場で朽ち果てるか、冷凍貨車に山積みにされて身元がわからないようにされた。私はそんな冷凍貨車を見たことがある。ロシア中からやってきた親たちが、消息を絶った息子を探し出そうと遺体をひとつひとつ調べていた。

新兵の勧誘は今日でもうまくいっていない。原因の大部分は悪名高いいじめのせいだが、それは殴打や性的虐待から拷問にまでおよび、死に至ったケースさえある。何年にもわたって軍は広報活動を行なっているものの、人権活動家によれば、毎年数千件のいじめの報告が彼らのところにいまだに届くという。その件数は増え続けており、少数民族出身者が被害者になることが多い。タクシー運転手のアルバイトをしている大学講師のジーマは、いじめは紛れもない事実であり、軍が主張するような作り話ではないと話してくれた。兵役に就いた知人の大半がいじめを目撃した、あるいはいじめに遭ったという。

軍隊内のいじめはロシア語で「ジェドフシーナ」という。「祖父」を指す言葉に由来するが、古参の兵隊を指す隠語でもある。軍隊内のいじめや暴行は帝政ロシアの時代にもあったが、儀式化されたいじめ、いわゆる「祖父たちの規則」は一九六〇年代のソ連軍がその始まりだ。その頃にはすでに、いいコネさえあれば兵役逃れをすることができるようになり、不足分の新兵は村や刑務所から集められた。そうした新兵は古参兵士にいろいろな意味で仕えるよう余儀なくされた。そして新兵の多くはそれに耐えた。他に選択の余地はなかったし、ソ連時代では抗議する方法もなかったからだ。彼らは、いつの日か自分たちも「祖父」になれると考え、自らを慰めるしかなかった。ところがミハイル・ゴルバチョフが書記長に就任すると、「祖父たちの規則」は急に非難を浴びることになる。またグラスノスチにより、兵士の母親たちがソ連軍兵舎内での暴行と組織化された虐待について堂々と人前で語るようになり、軍の改革を求める大衆運動の担い手となった。一九九〇年には、平時あるいは非戦闘時であるにもかかわらず、過去四年間に一万五千人の兵士が死亡し、そのうえ軍はそうした死亡を隠蔽していたことも母親たちは暴露した。

ソ連軍は反撃に出た。「母親たちは情緒不安定でヒステリックだ」と非難し、国防を骨抜きにする全国的な陰謀に彼女たちは加担しているとほのめかした。そして母親たちが組織した「ロシア兵士の母の会」を脅し、新聞報道を管理しようとした。だがグラスノスチにより報道の自由が広がり、悲しみに暮れる母親たちの姿を目の当たりにした民衆は怒り出し、軍は守勢にまわらざるをえなくなった。しかし、それは一時的な撤退にすぎなかった。母親たちの運動は今も続いているが、その影響力は弱まった。彼女たちの疲労は溜まり、増えてきた不気味な警告に怯え、報復を恐れるようになった。西側のNGOからの資金提供が減り、ロシア人からの寄附も少なくなった。そうした物議を醸すような組織に関わることに嫌気がさしたのだろう(地域によっては、母親たちは「外国の代理人」*というレッテルを貼られた)。

* 二〇一二年七月、ロシア議会は外国から資金提供を受けるロシア国内のNGOなどに対して当局への登録と活動報告を義務付ける「外国の代理人」法を可決した。

チェリャビンスクでは今でもふたりの活動家(男性も含む)がこの運動を続けている。会の名前は「ロシア兵士の母の会」から「新兵学校」に改めた。彼らの活動は、チェリャビンスクがいじめの最悪かつ有名な事件――法的な解決に至っていない――の舞台だったことから、注目されている。

二〇〇五年の大晦日、八人の兵士が酔っ払った上官たちから数時間にわたって殴打された。中でも十九歳の新兵アンドレイ・シチェフは最悪だった。彼は医務室で治療を受けたいと懇願したが、峻拒された。ようやく病院に運ばれたときには体中に数えきれないほどの骨折と壊疽が見られ、脚と性器は切断せざるをえなかった。マスコミに知られないように、ロシア軍はシチェフを治療した医師たちに沈黙を迫った。しかし医師のひとりが「ロシア兵士の母の会」と連絡を取り、会と被害者の家族にこの事実を報告した。

二〇一〇年、ダヤン・シャキオヴォボフというフリーのジャーナリストが、自身の兵役期間中に軍に関する記事原稿を送ることをチェリャビンスクの新聞社に申し出た。新聞社は原稿が送られてくるのを待っていたが、なしのつぶてだった。やがて彼が自殺したという通知が届いた。彼の親は、息子の遺体はあざだらけだったと新聞社に報告した。だが彼らの不満や疑問は軍に無視された。

二〇一一年八月、二十歳になるルスラン・アイデルハノフがチェリャビンスクのある駐屯地から行方不明になり、近くの森の木に遺体となってぶら下がっているのが発見された。殴打の証拠を示す多数のあざを見つけた両親は、アンドレイ・ヴラソフという法医学の専門家を雇って調査してもらった（ヴラソフの経歴については第14章参照）。ヴラソフは、遺体の火傷の痕やあざや骨折から死因は自殺ではないと結論した。ところが軍事裁判所は再び自殺として片づけた。地元の村人の中には、アイデルハノフはタタール系ロシア人だから殺されたのだと考えた者がいた。軍隊内では少数民族への虐待は日常茶飯事だった。アイデルハノフは圧倒的にイスラム系住民の多い人口八百人の小さな村の出身だが、この村ではここ六年間できわめて疑わしい状況で死亡した新兵が続出しており、彼は三人目に当たる。

「新兵学校」を率いているアレクセイ・タバロフによれば、新兵の三分の一は兵役期間中のある時期になると、けがか栄養不良で入院する。軍の管理能力の欠如、あるいは新兵への残虐な扱いの結果であろう。ロシア軍は、この問題の一因は専門的な担当下士官の組織、つまり規律と命令を維持するためにいかなる軍隊にも必要な、いわゆる憲兵隊がないことにあると認めた。ロシアの新兵は古参兵や傭兵に管理されており、有効な監視がなされていないのだ。今のところ軍の改革は、この点について改善できていない［報道によれば、二〇一四年に憲兵隊が発足し、二〇一五年に本格的に活動を開始している］。

義勇兵

ロシアのどの都市にもあるように、チェリャビンスクにも第二次世界大戦中の戦没者を祭る見事な記念碑がある。おしゃれをした若いカップルはデートの途中で敬意を表し、結婚式ではそこで手の込んだ写真やビデオを撮影する。第二次世界大戦、ロシア人が言う「大祖国戦争」はロシア人にとって紛れもない最後の勝利であり（アメリカ人にとっても同様だ）、チェリャビンスクの軍需工場や労働者はその勝利に多大な貢献をした。コーリャとアンナ［第4章］が結婚式当日に花を供えた、永遠の火が灯るこの大きな広場は、チェリャビンスクの住人が自分たちの町や国に感謝の念と誇りを抱き、感傷的になる場所なのだ。

一九四〇年代に従軍した退役軍人が尊敬される一方で、その後のアフガニスタン紛争や最近の独立をめぐる紛争に従軍した多くの兵士たちは、大きな犠牲を払った割には無視されていると感じている。

十一月の霧雨のある日のこと。二十代から三十代の退役軍人と現役兵士がこの戦没者記念碑の前に集まった。記念日を祝うためではない。互いに慰め合うために集まったのだ。チェチェン共和国とダゲスタン共和国で防諜活動に従事した軍曹は、「軍務については話したくない」と言った。その言葉は、彼が目撃したことや従事した仕事がどれほど恐ろしいものであったかを物語っている。「おれは祖国を愛している。けれど政府は憎んでいる。おれたちを導いてくれるような人間はどこにもいない。おれたちには、戦うべき大義が与えられなかった。いいか、新兵たちには何の支援もなかった。すべて自力で戦ったんだ。そしておれたちは空手で故郷に帰った。この国のために命を捧げる覚悟はあるが、おれが死んでも政府は妻子のために何もしてくれないだろう」。彼の周りにいた男たちは一斉に肯き、ウオツカをもう一杯飲み干した。

彼らが集まった十一月四日は「民族統一の日」*である（二〇〇五年制定）。これは新しい祝日で、お祭り気分で祝ってきた十一月七日の「ロシア革命記念日」の代わりに誕生したものだ。かつては赤の広場で大軍事パレードが行なわれ、食料不足の時代には退役軍人に食料の包みが贈られた。国民に誇りを持たせようとプーチンは躍起になっているものの、この「民族統一の日」とはいったい何なのか、どうやって祝ったらよいのか、誰も知らない。チェチェンやダゲスタンで同胞のロシア人相手に戦った若者にとってみれば、「民族統一」という言葉は空々しく響いたことだろう。彼らは「ロシアの敵」と戦ったことは誇りに思うが、兵士として体験したことはトラウマとなり、退役後に受けた待遇では苦々しい思いをしている。

＊「民族統一の日」は一六一二年にロシアの義勇軍がポーランドの支配からモスクワを解放した十一月四日に由来する、というのが有力な説のようだ。

彼らのような疎外された兵士のグループは今も新たに出現していると思われる。ロシア政府は現在ウクライナ東部でロシア軍が戦っていることを否定しており、当然、そこで兵士が戦闘中に死亡したり負傷したりしていることも公式には認めていない。戦死や負傷の具体的な証拠があるにもかかわらず、彼らは「訓練中の事故による犠牲者」と呼ばれている。いわゆる「義勇兵」は「特別休暇中」の兵士や治安部隊の兵士であることが多く、彼らは互いに矛盾した話を持って故郷に帰る。高い報酬が支払われ、賞賛ばかり浴びたと話す者もいれば、自分たちはだまされ、使い物にならない武器で戦わされ、報酬は雀の涙か皆無だった、民間人向けの人道支援物資を盗まざるをえなかった、と話す者もいる。

政府系メディアは、ウクライナの親ロシア派武装勢力は劣勢であり、敵であるウクライナの「ファシスト」が優勢であると報告してきた。しかしユーチューブには、政府系メディアの報道を否定する「義勇兵」が登場するようになり、その数は増えてきている。義勇兵の中には、目の当たりにした破壊の跡や、親ロシア派武装勢力の残虐さにショックを受け、ウクライナ紛争に参加したことを恥じているると告白する者もいる。

兵士や義勇兵はそれぞれ苦しい体験をしてきたが、彼らの体験談と政府の報告とのあいだの矛盾は拡大するばかりである。ロシア政府は、アフガニスタン紛争やチェチェン紛争での戦闘中の死傷者数をいまだに明らかにしていない。ならば、ウクライナ東部でのこの秘密作戦について正確に把握できるようになるまで、どれだけの年月が必要になるのだろうか。

第11章

信仰を持つ者

外国人宣教師

一九九〇年代初めのチェリャビンスクは、ロシアのどの町でも見られたように、迷える魂を探し求める外国人聖職者であふれていた。ソ連崩壊後のさまざまな改革によって、ロシア人の「魂の自由市場」が一気に解放されたのだ。ありとあらゆる宗教の関係者がこの国を訪れた。ムスリムコミュニティをターゲットにしたトルコ系やアラブ系のムスリムから、この「神なき」不毛の地は収穫の時を迎えていると考えたアメリカの福音主義者まで、実にさまざまな人々がやってきた。まずアメリカ人宣教師がロシア人の聴衆をひきつけ、感銘を与えた。実際、ロシア人は途方に暮れていた。だからしばらくの間ロシア人は、西側諸国の人なら神や民主主義や人並みの暮らしへ通じる近道を教えてくれるのではないかと、よろこんで彼らに教えを求めた。

かつての共産党の劇場で行なわれた火曜の夜の集会を、ボリシェヴィキが見たらさぞ驚いたことだろう。それは一九九四年のことだった。セブンスデー・アドベンチスト教会［十九世紀にアメリカで起こった再臨待望運動の一派］は二年連続でチェリャビンスクを訪れた。ラジオやポスターで催しを知った人々は、アメリカ人聖職者の話を聞きに毎晩やって来て、八百五十席の劇場を埋めた。集会は五週間続き、毎回満席となった。ポール・ウルフ牧師は写真や映像を映し出すスクリーンを背にして立ち、「キリストとともに生きることができるようになるのです。そのよろこびを表しましょう」と通訳を介して語りかけ、「もう一度『キリストは失敗しない』を歌いましょう」と聴衆を促した。

セブンスデー・アドベンチスト教会は一九一七年の革命以前にロシアで最初の集会を開いたが、ソヴィエト政権下では禁じられた。ウルフ牧師はそれを復活させるためにここにやって来た。老若男女のロシア人が三時間も固い椅子に座り、聖書の講義や説教や健康に関するアドバイスを神妙に聞いた。牧師は粗食を勧め、穀物と果物と野菜を食べるようにと言った。砂糖の大量摂取の危険を話しながら、「砂糖が大好物だった歴史上の人物がいます。アドルフ・ヒトラーです。砂糖のせいで、彼は心のバランスを失いました。そんな人間にはなりたくないですよね」と警告した。スターリンがどれほど砂糖を摂取していたかは、神のみぞ知る。

聴衆は牧師の話に心を奪われていた。彼は禁煙も促したが、数週間にわたるカウンセリングの後で禁煙に成功したと言って立ち上がった人は、会場にいた何百人ものロシア人のうち七名だけだった。ほとんどが女性で、彼女たちは壇上に上がるように促され、アメリカの小さな国旗を贈られた。当時は、そんなものでもよろこばれた。

夜の集会が終わると、長時間座っていた聴衆はこわばった脚を引きずりながらロビーに向かい、コートを受け取る列に並んだ。私は彼らに話を聞いてみることにした。簡潔で心を揺さぶる話をじかに牧師から聞き、関心を持ったという答えが多かった。たしかに、儀式や形式を重んじるロシア正教会とはかなり対照的だ。四十歳の男性は、ここでは歓迎されているような気がすると答えた。アメリカ人の気さくな口調を楽しんだと言い、話はすべて理解できたし、アメリカ人が精神だけでなく肉体について語ったことも好感が持てたと答えた。とは言え、実は大半の人は特定の教会に通うつもりはない。彼らはつい最近になって宗教について考えるようになったばかりで、わからないことは山ほどあった。

セブンスデー・アドベンチスト教会の集会に十回以上参加した人は聖書をもらえたが、そうした聖書の多くは最後には町の市場に並んだ。切羽詰まったロシア人は、売れる物なら何でも売る。多くのロシア人がセブンスデー・アドベンチスト教会の礼拝に参加したが、それは救済と聖書を欲していなかったわけではないものの、まずは喉から手が出るほどほしい薬や食べ物や衣服を求めてやって来たからである。

ロシア正教会

ソ連崩壊後の最初の数年、ロシア正教会はチェリャビンスクでは明らかに人気がなかったが、一方、外国人宣教師たちはエネルギッシュに活動し、コミュニティという概念を住民に与えるのに成功した。正教会はソヴィエト政権と癒着することで生き残ったものの、多くの禁止・制限事項で弱体化し、外国人宣教師たちに対抗するだけの準備ができていなかった。

一九一七年のロシア革命後、あらゆる宗教の聖職者や信者が何十万人も銃殺され、投獄されたが、第二次世界大戦中と大戦後に残っていた聖職者の中には共産党と不安定ながらも平和な関係を築いた者も存在した。共産党と手を結ぶのを拒んで地下に潜った者がいる一方、厳しい規制をかいくぐるように数か所だけ教会を開くことを許された者もいたのである。ロシア正教会はその長い歴史ゆえに、ソヴィエト政権にとっては非常に役に立つ存在だった。言ってみれば、正教会と国は互いに相手を利用し合ったのである。国は教会に学校や地域への働きかけを禁じつつ、限られた数の教会と一握りの神学校での礼拝は許可した。その代償に、正教会の聖職者たちは無神論を掲げる国家を支持した。彼らは命じられるままに国際会議に出席し、人権問題を含むソ連の政策を擁護して外交面で貢献した。

ほとんどの正教会幹部は巧妙に取り込まれてしまったが、一九六〇年代になるとグレブ・ヤクーニンという名の聖職者が、信仰上の権利を制限したソヴィエト政府に抗議し、そうした権利を擁護できなかった正教会指導者たちをも批判した。ヤクーニンは一九八〇年代の大半を収容所で過ごすことになり、やがて国外追放になった。正教会がヤクーニンの件で国に抗議したことはない。ソ連崩壊後、KGBの公文書を閲覧する機会に恵まれたヤクーニンは、正教会幹部の多くがKGBのスパイだったことを知った。このことでヤクーニンが正教会を批判すると、教会はついに彼を破門した。また正教会は、親しい政府高官の協力を得て、さまざまな過去の記録を修正、あるいは削除し、正教会の後ろ暗い過去への調査を止めさせようとした。

外国人聖職者が伝道集会を開いている一方で、ロシア正教会は教会を建て直し、ドームを金色に塗り、富を取り戻し、ますます民族主義化する政府にロビー活動を行なったのだった。

歴史的に見て、ロシア正教会は九八八年以降、ロシア人のアイデンティティとロシア帝国の中心に常にあった。その年、キエフ大公ウラジーミル一世はロシアの歴史にとって恐らく最も決定的な選択をした。彼はキエフ大公国（正式な国号は「ルーシ」）に、ローマ・カトリック教会ではなく、コンスタンティノープルのギリシャ正教を導入したのである。その結果、ロシアはルネサンス期の人間中心主義的な流れに触れることがほとんどなくなった。この選択に関しては、正教会の神秘主義的傾向、その厳格なヒエラルキー、全能な国家との長年の協力関係が混ざり合って、その後のロシアの後進的で従属的な国民性形成につながったと主張する者もいる。一五四七年にはイヴァン四世（雷帝）が全ロシアの君主として初めて「ツァーリ（皇帝）」となり、モスクワをローマ、コンスタンティノープルに次ぐ「第三の最後のローマ」と宣言した。

ソ連崩壊後の一九九三年に制定されたロシア連邦憲法は政教分離を宣言し、あらゆる宗教は法の下で平等であると明記した。しかし時が経つにつれてクレムリンと議会は、まずはロシアの「伝統的な」四つの宗教――ロシア正教、イスラム教、ユダヤ教、仏教を違法に優遇するようになった。中でもロシア正教は他の追随を許さない地位を勝ち取った。正教会はタバコの免税販売を許可され、ロシア国内でのタバコの総消費量の実に十パーセント相当分をロシアに輸入し、ひと財産を築いた。やがて残りの三つの宗教は、ロシアでどれほど長い歴史があろうとも、公然と差別されることが多くなっていった。

一九九〇年代後半になると、ロシア国内に西側への幻滅が広がり始めた。ロシア人は西洋の「劣化コピー」以上のものを望むようになり、「ロシア人のアイデンティティ」を模索し始めた。それは十九世紀にまでさかのぼるロシア人の古くからの悲願でもあった（その頃から、ロシア独自の発展を唱える「スラヴ派」と、政治制度、市民生活、文化が充実したヨーロッパ文明に加わるべきだと主張する「西欧派」のふたつの思想が対立していた)。

ソ連崩壊後の最初の数年がすぎる頃には、ロシア正教会は新たな富と高まる愛国心に支えられ、外国人聖職者との戦いに参入できるだけの地盤を築き上げていた。正教会は再び時の政権と手を結んだのだ。クレムリンの政治指導者たちが望むものはロシアの統一である。最初、正教会はエリツィンに利用され、彼の政敵である共産党保守派への反撃の駒に使われたが、ウラジーミル・プーチンの時代になると、正教会はこの政治家に重宝される道を選んだ。

プーチンと正教会

二〇一二年にプーチンが三期目の大統領に当選したとき、ロシア正教会のキリル総主教は彼の勝利を「神の奇跡」として歓迎した。この言葉を聞いた女性パンクグループ「プッシー・ライオット」のメンバーの三人はモスクワの救世主ハリスト大聖堂で、ロシアからプーチンを追い出してくれと聖母マリアに懇願する「罰当たりな」歌を歌い出した。彼女たちはすぐに警備員に取り押さえられ、「宗教上の憎悪が動機」のフーリガン行為——彼女たちは否認したが——で有罪判決を受け、二年間の労働キャンプ行きを言い渡された。自分たちは正教会のプーチンへの「政治的干渉」に抗議しただけだと彼女たちは主張した。

しばらくの間、その厳しい判決がきっかけとなって、正教会の役割、正教会とクレムリンの癒着、法の支配、欧米の影響についての議論が巻き起こった。プッシー・ライオットはモスクワのリベラル派や西側諸国の大勢の人々に喝采されたが、それ以上の支持は得られなかった。たいていのロシア人は彼女たちのファッション（鮮やかな色のドレスに目出し帽）や批判の仕方を不快に感じ、彼女たちは西側に雇われたスパイだとするクレムリンの非難に同意した。

同時期に正教会絡みの別の事件が新聞紙上を飾った。キリル総主教が住む豪華なマンションについての当惑するような記事である。さらにあるブロガーが、三万ドルもするブレゲの時計をはめているキリル総主教の写真を転載した。正教会の広報部は教会のウェブサイトに載っているその写真を修整し、時計だけを消した。広報部はそれでうまく逃げおおせたつもりだったが、ひとつだけミスを犯した。総主教の前にある磨き込まれたテーブルにはっきりと映っている時計を消し忘れていた。

プラスチックパネルの製造・販売業者であるロマン［第6章に登場］にとってこの事件は、ロシア正教会はまたもや腐敗した政府の「負の資産」にすぎないという彼の考えを裏付けるものだった。彼が求めているのは愛国心と誇りの発露であり、それらは法の支配と市民としての義務に根付いたものでなければならない。

チェリャビンスクの歴史家ウラジーミル・ボージェは、正教会が今後直面する問題を過去の歴史をひきながら予言する。彼によれば、ロシア正教会の悲劇は、時の権力者に近づきすぎ、やがてその代償を支払うことになる点にある。かつてロシア帝国が弱体化し、一九一七年の革命を迎えたとき、ロシア正教会も帝国と同じ運命をたどった。ところが正教会は、新しい支配者——今では「共産党の悪魔たち」と呼んでいるが——と協定を結んだのである。

ロシア正教会幹部の素行をめぐる議論が起きても、その名声が傷つくことはなく、正教会を利用したプーチンの試みは種々の成果をもたらした。ある世論調査によれば、スラブ系ロシア人の三分の二がロシア正教の信者だと答えたが、多くは実際には神の存在を信じていない。洗礼を受けて十字架を身に着けることが現在流行しているが、私が参加した受洗希望者のための教室では、出席者は正教会の教義をほんのわずかしか、あるいはまったく理解していなかった。彼らは、信仰ではなく伝統や愛国心や単なる神秘主義から教室に出席していたのである。ロシアでは、礼拝に参加し、ろうそくに火を点す以上のことをしているのは人口のほんの一部、五から十パーセントの人々にすぎない。

チェリャビンスクのある大学の教授が、信仰を持つ者はいるかと学生に尋ねた。四十人の学生の半数近くが手を挙げたが、ほぼ全員が四人の福音書記者の名前（マタイ、マルコ、ルカ、ヨハネ）を言えなかった。「彼らの知識は非常に貧しい。ロシア人の信仰というものは、ずいぶん妙なものだよ」と教授は総括する。

プーチン大統領はロシア正教会と微妙な関係を築かなければならない。つまり、正教会が自分にとって役に立つ場面では頼るが、少数民族、とくに増え続けるムスリム人口にアピールしたいときには距離を保つ。ロシアの聖なるルーツを強調したかと思えば、ロシアは多宗教国家であると言う。プーチンの主張は相手次第で変わる。彼はロシアの歴史から引っ張ってきた愛国心や精神的価値について漠然と――しかし情熱的に語る。そして、欧米の政治モデルではなくロシアの歴史的伝統に指針を求めよ、と繰り返し国民に訴える。

五十七歳になる公認会計士のニーナ・チモフェーエヴナは、ロシアの歴史に困惑している。書かれたと思えば書き直され、いつも激論が交わされているからだ。歴史にルーツを求めるというプーチンの言葉は、彼女にはピンとこない。歴史の中から理想の姿を学び取ると言うが、そもそも理想のイメージが存在しない。自分が育ったソ連時代の揺るぎない愛国心を懐かしく思うのは事実だが、もはやそれを呼び戻すことはできないし、ソ連時代に帰りたいとも思わない。何か前向きなものはないだろうかと思案しているうちに、教会にではなく、人々の立ち直る力や素晴らしい友情やもてなしの心にそれがあることに彼女は気がついた。彼女はロシアの美しい風景をこよなく愛している。「それこそが、わが祖国なのよ」と彼女は言う。多くのロシア人同様、彼女も十九世紀ロシアの抒情詩人フョードル・チュッチェフ［一八〇三～七三。詩人。外交官］の有名な詩を引用した。

ロシアは頭では理解できない
物差しでも測れない
ロシアは比類なき稀有な存在――
ただ信じることによってのみ存在する

チェリャビンスクの正教会

チェリャビンスクはロシア正教以外の宗教に対して比較的寛容であり続けてきた。一方ではたくさんのムスリム人口を抱え、他方では正教会の聖職者が語ったように「ソ連の軍需工場や重工業があったチェリャビンスクは、正教会の管轄外だった」からである。

ソ連崩壊後に初めてチェリャビンスクに赴任したロシア正教会の大主教は、やる気もなければ力もなかった。しかし後任のフェアファン大主教は、教会の数を増やし、その存在を広めるという具体的な任務を負っていた。ぼさぼさの白いあごひげに長髪――ロシア正教はひげや髪を切ってはいけない――の小柄なフェアファン大主教は、タフで狡猾なうえ、マスコミ通で政治的駆け引きがうまかった。彼は教会内に広報部門を立ち上げ、テレビのレギュラー番組を始めた（他の宗教では否定されていた）。社会支援プログラムをより一層重視し、自治体の力を借りて一等地の建物を手に入れると正教会の学校を開いた。また、現在はすでにその分野に進出している福音派教会の後塵に排してはいるが、依存症更生センターの運営も開始した。

チェリャビンスク市の大聖堂は修復され、金色のドームが輝いている。私は、イコン（聖像画）の前に点された祈禱用ろうそくと朝の礼拝時の振り香炉の残り香で神気にあふれた聖堂の中にいた。取材の中でフェアファン大主教は、ロシア正教会は国の求心力となり、愛国心を高め、伝統や価値の刷新を促す刺激剤にならなければならないと力強く語った。そして――法の下での宗教の平等を謳った憲法があるにもかかわらず――すべての宗教が対等な立場にあるとは考えていないと明言したキリル総主教の言葉を繰り返した。「その宗教が社会を否定しないのならば、存在させてもいい。しかし、千年以上もロシアに存在した宗教と同じ地位をすぐに得られると考えるのは早計である」。彼はチェリャビンスク州のすべての学校でロシア正教の歴史と文化を学ぶ授業を始めるように要求してきた。他の宗教、とくにこの土地に昔から住むムスリムの生徒への配慮などまったくないのだろう。彼らの宗教はロシア正教よりも古く、この州における人口比率は少なくとも十四パーセントに達するのだが。

フェアファン大主教は、正教会とロシア政府の親密な関係は憲法違反であると考える人々に我慢がならない。それどころか、両者はなお一層親密になり、正教会が国から独占的な支援を得られることを期待している。「政府は大聖堂や教会の復元はもちろんのこと、正教会の社会的教育的活動に投資すべきだと思う」と大主教は語る。実際、彼は地方自治体を説得して、少なくとも十二の新しい教会の建設に資金援助をさせたようだ。もちろんこの財政支援に誰もが好意的というわけではない。自治体にはそんな余裕はないはずだと主張する納税者の声が、インターネット上にいくつもあがっている。

正教会の腐敗について質問したが、うまくかわされてしまった。彼の六十歳の誕生祝賀会に五十万ドルもかかったという報道についてコメントを求めると、「気前のいい人ばかりだ」と言うだけだった。彼は正教会の問題だらけの過去について議論する気はない。また、正教会だけに共産主義の犠牲者の役を振り当て、ほかの宗教が味わった苦しみについては言及しない。彼の見解によれば、ソヴィエト政権がロシアの伝統と正教会の指導者たちを滅ぼそうとした結果、偉大な国は滅びてしまったという。彼にとっては、正教会の復活はロシアの復活を意味した。

チェリャビンスク市から遠く離れたチェバルクリという町の若き司祭ドミトリー・エゴロフも、正教会とロシアの運命は密接に絡み合っていると考えている。しかし、正教会の金色に輝くドームをもう一度見られるのはうれしいとしつつも、正教会の司祭は人々の手本となり、コミュニティを支えるためにもっと多くのことをしなければならないと考えている。エゴロフ自身は二部屋しかないアパートに妻と三人の子供と暮らしているが、正教会幹部の贅沢な暮らしや腐敗への批判は甘んじて受けている。

彼の新しい教会は一九三七年に破壊された教会の基礎の上に建てられ、隕石が落下したチェバルクリ湖を見下ろしている。教会の門番ともいえる老女たちは、訪れる人が悪さをすればきつく叱るが、いつもはよろこんで受け入れ、ガイド役も買って出る。ここには独自の日曜学校があり（意外なことに参加者は多い）、父親と息子はチェスに興じ、母親と娘は複雑なクリスマスオーナメントの作り方を習っている。図書館もあり、手伝いのボランティアもいて、ティーンエイジャーは見終わったビデオについてあれこれと議論をしている。虐待やアルコールや薬物から逃れてきた人たちのための新しい施設もあるが、専門家の支援はない。

エゴロフ司祭は地元の軍事施設で従軍司祭としても働いている。落ち込んだり、自暴自棄になっている兵士の言葉に耳を傾け、イスラム系とスラヴ系ロシア人との民族問題絡みのいざこざの仲裁もする。「正教会こそ真の宗教だと思っていますが、無理やり正教徒に改宗させることもできません。若い兵士には、教育を受け、国のために働き、嫌いなものを克服しろと教えています」。彼はささやかな一歩から始めた。「汚い言葉を使わない。タバコを吸わない。ゴミを道に投げ捨てる前に立ち止まって考える。それが第一歩です」。そこから先にどこに向かうべきかについては、彼は口出ししない。

エゴロフ司祭はチェバルクリにあるムスリムのモスクとは協力し合っているが、他のキリスト教の宗派とは何の関わりもない。「ロシア正教は私たちのルーツです。そのルーツがあったからこそ、私たちの国は発展してきました。何か新しいものを外に求めるのは間違いです」

権力を手にしつつあるロシア正教会は、キリスト教他宗派を「非ロシア人の外国のセクト」などと呼んで、人々の差別感情をますます煽るようになってきている。この「セクト」という言葉は、ロシアでは故意に使われる侮蔑の表現だ。ペンテコステ派、モルモン教、エホバの証人はとくに攻撃される。キリル総主教は、信仰生活における自由市場は、アメリカと違い、ロシアには皆無だと語った。

そして外国人の伝道活動は国の安全を脅かすものであり、悪意に満ちているとも言う。州によっては、正教会が州政府をひそかに動かし、「非伝統的な」宗派の宗教活動の登録——関係当局への登録は法的に義務付けられている——をできないようにしたところもある。信教の自由は憲法で保障されているにもかかわらず、「電話裁判」［ソ連時代からあったもので、上司や権力者からの電話で裁判官が判決を翻すこと］、つまり非公式の圧力をかけ、競争相手の宗教活動を妨害してきた歴史が正教会にはある。

チェリャビンスクの他の宗教

チェリャビンスク州の信仰生活はまったく自由というわけではないが、意外にも多様性に富んでいる。「四つの伝統的な宗教」のひとつであるユダヤ教は、信者数は移民の増加や同化などによって相対的に減少しているものの、一九九二年にはシナゴーグを再開している。このシナゴーグは超正統派ユダヤ教のハバド・ルバヴィッチ派が引き継いで修復したものだ。ハバド・ルバヴィッチ派はここではあまり根付いていないが、ロシア全体では有力なユダヤ教の宗派である。彼らは熱狂的なプーチン支持者だ。チェリャビンスクのハバド派のラビであるメイア・キルシはニューヨーク市ブルックリンからやって来た。ロシア語はまったく話せない（彼はあるユダヤ人コミュニティを見つけたが、ほぼ全員がヘブライ語もイディッシュ語も話せなかった）。シナゴーグには最盛時には五百人が集まったといわれるが、今では大祭日でもせいぜい二百人くらいで、ふだんはほんの一握りの人だけが集う。超正統派の印である黒い帽子に長いあごひげのキルシは、多くの人々が入信を希望しても断ってきた。が、それを後悔しているようには見えない。正統派ユダヤ教の律法に従えば、ユダヤ教徒になれるのは母親がユダヤ人の場合のみだ。ソ連時代にユダヤ人として分類され、それによって不利益を受けていたとしても、また、自分たちはユダヤ教徒だといくら思っていても、律法の定義と一致していなければユダヤ人として認められない。だから彼はユダヤ教への改宗を人に勧めることはせず、赴任以来ひとりのユダヤ教徒だけを指導してきた。

新参者のモルモン教は、チェリャビンスク市のオフィスビルの四階に部屋を借りることができた。日曜礼拝にはおよそ三十人が集まるが、数年前よりも減っている。おもにアメリカ人からなる八名の宣教師がおり、活動を始めて何年にもなるが大した成果を挙げられていない。宣教師団の団長であるE・ケント・ラストによれば、彼らはここロシア中央部の広大な地域で半年かけてようやく七人に洗礼を授けることができたが、ブラジルなら一日で達成できる人数だ。ロシアでの布教の困難さは、予想をはるかに上まわった。チェリャビンスク市では口論を吹っかけられる程度でまだ済んでいるが、他の都市では脅されたり、殴られたりするという。ロシアでナショナリズムが高まっていることから、むしろアメリカ人宣教師を減らし、布教はロシア人信徒に任せたほうがいいとも考え始めている。たしかにロシア語で語れば神の言葉も伝わりやすいだろう。しかし肝心のロシア人信徒がまだ少なく、うまくいきそうにない。

ロシア正教の次に信徒数の多いキリスト教の宗派はカトリック教会、ルター派、セブンスデー・アドベンチスト教会、福音派の順だが、現在は彼らが一九九〇年代に期待していたような成功には程遠い。ロシア革命以前にも布教活動をしていたにもかかわらず、「伝統的な宗教」には数えられなかった。

歴史的に見ると、こうした宗派の信者はドイツなどのヨーロッパ諸国からの移民が多かった。ある宣教師はかつて私にこう語った。「私たちは世間知らずでした。自分たちがロシア人にどれほど受け入れられていないかを理解していなかったし、ロシア正教会の強さもわかっていなかった。正教会はこの国の人たちの無意識の領域に入り込んでいるのです」

9章で見たように、福音派の教会は今や急務の薬物中毒者リハビリセンターや更生訓練施設を開設し、傷ついた人や助けを求めている人々を引き寄せた。しかし福音派は、こうしたプログラムを病院や刑務所に広めようとするたびに妨害された。ビタリー・ソボレフ牧師は、「われわれは正教会と取り決めを結んでいる」と地元当局から言われたという。「これ以上話しても無駄だ」という意味だが、これは憲法違反である。ソボレフの教会は「非ロシア人の外国のセクト」であると言い張る正教会と引き続き闘わなければならないが、彼は慎重に事を進めている。「積極的になりすぎたり、声高に主張しすぎたりすると、厄介なことになります。賢く立ちまわらなければなりません」

反米感情が高まっていた二〇一四年、ウィスコンシン州マディソン市からペンテコステ派の宣教師夫妻がチェリャビンスク市で活動するためにビザを取得してやって来た。彼らは三人の子持ちで、ロシア語は片言しかしゃべれなかった。ふたりは細心の注意を払って活動した。街頭での布教活動（教会に足を運んでもらうには有効な方法）はせずに、無料の英語教室を開くことにした。

宣教師夫妻はワード・オブ・ゴッド・ペンテコステ教会のロシア人牧師と協力して活動してきた。このロシア人牧師は以前からアメリカと関わりが深く、息子はアメリカのバイブルカレッジ（聖書大学）で勉強しているほどなのだが、彼のもとにやってくる会衆でさえ強い反米感情を持っていることを夫妻は感じとった。そして、地元の福音派の人々が――非伝統的な宗教へのロシア政府の冷遇にもかかわらず――プーチンのみならずクリミア併合政策やウクライナ東部紛争を支持していることに心底驚いた。夫妻は、政治問題は避けてロシア人牧師の選任に力を注ぐことにし、彼らにある程度任せて自分たちは活動の手助けをする程度に留めておこうと思っている。最終的にはサンクトペテルブルクに新たに教会を建て、そこに「根をおろしたい」とふたりは言う。

ルータ・ベリチェワ

私の昔からの友人であるルータ・ベリチェワは、ワード・オブ・ゴッド・ペンテコステ教会のメンバーだ。この宗派は、かつての共産党の劇場を他の福音派の人たちと共同で使い、礼拝の場所としてきた。日曜の朝十時の礼拝の時間になると、ルータと彼女の家族は百人以上の信者と一緒に、ロックバンドが生演奏するエネルギッシュな讃美歌に合わせてリズムを取る（讃美歌の歌詞は大きなスクリーンに映し出される）。ルータはチェリャビンスク市から三十分ほどのところにある自分の村に新しい教会を建てたいと考えているが、そうした動きは歓迎しにくい、と地元の役人からはっきり言われてしまった。

メッシュ入りの長い髪をヘアクリップで後ろにまとめたルータは、百八十センチの長身のためにモデルと間違われたこともある。二〇〇〇年頃まで、彼女はまったく不健康な生活をしていた。かつて柔道の世界チャンピオンだった夫は、酒で身を持ち崩してしまった。彼は地元のスターで魅力的な人物だったが、試合で勝てなくなると生き甲斐を失い、自堕落な生活をするようになった。ルータも夫や彼の仲間と一緒に酒を飲み、やがてふたりは何もかも失った。けれど娘の誕生をきっかけに、彼女は酒びたりの生活から抜け出すことができた。夫と別れようとすると、夫は警察内の仲間を使って脅しにかかってきたが、それには屈せず、彼女は身を隠した。

やがてルータは、アメリカ国務省主催の交換プログラムに友人に代わって参加し、渡米することになった。このプログラムの一応の目標は、起業について学ぶことだった。彼女は造園設計とガーデニングに興味があったので、それについて学ぶことにした。そしてアメリカで、彼女は「神様」も見つけた。

ソ連時代に育ったルータは宗教についてはほとんど知識がなく、ロシア正教以外のキリスト教があることさえ知らなかった。南部のルイジアナ州に滞在していたときにホストファミリーが彼女に聖書を渡し、ロシア語の宗教映画を見せてくれた。やがて彼女は彼らと一緒に教会に行くようになり、チェリャビンスクに戻ってからは地元のバプテスト教会に通うようになった。その頃、離婚した夫がアルコール中毒で死んだ。ルータは教会でかつてアルコール依存症だったイーゴリと出会い、やがて再婚した。ふたりは造園業を立ち上げ、軌道に乗せた。

ふたりはチェリャビンスクから五十キロ離れた村に安い土地を購入した。破産した元国営農場の跡地で、ゴミの山みたいなものだった。仕事に必要な樹木をふたりは少しずつ植えていった。顧客は数人の金持ちで、すぐに楽しめる庭園を求めていた――多年草の植わった花壇や噴水や果樹園、大木や灌木が飢えられた林などだ。要望に応えるため、ふたりはシベリアの針葉樹林帯（タイガ）にも安い土地を購入し、モミを植えた（モミはチェリャビンスクには自生していない）。自分たちの家を建て、少しずつ増築していった。今ではすっかり快適な家が出来上がり、玄関にあるたくさんの小さなブーツとパーカを見れば、子沢山であることがわかる。ルータには最初の夫とのあいだに生まれた娘と、イーゴリとのあいだに生まれた息子の他に、養女にした幼い娘がふたりいる。

ルータは四年前のつらい出来事を話してくれた。その日彼女は、核兵器工場のある閉鎖都市オジョルスク市のゲートまで案内され、養女候補のふたりの姉妹と会った。機密保持上の理由から、ルータはフェンスで囲まれたこの町に入ることができなかった。斡旋人が姉妹をゲートまで連れて来た。そして彼女たちの目の前で「今すぐこの子たちを連れて行くか、この件を忘れるか、どちらかに決めてください」と言った。こんな大事なことを夫に相談せずにこの場で決めることなどできない。ルータはあきらめざるをえなかったが、家に帰る車の中でずっと泣き続けた。その後、ルータとイーゴリは別の姉妹を養女にした。キッチンと居間には人形やレゴが散らばり、その真ん中に大画面のテレビが置かれている。パラボラ・アンテナで衛星放送が受信できるが、子供たちが見るのはキリスト教の番組だけだ。

ルータはバプテスト教会で「自己実現」のセミナーだけでなく他の講座も受講した。さらに、カリフォルニアの大学が開講した二年間の聖書オンライン講座を夫とともに修了した。造園業がなんとか軌道に乗ると、アルコール依存症に苦しむ人々を助ける時が来たとルータは思った。「私たちは出口があることを知っています。だから人助けもできるの。単に薬物やアルコールを止めさせるだけでなく、彼らをちゃんとした人間に、完全な社会の一員にしないといけないわ」

ルータとイーゴリは一度に四人が寝泊まりできる小さなリハビリセンターを離れに作った。これはキリスト教根本主義の教会のプログラムのように、本人の自由意思に基づくものであり、祈りと聖書の勉強が中心だ。ここにやって来る人は、食費、宿泊費、管理費の代わりにふたりの樹木畑で働く。現在、大半の人が落伍してしまうが、このプログラムを修了できたらここに居続けることができる。

二名が正社員としてふたりの下で働いている。

プログラム一期生のエレーナは、今ではルータの家族のようなものだ。ロングヘアーの小柄なエレーナが五年前にここに現れたときはまるで怯えたネズミのようだったが、今では自信にあふれた二十八歳の立派な女性だ。ここに来る前の彼女は町の工場で働き、わずかな収入を得ていた。周りにいたのは、酒を飲んでは薬をやるような人ばかりだった。やがて彼女も同じ道をたどり、次第に自暴自棄になっていった。しかしある友人からルータとイーゴリのリハビリセンターの話を聞いた。「私はここに来て、人生が一変した」とエレーナは言う。ルータと造園の仕事のおかげですっかり立ち直った彼女は、最近三週間のヨーロッパ・バスツアーに参加した。車も購入した。目下の願いは、ちゃんとした男性との出会いである。

ルータの四十歳の誕生日パーティー——アルコールなし——が彼女の家で開かれ、長年の友人たちが集まった。教会のメンバーがいきなりギターを弾き始めてルータが美しいソプラノで讃美歌を歌い出すと、若い頃の友人の何人かが居心地の悪そうな顔をした。ルータは思わず笑ってしまった——宗教への熱い思いで自分でもおかしくなってしまったのだ。マニキュアを塗った長い指をひらひらさせながら、「神様を愛しているの」と彼女は私にささやいた。「神様についてなら一日中だってしゃべっていられるわ。黙っていられないの。娘は私の頭がおかしいんじゃないかと疑っている」

ここの村人たちも、ルータとイーゴリはかなり変わった人間だと思っている。馬鹿げた噂が広まったことがあった。ふたりは子供を生贄にする悪魔の「セクト」のメンバーだというのだ。最近までルータは政治に無関心だったが、今ではロシアがどこに向かおうとしているのか不安になることが多くなった。彼女の先祖はバルト諸国出身なので、そこに土地を買って移住しようかとも考え始めている。

第12章 ムスリムのコミュニティ

チェチェン紛争

一九九四年の大晦日、私はカフカース地方（コーカサス地方）にあるチェチェン共和国の首都グロズヌイで地下に身を潜めていた。ロシア連邦軍の戦車の列が首都の通りを進み、独立を求める運動を押しつぶそうとしていた。ムスリムが圧倒的に多いこの地方は百年以上にもわたって帝政ロシアの軍隊を撃退してきたが、ついに一八六四年に征服されてしまった。その後も圧政は続き、しかし抵抗運動も続いた。ソ連邦が崩壊すると、チェチェンの人々は再びロシア人からの独立を求めた。私が知り合いになったチェチェン独立派の人々——教師、医師、工場労働者、農夫——は頭上の市街戦に加わっていた。圧倒的な兵力のロシア軍を相手に勝ち目がないのはわかっていた。大した武器もなく、自家製の火炎瓶で応戦するくらいしかできない彼らは、自分たちの独立の夢が潰え、すべてがもうすぐ終わるだろうと覚悟していた。しかし最後に、勇敢かつ名誉ある抵抗を試みるつもりだった。ところが、ロシア軍は決定的に統率力に欠けていた。兵士はろくな武器も持たず、訓練もされていなかった。驚くべきことに、チェチェン独立派勢力は町に進軍してきた最初の戦車隊を壊滅させることができた。
夜が明けると私は通りに出た。殺戮の跡が目の前に広がっていた。黒焦げになったロシア兵の遺体がいくつも道端に横たわっている。狭い通りで身動きが取れなくなった戦車は、ほとんどが味方の誤射で黒焦げになっていた。友軍からはぐれた戦車が一台追い詰められ、砲塔の照準をぐるぐると回転させていたが、とうとうあきらめたようだ。投降した兵士たちが戦車から出てくる。彼らは捕虜として保護された。

紛争は長引いた。ロシア軍は無差別爆撃をはじめとする残虐な戦術を取るようになった。チェチェン武装勢力も同様だ。チェチェン人が独立を求めて始めた戦いは、やがて宗教的な意味合いを持つようになった。過激なムスリムが主導権を握るようになり、合流してきた外国のイスラム過激派が紛争をさらに煽った。チェチェン武装勢力による民間人を標的にしたむごたらしいテロ行為が多発するようになると、紛争は膠着状態に陥った。やがて、不安定な休戦条約が一九九六年に締結された「第一次チェチェン紛争」。

紛争が本格的に再開されたのは二〇〇〇年にウラジーミル・プーチンが大統領に就任して以降だ。今回はロシア軍はチェチェン武装勢力を制圧し、かつて五十万人が住んでいた首都グロズヌイを壊滅させた。そして最終的には元独立派のラムザン・カディロフ「二〇〇四年に暗殺された初代大統領アフマド・カディロフの次男」をロシアの傀儡として第三代大統領に就任させ（二〇〇七年）、平和を維持している限りは憲法を無視して好き勝手なことをする権利を与えた。カディロフは反対派を押さえるために自分流のイスラム法を制定した。チェチェン共和国を支配するこうした強権政治、汚職の横行、重大な人権侵害は、平和――完全とは言えないが――を築き、支配するためにロシアが進んで支払う代償である。この国の大半が破壊され、数十万人ものチェチェン人が死亡した。国民は疲れ果て、怯えている。今現在は落ち着いているが、チェチェン共和国の運命は予断を許さない。

一方、チェチェン独立強硬派の指導者たちは地下に潜り、ロシア連邦領の北カフカース地方にカリフ制を敷くことを目指し、近隣のイスラム諸国――タゲスタン共和国、イングーシ共和国、カバルダ・バルカン共和国に散らばった。それらの国はロシア連邦内で最も貧しく、人々は最悪の失業率と蔓延する汚職にうんざりしていた。そして、ロシア政府が取った強硬手段は、結局はイスラム過激派の増加をもたらした。若者を無差別に逮捕し、拷問することで――拘留中に行方不明になることも多かった――、彼らを過激派戦士にしてしまった（戦士になることを彼らは「森に行く」と表現する）。過激派と疑われた若者の家族もまた罰せられ、家が破壊された。人々は独立強行派勢力よりもずっとモスクワの治安維持部隊を恐れている。

さてこの二度にわたるチェチェン紛争が、数百キロも離れたロシア中央部にあるチェリャビンスク州とどのようなつながりがあるというのだろうか？　実はおおありなのだ。そして、つながりは増える一方だ。チェリャビンスク州のあるウラル地方にはバシキール人とタタール人から成る土着のムスリムがもともとかなり住んでおり、十八世紀にロシア人が入植するはるか以前からこの地方に根をおろしていた。そこに北カフカースでの紛争から逃げてきたムスリムが加わったのである。他にも、チェリャビンスク州と南で接する中央アジアのイスラム諸国からの移民が増えている。

こうしたムスリムもまたロシア正教会と同様、ソ連崩壊後に自分たちの文化と信仰の復興を経験しつつあり、ロシア政府は北カフカース地方で顕著な過激派思想がウラル地方に伝播していることを警戒している。政府の過激派対策は的外れで無計画、そのうえ強圧的なものでありながら、今のところは効果をあげている。しかし人々のあいだには、怨恨がくすぶっている。

ロシア政府とムスリム

矛盾するメッセージを平気で送る――それがクレムリンだ。ロシア正教会を大層優遇し、国民の精神的強靭さと伝統の源であると言及したかと思えば、舌の根の乾かぬうちにロシアは多様な宗教から成る多民族国家であるとほめ称える(もちろん少数民族はそんな言葉は信じていない)。ここチェリャビンスクのロシア正教会は、違法なことに国費で教会を次から次へと建設し、他の宗教から反感を買うようなことをしている。完成した教会が礼拝者でいっぱいになることはないが、正教会はめげることなく、学校でロシア正教の宗教教育を必修にしようと画策さえしている。かたやムスリムの村では、モスクが絶対的に足りず、社会福祉もほとんど受けられない。

伝統的にロシアのムスリムは、スンニ派の四大学派のうちの穏健なハナフィー学派とシャーフィイー学派だったが、神秘主義的なスーフィー派の信徒も多い。ソ連時代にはこのような穏健な宗派のイスラム教指導者たちは従順で、体制に順応しており、現代のクレムリンの言い方に従えば「伝統的」であった。宗教教育は制限され、イスラム教のかなりの部分が単なる民族文化へ様変わりしてしまった。

ところがソ連崩壊後、新しい思想に自由に触れることができるようになると、現代社会においてムスリムであることの意味について彼らは考えるようになった。世界中でイスラム過激派が台頭し、北カフカースのあるロシア南部でもムスリムによる紛争が起きていることを考えると、そうした疑問は――たとえそれがどれほど小さなものであっても――クレムリンにとっても、宗教教育をきちんと受けていないロシアの「伝統的」なイスラム教指導者にとっても、大きな脅威となった。

国に登録しているイスラム教団体は、一般のムスリムからはほとんど支持されていない。団体幹部の宗教上の資格は疑わしく、基本的なイスラム教義を遵守しているかも怪しい。彼らの多くが酒を飲み、タバコを吸う。彼らは権力や金銭を求める腐敗した役人と結託しており、買収されやすく、陰謀にも加担しやすい。そんな彼らはムスリムの多くの若者から疎んじられてきた。

クレムリンがとくに支援したイスラム教団体は、彼らに最も言いなりになりそうな、最も臆病な組織だった。そしてそうしたイスラム教団体は、しばしば仲間内で争い、競争相手と見ればすべて「過激派」と呼んで糾弾するような組織だった。要するにロシア政府は、国に忠実な「良きムスリム」と国の安定を脅かす「悪しきムスリム」――外国勢力がその後ろ盾になっている――がいるとしていたのである。政府はイスラム文化の復興の流れをコントロールするために、「伝統的」なイスラム教指導者は取り込み、「非伝統的」な考えの持ち主は信用せず、逮捕してきた。だがこの「味方か敵か」という単純な仕分け方は、うまくいっているとは言いがたい。

チェリャビンスクのムスリム

チェリャビンスクのイスラム文化復興とは、そのルーツをじっくりと見きわめ、民族的・宗教的アイデンティティに誇りを持つということのようだ。ある日、私はその具体例を間の当たりにした。スターリンによって閉鎖され、一九九〇年代に再開されたホワイト・モスクの一室で、ひとりの老人が古びた机に座っていた。机の前には椅子が二脚あり、礼拝者が列をなして並んでいる。彼らは自分の番になったら箱の中にルーブル紙幣を入れ、家族の揉め事が治まるお祈りや、死者や記念日へのお祈りを老人に唱えてもらう。ただし老人はイスラム教を学問的に学んではいない。

タタール人の若者がモスクに飛び込んできて箱にお金を入れ、手短に祈りを唱えてもらった。地元のディスコで「タタールの夜」が開かれることになっており、彼はそこでタタール人女性との出会いを期待しているのだ。私が若者に「タタールの夜」について根掘り葉掘り聞くと、午後十一時前にディスコに来ればわかる、けれど十一時をすぎるとみんな酔っ払っているよ、と教えてくれた。老人が祈りを唱えながらかすかに含み笑いをした。

リナート・ラエフは元獣医師だが、今はチェリャビンスクのモスクのムフティー（上位の宗教指導者）となり、近郊のムスリムコミュニティの多くを統括している。そうしたコミュニティは彼に金銭と権力をもたらした。彼のオフィスには、ムスリムの頭蓋帽（スカルキャップ）を被ったウラジーミル・プーチン大統領の大きな写真が飾られている。ラエフは国へ忠誠を誓い、危険で過激な「非伝統的」イスラム勢力について警告を発することで名声を確立してきた。前回の大統領選の運動期間中には、金曜礼拝に集まった信徒たちに向かって、政権与党である統一ロシア党とプーチンへの投票を呼びかけた。

彼のモスクは町の中央に位置し、好都合なことに連邦保安庁の本部前の通りを下ったところにある。金曜の正午前には、モスクの中庭は礼拝の始まりを待つ男たちであふれかえる。男たちは民族の違いや相手への猜疑心から小さなグループに分かれ、地元のバシキール人やタタール人ごとに、あるいは移民の出身地ごとにかたまっている。広く知られていることだが、私服警官が男たちの中に紛れ込んでいて、聞き耳を立ててようすを窺っている。

三十歳になるアブドゥルは、私服警官もムフティーであるラエフも無視することにしていると私に語った。ラエフはイスラム教ではなく国に奉仕している、自分の言いたいことだけを言って人々が聞きたいと思うことは言わない、とアブドゥルは不満を漏らす。彼がこのモスクに来るのは、近くの公園で働いているからという理由だ。アッラーの神に祈りを捧げられれば、どこでも良かった。

黒い髪、浅黒い肌、濃いあごひげのアブドゥルは、一目で「外国人」とみなされてしまう。彼は故郷のダゲスタン共和国（チェチェン共和国の東側の国）での紛争から逃れるためにチェリャビンスクに移り住んだのだが、ロシア国民であるにもかかわらず、たびたび嫌がらせを受ける。「外国人」の顔つきをした男は絶えず職務質問をされるモスクワほどひどくはないが、気分がいいことではない。彼はこれまで何度もアパートを引っ越した。アパートの住人が、彼のような「外国人」と同じ建物で暮らしたくないという理由で話をでっちあげ、文句を言ってくるからだ。

皮肉なことに、アブドゥルは八年間ロシア連邦軍の兵士として、チェチェンやダゲスタンでイスラム過激派と戦った。私が彼と初めて会ったのは、イスラム過激派が彼をムスリムに対する裏切り者として糾弾し、ユーチューブに彼の死刑執行命令を載せた頃だ。ユーチューブには彼の写真とダゲスタンの家族の住所まで映っていた（最終的にユーチューブはこの脅迫メッセージを削除した）。

アブドゥルはロシア軍に八年間所属したのち、除隊した。彼の出身民族と信仰ゆえに昇進できないと告げられたからだ。「隊長はおれを推薦してくれたが、却下されてしまった。おれの名字がふさわしくないというのがその理由だと教えてくれた。すまないがどうしようもないと言われ、おれは切れた。それで除隊した」

アブドゥルが入隊したのは、彼の叔母が独立派勢力に殺害されたからだ。自分は祖国を守っていると思っていたが、ロシア軍の軍事作戦や軍隊内での差別を目の当たりにして考えが変わった。また、将校たちの汚職にもうんざりした。自分たち兵士に武器が十分にないのはこのせいか、と思った。自分はロシアのために尽くしたかった、けれどロシアに裏切られてしまったんだ、と彼は語った。

現在彼は国と独立派のあいだで板挟みの状態だが、今なら自分への死刑執行命令をユーチューブに載せた独立派勢力の考えを理解できると言う。「ロシア政府の民族問題への対応は納得できない」。北カフカースで若者がしばしば行方不明になることや、見せしめとして家族が罰せられることについて話が及ぶと、「なぜ彼らは何の取り調べもせずに容疑者を殺し、家族の家を破壊するのか？」と逆に質問された。ロシア政府が政策を転換しない限り、北カフカースの問題は大きくなるばかりだと彼は思っている。「おれたちはロシア政府に嫌気が差している」と彼は言った。

私はチェリャビンスク市の私のアパートで彼の話を聞いたのだが、そこがどれほど安全な場所であるのかわからないので小声で話していた。そのとき、いきなりノックの音がした。ドアを開けるとふたりの警官が立っていて、「外国人」がこの建物に住んでいるという通報を受けたと言った。この場合の「外国人」とは私を指しているのだろう。めんどうなことになったと私は思ったが、アブドゥルはさらに「警戒」したのだろう、警官の注意が私に注がれている間に、そっと出ていった。これで彼と会うことは二度とあるまい。

ムスリムの村

チェリャビンスク市は圧倒的にスラヴ系ロシア人が多いが、町を出るとタタール人やバシキール人の村がある。バシキール人の多いバジカエワ村は、一見したところ、どこにでもあるロシアの村のように見える。顔にアジア人の特徴が見られる人もいるが、誰がバシキール人で誰がそうでないかを言い当てることはできない。バシキール人の服装はほかの人たちと大差ないし、家もロシアのどこにでもあるような作りだ。つまり簡素な木造の家か、ソ連時代の殺風景な平屋の白いレンガの家だ。そうした家はたいてい二家族が住めるようになっている。運がよければ家まで水道が来ているが、そうでなければ外にある給水設備を使わなければならない。ほとんどの家の、ベニヤ板張りの家畜小屋と、飼料用の干し草と暖房用の薪が山のように積まれた庭がある。村のでこぼこ道を牛とガチョウとアヒルがうろうろしている。

バジカエワ村にはモスクがないので、ラフィート・バヤジトフの五十五歳の誕生祝いは自宅で行なわれた。祝いの儀式を執り行なったのは七十八歳になるフリクマト・イザトゥリン。彼は非公認のムッラー［イスラム教の教義や法に精通した人への尊称］として雇われた。彼はソ連時代に両親から祈りの言葉をひそかに学び、二十年前にようやく自分がムスリムの敬虔な信者であることを明かした。祝いにやって来た全員が長いテーブルに座ると、イザトゥリンはアラビア語で祈りを唱えた。それははるか昔の子供時代に覚えたものだ。

この日の主役であるラフィートは、地元共産党の元党員で村の役人だった。彼はそれを証明するために党員証も見せてくれた。神の存在を信じるようになったのはつい最近のことだ。だが宗旨替えした人間特有の情熱で、次のように語り出した。「私は変化を好む。いろいろなことがあったが、結局はうまくいっている。バシキール語やバシキールの歴史がわれわれのもとに戻ってきたのはうれしい限りだ」。彼はナイフでドーナツをふたつに切り、小さなほうを取って、「こっちは、われわれが世界について知っていたことだ」と言い、次に大きなほうを取って「こっちは、今われわれが知っていることだ」と言った。

長いテーブルには、祝い用のスカルキャップを被った男性たちが片側に、色鮮やかなスカーフで頭を覆った女性たちが反対側に座っている。ラフィートの娘は大学出のキャリアウーマンで、チェリャビンスク市で暮らしているが、昔ながらのキッチンで親戚の娘たちと一緒に手早くスープをこしらえている。彼女が水の入った鉢をテーブルに運ぶと、最初は男性が、次に女性が手を三回洗った。テーブルの上にはケーキとクッキーと湯気の立ったやかんが置かれている。アルコール類は見当たらないが、ムッラーが帰ればウオツカが並ぶのだろう。客は硬貨を他の客に配り、将来の繁栄を願う。誕生日のために特別に書かれた詩がバシキール語で朗誦されると、年配の女性たちは笑みを浮かべた。彼女たちの唇の間からすきっ歯や金歯が見えたが、娘たちが笑みを浮かべるときれいな歯がのぞく。娘たちは高い金を払って近隣の町で治療しているのである。

ラフィートの人生がいかに波乱万丈だったかを、集まった人たちはロシア語やバシキール語で語り出した。町からやって来た人はロシア語のほうが話しやすそうだった。女性たちは私にロマンス小説の女性作家たち――ダニエル・スティールやジャッキー・コリンズを好きかと尋ねた。こうした作家の作品はすでにロシア語に翻訳されており、彼女たちは貪るように読んでアメリカの暮らしを知ろうとしていた。情報源がそれだけだとアメリカの印象は偏ってしまうのではないか、と私は少し心配してしまった。

バジカエワ村は典型的なロシアの村である。市場経済が導入されて村の集団農場が解体されると、人々は自力で生活しなければならなくなった。若者は村を離れようとしたが、年金生活者は庭の菜園で取れたものだけで生き抜いた。村の学校は教師の成り手が見つからず、診療所は常駐の医師不在のままどうにか続いているが、老人たちは、具合が悪くても薬を飲んで我慢しろと言われることが多い。ラフィートの娘婿ルスラーンは、バシキール人の地位向上のために働いている。ルスラーンによれば、教育の機会が限られ、大学の授業料が高いことが問題なのだそうだ。バシキール人が州議会で重要な役割を担えるように――バシキール人の議員数はあまりにも少なすぎた――声を上げていかなければならないと彼は言った。

バシキール人とタタール人の村はどこも貧困から抜け出そうと必死だ。しかしアルガ村が他の村と違う点は、ここには小さなモスクがあることだ。小高い丘のカバノキの林のあいだから、きらきらと輝く緑色の尖塔（ミナレット）が見える。モスクの中には小部屋があり、女性たちは金曜礼拝のあとに出すバシキール風ラムスープをこんろに載せて温めている。モスクは一部屋しかないが、緑とピンクのナイロンのカーテンで仕切られ、男女別々に礼拝する。床に敷き詰められているのはみすぼらしいラグ数枚。暖房設備はないので地面から上がってくる冷気を防ぐことはできない。恐らく全部で二十人ほどの礼拝者は、その大半が五十代以上だろう。彼らは厚着をし、昔風のフェルトのブーツをはいて、寒さ対策をしている。若者は仕事で留守だ。彼らはこの地域の鉱山や工場にバスで通っている。だが土曜の朝には、若者の多くがモスクにやって来てイスラム教の教義を学ぶ。

村からモスクの運営資金を得て、七十五歳になるマルセル・イスタムグロフはイマーム（礼拝を司る指導者）の役割を担っている。彼は集団農場の元トラクター運転手だったが、農場は解体されてしまった。イスタムグロフはコーランから暗記した祈禱文を唱えた。彼はメッカ巡礼というムスリムの義務について語り、巡礼から戻ってきたばかりの青年に経験談を語らせた。貧しい農夫や年金生活者にとってメッカ巡礼の費用を工面するのは大変なことだが、少なくとも七名が巡礼を終え、毎年多くの人が巡礼を望んでいる。

教育を受けたイスラム教指導者はどこでも不足しているが、とくにアルガ村のような村では顕著だった。イスタムグロフは何もかも独学だ。彼は村人が自分たちの信仰を取り戻し、イスラム法に則って生活し、とくに禁酒するように訴えた。「酒のせいでこの村がどうなったか、わかっているはずだ」と彼は皆に諭す。また、イスタムグロフは三十歳になる村の農夫ヴィリャルド・ヤクポフに、平日の夜と土曜にアラビア語とイスラム教の教義を村人に教えるように頼んだ。

ヤクポフはイスラム教についてまったく何も知らずにこの村で育った。彼の家族はすっかりロシア化しており、勉強のできた彼は州都にある空軍航空学校に入学することができた。十九歳のある日のこと、イスラム教の礼拝への呼びかけが聞こえてきた。一九九八年のことだった。彼は「あの叫び声」は何なのかと友人に尋ねた。「あれはきみたちの教会の呼びかけさ。毎日しているよ」とキリスト教徒の友人が教えてくれた。彼は休み時間になるとモスクに出かけ、何が行なわれているのかを見学した。感銘を受けたヤクポフは、何度も足を運んだ。

二〇〇〇年代前半になると、ヤクポフはサウジアラビアから奨学金を得て留学し、二年間アラビア語を学んだ。当時サウジアラビアでは、ムスリムのコミュニティへの支援が許されていた。だがチェリャビンスクのイスラム教指導者たちはサウジアラビアからの支援金の大半を盗んでいたとヤクポフは考えている。

長年にわたる共産党の規制がなくなったものの、ロシアにおけるイスラム諸学の教育レベルは低かったので、一九九〇年代に世界への門戸が初めて開かれると、多くのムスリムが留学した。ところが今やロシア政府はこれを阻止しようとしている。クレムリンもソ連時代に教育を受けたイスラム教指導者たちも、こうした留学生が「非伝統的」な考えをロシアに持ち込み、過激思想を煽るのではないかと疑っている。

ヴィリャルド・ヤクポフの裁判

クレムリンが抱えるムスリム問題は、この小さなアルガ村にも及んだ。ヤクポフが過激思想を広めたという罪で告訴されたのだ。対立するイスラム教団体、地元議会、イスラム過激派を捜索する連邦保安庁が組んで、悪意に満ちた戦いを仕掛けてきた。三年間というもの、ヤクポフへの告発、家宅捜索、法の拡大解釈、権力闘争がこの村を恐怖に陥れた。村は二分され、彼は見せしめにされた。

あごひげを少し蓄えたヤクポフは、私と初めて会ったとき、何のためらいもなく握手してきた。彼は娘たちには高等教育を受けさせたいと語った。「その後どうするかは娘たち次第だ。私は自分の道を見つけた。娘たちもそうするだろう」。

私は何度も彼に取材したが、彼がイスラム過激派であることを示唆するような言動は見られなかった。彼は敬虔なムスリムであり、革新的な農夫である。この村の発展に貢献できる有能で正直な農夫だと自負している。彼がこうしたトラブルに巻き込まれたのは、地元の選挙で独立系候補者を支持してからだ。この候補者は厳格なムスリムではないし、まして過激派でもなかった――と彼はあわてて言い添えた。その選挙で選挙管理人が票の水増しをするのを目撃したヤクポフは抗議した。また、クレムリンお墨付きのイスラム教団体とは無縁の、地元住民のためのモスクをこの村に建てる計画も支持した。こうしたことすべてが、地元議会、クレムリンお気に入りのイスラム教団体、連邦保安庁の目を引き、標的にされてしまった。

ヤクポフは、村から百キロ近く離れたチェリャビンスク市のイスラム教指導者リナート・ラエフから告訴された。ヤクポフがラエフの宗教上の資格と彼の言動を問題にし、ムスリムコミュニティとその資金を強引に管理しようとしていることを明るみに出したので、ラエフにとって目障りな存在になったのだろう。ラエフは、ヤクポフがキリスト教世界の転覆とサウジアラビアのイスラム法典の導入を呼びかけたと当局に訴えた。だがラエフの公式の証言を読む限り、彼はこうした嫌疑を裏付ける証拠を提出しておらず、事実と相違ないのはヤクポフがサウジアラビアに留学していた期間に関する記述部分だけだった。ヤクポフは嫌疑を否定し、ばかげていると答えた。村のイマームである高齢のマルセル・イスタムグロフも嫌疑を否定した。実際、ヤクポフの知人や、彼の土曜のクラスに出ていた村人の中に、そうした嫌疑を裏付けるような証言をした者は誰もいなかった。ところが連邦保安庁は、当の保安庁の運転手二名に、ヤクポフが彼らを勧誘し、テロリスト組織に加入させようとしたという証言をさせた。私は運転手の親戚に取材した。ふたりはそう証言するように強要されたのだ、と親戚は打ち明けた。連邦保安庁はモスクとヤクポフの家をいきなり家宅捜索すると大量の本と印刷物を押収し――まったく目を通さずに――過激派の文書であると断言した。意図は明白だった。敵はロシアの奥地であるこんなところにまで入り込んでいる――彼らはなんとしてもそう言いたいのだ。

ロシア政府はあらゆる種類の過激派と闘うために、「扇動的」出版物のリストを作成して禁書とした。下級裁判所でさえ怪しげな知見を頼りに印刷物を「過激」と判断し、政府のリストにそれらを加えるように指示した。結局、「憎悪をかき立てる」とされた著作物はすべてリストに載った。禁書はネオナチやウルトラナショナリストの文書からエホバの証人やサイエントロジーのパンフレットに至るまで多岐にわたったが、とりわけイスラム教の著作物に集中した。「イスラム教は唯一の真の宗教である」という主張ゆえに禁じられたものもあったようだが、宗教とはそもそもそういうものである。ロシア正教会の教理問答でも、正教会はいかなる宗教よりも卓越していると宣言している。

ロシアのイスラム教研究の第一人者アレクセイ・マラシェンコは、「こうした書籍を禁じるのは実にばかげている。もしサウジアラビアのワッハーブ派の創始者であるイブン・アブドゥル・ワッハーブの伝記を禁書にするのなら、レーニンの本や記事もすべて直ちに禁書にしなければならない。なぜなら両者とも階級差別をしているからだ。問題は書籍ではない。その利用の仕方だ」と彼は語っている。

原告であるラエフは陳述書をすでに裁判所に提出していた。しかし提出しただけで――裁判所から何度も出廷命令を受けながらも無視し――出廷はしなかった。それでも咎められることはなかった。裁判は三年も続き、その間ヤクポフは村から出ることを禁じられた。農作物の販売や新しい種の購入ができなくなり、妻と四人の子供を養うために他の仕事をせざるをえなくなった。ようやくすべての決着がついたが、結局ヤクポフの数百冊の本のうち禁書リストに載っていたのは二冊のみということなった。そのうちの一冊はイスラム法の研究書である。三人の専門家証人のうちふたりは、その本を禁ずべき根拠は見当たらないと証言したが、ヤクポフは憎悪を煽ったという容疑が有罪とされ、五千ドル相当の罰金が科せられた。「もし政府の転覆を訴えたり、企てたりしたとされたら、きっと逮捕されていただろう。私の罪は、さしずめ宗教について議論したことなのでしょう」と彼は私に語った。

ヤクポフに有罪判決が出た後、ラエフはアルガ村の村長から招待され、村にやってきた。酒が飲める村のディスコ――ラエフなら意に介さなかっただろうが、敬虔なムスリムなら侮辱ととらえただろう――でタウンミーティングが開かれた。演壇でラエフが「過激派はすぐ近くにいる」と言って村人を脅すと、どよめきが起こった。イスタムグロフをはじめとする数名が、ラエフこそ「宗教的・人種的緊張を高め、根拠のない恐怖を植え付けた過激派だ」と叫んだ。たしかに、ラエフと連邦保安庁は村を二分し、多くの者を村のモスクから遠ざけることに成功させた（モスクの「乗っ取り」には今のところ成功していないが）。イスタムグロフはラエフを質問攻めにした。「何の権利があって、あなたはここに来てわれわれを脅かすのか？　何の権利があって、われわれのモスクに干渉するのか？　われわれがあなたのモスクに属していないからか？」イスタムグロフは村長にも矛先を向けた。「何の権利があって村長は、宗教とわれわれのモスクに干渉しようとするのか？　このモスクは合法的な存在であり、運営資金を出しているのはわれわれモスクのメンバーであることを知らないのか？」

私は金曜礼拝の後にヤクポフと農夫のグループに会い、タウンミーティングでのイスタムグロフの質問の背景について尋ねた。彼らによれば、村長はラエフと彼の宗教団体が村のモスクを乗っ取ってくれればいいと思っている。なぜなら村議会議員であるヤクポフとイスタムグロフが、村長の汚職と失政について不愉快な質問をしたからだ。

ヤクポフはスケープゴートになりやすい。サウジアラビアに留学したことがあるので、それだけで容疑者扱いだ。ヤクポフを逮捕できれば恐るべき過激派を逮捕したことになる——連邦保安庁にとっては願ってもないことなのだろう。

ヤクポフは、自分は忠実なロシア国民であり、親戚にはキリスト教徒も多いと言った。そして、過激派を魔女狩りすればムスリムの心は離れていく一方だと嘆く。「若者は社会正義と彼らの生活におけるイスラム教の役割について心を悩ましている。しかし連邦保安庁と緊密な関係にあり、国に忠誠を誓っている宗教指導者リナート・ラエフは、若いムスリムのこうした悩みに耳を傾け、答えを与えることなどできやしない」。私のほうも、何か月にもわたってラエフに繰り返し取材の申し込みをしているが、なしのつぶてだ。

多くのロシア専門家同様、ヤクポフもまたロシア政府の強硬策こそが過激派を生み出していると考えている。たとえば、ロシア政府がヒズブ・ウト・タフリール（解放党）の活動を禁じる決定をした件だ。ヒズブ・タフリールとは、平和的な啓蒙活動を通じて世界的なイスラム国家の建設を目指すとされる国際的運動のことである。クレムリンはその活動を禁じるにあたり、カリフ制に基づく統一国家の樹立運動が武力によるものか、平和的な手段によるものかはこの際問題ではなく、肝心なのはそのメンバーが既存の政権を認めず、声高に否定することなのであると主張した。

連邦保安庁はチェリャビンスクと近隣のバシコルトスタン共和国——ムスリムのバシキール人が多い——にいるヒズブ・タフリールのメンバーを数名逮捕した。事実としてはメンバーはいかなる暴力行為にも関与していなかったが、連邦保安庁は非合法な下部組織のネットワークがあるという未確認情報を得て、不安に駆られたようだ。ある若い女性ジャーナリスト（市の有力なニュースサイトの連邦保安庁担当）は、この事件を知ってひどく危機感を募らせた。すでに数名が逮捕されていたにもかかわらず、それでも足りないと言うかのように、「過激派は雨後の竹の子のように次々と現れる」と思わず口にした。政府は連邦保安庁を使ってすべてのムスリムを監視してほしい、と彼女は考えている。ロシア正教の信者である彼女は、「他の宗教にも敬意を払うべきだという行きすぎた寛容さには反対だ」と言い切った。

三年に及ぶ苦しい裁判が終わり、ヤクポフは自分の生活を立て直そうとしているが、連邦保安庁の監視はまだ続いている。友人たちは変わらず定期的に立ち寄り、これからどうするのかと案じてくれる。一方、連邦保安庁はイスタムグロフに土曜のクラスに参加している三十名ほどの信者の名前を提出するように要求し、従わなければ逮捕すると脅した。彼はしばし熟考し、「私はもう七十五歳だ。私を刑務所に入れるということは、私を殺すということだ」と言ってから、名前の提出を断った。

裁判の間、ヤクポフは古いトラクターやコンバインを安く引き取っては修理し、それを売って糊口を凌いでいた。彼は今、おいしい蜂蜜を作り、このあたりの村で人気の馬乳酒（クミス）を製造するために馬を何頭か購入しようとしている。まずは馬の放牧に必要な土地として村にある州有地を使用できないものかと努力しているが、今のところうまくいっていない。その土地は打ち捨てられ、休閑地になっているにもかかわらずだ。

第13章　人権活動家ニコライ・シュール

第六刑務所の非暴力抗議運動

二〇一二年十一月のある酷寒の日、チェリャビンスク州にある厳重に警備されている刑務所で、日常的に行なわれている殴打と拷問に対して受刑者たちが前例のない平和的な抗議運動をした。彼らの主張によれば、殴打と拷問は賄賂を求める刑務官によって日常的に行なわれているという。これまでも各地の刑務所で小規模な抗議運動があり、十数名の受刑者が自傷して刑務所待遇の改善を訴えたが、これほど大規模な抗議運動（ほぼ受刑者全員の千五百人が参加した）は初めてだった。さらに今回の抗議運動は、驚くべきことに非暴力であり、そのようすがインターネットで公開された点が他に類を見ない。この地方の刑事施設視察委員会は刑務所内で蔓延する暴力の実態を記録して訴えてきたが、検察官や刑務所幹部はその申し立てを繰り返し却下してきた。

コペイスク市［チェリャビンスク市から南東へ十数キロ］にあるこの第六刑務所の受刑者たちはついに我慢の限界に来て行動を起こしたのだが、彼らは何ひとつ壊さず、何の損害も与えず、刑務官にけがひとつ負わせなかった。この抗議運動は、非暴力ゆえについにロシア中の注目を集めた。

その日は面会日で、受刑者の家族が刑務所の正門の前に集まっていた。ところが何の説明もないいま、面会は中止だといきなり言われた。そのときだ——中で待っていた受刑者たちは看守の手を逃れて、ある者は刑務所の建物の屋根に、別の者は水道タンクの上に登った。彼らは氷点下の中——最終的には三日間も——その場に立ち続け、「助けて」「拷問を止めろ」「ゆすりを止めろ」とペンキで描かれたシーツを広げた。それを見た親族がレンガ塀や有刺鉄条網越しに携帯電話を放り投げ、中にいる受刑者たちが今そこで起きていることを世界に向かって発信できるようにした。この三日間で唯一暴力を行使したのは特殊部隊である。いきなり彼らは正門前にいる家族を殴り始め、その映像がインターネットに流れた。国中のジャーナリストはこの事件を——たとえそうしたくとも——無視するわけにはいかなかった。モスクワから緊張した面持ちの役人たちが飛んできて、受刑者たちとの交渉を始めた。

人権擁護活動

人権活動家であり、政府の刑事施設視察委員会のメンバーであるニコライ・シュール（メンバーの中で数少ない中立的立場の人間）は、チェリャビンスク州の刑務所で横行している汚職を長期間にわたって記録してきた。もじゃもじゃの髪は十七世紀の宗教改革者マルティン・ルターを彷彿させる。消費社会が出現し、贅沢に慣れた新生ロシアでは、修道僧のような彼は異彩を放っている。タバコは吸わず、酒もめったに飲まない。四十年以上も同じ女性と連れ添っている。妻のタチヤーナも同じ委員会のメンバーであり、ふたりは強力なチームを組んでいる。

彼は刑務所内の虐待をやみくもに暴こうとはせず、もっとうまいやり方をした。受刑者の証言を録画し、インターネット、勇敢なジャーナリストをうまく利用して、集めた情報が確実に表に出るように——昔のように埋もれてしまわないように努めた。そして、虐待にじっと耐えてきた受刑者や、刑務官に賄賂を渡し続けて経済的に困窮した家族を励ましてきた。

シュール夫妻はチェリャビンスク市にあるひと部屋しかない小さなオフィスで一緒に働いているが、その場所を見つけるのはかなり難しい（オフィスの入った建物の庭にガラスびんのリサイクル工場があり、酒飲みが飲み終わったびんを持ってくるような場所だ）。どこにもたどり着きそうにない、崩れ落ちそうな階段を上っていくと、彼らが運営している人権擁護団体のオフィスがある。ドアを開けてまず目にするのは、アンドレイ・サハロフ博士の写真だ。サハロフ博士は水爆を開発した物理学者で、のちに人権擁護活動の英雄となった。ソヴィエト政権に公然と立ち向かい、ソ連が崩壊の道をたどり始めたときに急逝した。

シュール夫妻は活動資金をあらゆるところ——ロシア人の寄附者、ロシア政府内の人権委員会、そして何よりもアメリカの投資家・慈善家のジョージ・ソロスやアメリカ政府が支援する米国民主主義基金のような外国から集めている。克明に帳簿をつけていたおかげで、彼らの活動停止を狙った税務警察［脱税捜査・金融犯罪対策を担当。一九九二年から二〇〇三年まで存在したが、現在はロシア連邦保安庁へ移管」の企てに屈することなく生き延びることができた。だがいまだに「外国の代理人」と呼ばれている。物騒で侮蔑的な呼称だが、外国から資金提供を受けている人権活動団体には付き物の呼称だ。

夫のニコライは現在六十代で、一言では言い表しにくい人物だ。皮肉屋で辛辣だが、現実的で我慢強い。怒りっぽいが冷酷ではない。計測学が専門の一流のエンジニアであり、細部へのこだわりが強い。一方、化学が専門の妻タチヤーナは生まれつき人当たりが良く、すぐに人と打ち解けられる。成人した三人の子供の母親であり、夫とともに日々難題に直面し、脅迫も受けているが、とても若々しく見える。もちろん、ロシアで最新流行のフェイスリフトはしていない。彼女の瞳は自然に輝いている。落ち込むことなどめったになく、彼女もまたニコライと同じく、いつまでも情熱を失わない。

シュール夫妻はスネジンスク市に住んでいる。ここにはアメリカのロスアラモス国立研究所に匹敵する研究センターがある。スネジンスク市はオジョルスク市同様、群島のようなロシアの核兵器工場都市群の一画を成し、住人以外は通行証がないと町に入ることができない。かつては「チェリャビンスク70」という郵便私書箱の名称でしか知られていなかったが、ソ連崩壊後は「雪の町」を意味する「スネジンスク」という町名になった。夫妻は一九八四年に「チェリャビンスク70」に引っ越し、ソ連のエリート科学者の仲間入りをした。タチヤーナはあの品不足の時代に町で肉が売っていることにまず驚いた。住人全員にアパートもあてがわれていた。

ソヴィエト政権が崩壊し、それとともに経済が崩壊すると、夫妻のような国家公務員にも給料が支払われない事態が頻発した。その中には、当然、核科学者もいた。タチヤーナは同僚との話し合いの場で、核研究者も経営の多角化を考えなければならないと提案した。誕生したばかりの消費社会が望むようなものを作り出すのはどうだろうか、と。「何だって？　われわれに料理を、キャセロールを作れというのか？」と同僚たちがひきつった顔で言った。彼女は、他に方法がないのならそれもありえるとさえ思っていた。話し合いは堂々めぐりだった。ロシア政府は――最初はアメリカの支援を得て――給料を再び支払うようになった。不満を抱いた核研究者が高額な報酬に釣られて、いわゆる無法国家やテロリストグループに専門知識を売り渡さないようにするためだ。こうして核兵器の研究は続けられた。もちろん核技術をＭＲＩ（核磁気共鳴画像法）や医学といった民間利用につなげようという動きはあったが、その成果にはばらつきがあった。

スネジンスクのような閉鎖都市には、かつてのような魅力は失われつつあった。市はロシア連邦原子力省［二〇〇七年から国営原子力企業「ロスアトム」に改組］とロシア連邦保安庁の管轄下にある。シュール夫妻によれば、そこでは再び比較的高額な給与が支払われているが、厳しい規制があり、誰もが町で店を新たに開けるわけではないので、昔のように他の都市よりも物が入手しやすいということはなくなった。チェリャビンスク州にある別の閉鎖都市オジョルスク市同様、スネジンスク市で最もよく耳にするのは、「ここは退屈そのもの」という不満だ。二〇一三年にスネジンスク市の科学研究所で学ぶ魅力的な女子学生が、ウラジーミル・プーチン大統領に公開質問状を送ってニュースになった。「禁止」地域での暮らしが若者にとってもっと魅力的なものになるように、何か手を打ってくださいと彼女は訴えたのだ。人の出入りと商売が制限されているので、若者はさえない店やつまらない娯楽施設にうんざりし、市外の友人を呼べないことにも不満を募らせていた。彼女の手紙は別の議論も巻き起こした。閉鎖都市は開放されるべきではないか、という議論だ。しかし、開放の結果引き起こされるスパイの暗躍への危惧、さらには西側諸国との軍事的緊張の高まりから、議論は立ち消えになった。

シュール夫妻は人権活動家としての仕事をするためにチェリャビンスク市のオフィスまで通っているが、住まいはスネジンスク市にある。スネジンスクのアパートを売ってチェリャビンスクで同じ広さのアパートを見つけるのは、まず不可能だからだ。それに娘のひとりは両親のもとに戻ってきた。娘が双子を産み、そのうちのひとりに重度の発達障害があるとわかると、娘婿は妻子を捨てた。スネジンスクの町に戻ってくる人はめずらしい。若者の大半は外に出ようとするので、町は高齢化する一方だ。だがタチヤーナによれば、良いこともあるという。閉鎖都市ゆえに治安が非常に良く、車の鍵をかける必要がないらしい。

環境保護活動

シュール夫妻を最初に市民運動に駆り立てたのは、スネジンスク市の環境汚染だった。これはソヴィエト政権の怠慢がもたらしたものだ。ミハイル・ゴルバチョフが一九八〇年代半ばに一連の政治改革（ペレストロイカ）を提唱し、政治的自由が広がり始めると、ロシア人はまず環境問題に飛びついた。これなら、堂々と抗議できる「安全な」問題だった。

一九八八年夏のさわやかな晩に、私は環境活動家たちがクレムリンからさほど遠くないモスクワの公園で初めての市民集会を開いたのを目撃した。公園には数百人が集まり、当惑顔の警察官が道路脇に立っていた。集まった人々は自分たちの大胆さに驚き、警察の取り締まりはいつ始まるのだろうかとドキドキしていた。集会の主催者たちは慎重で、政治問題に触れることなく、環境問題だけに集中するようにと参加者に呼びかけた。集会は滞りなく進んだ――それは終わりの始まりだった。

やがて環境保護活動は最盛期を迎え、その運動はモスクワだけでなくロシア中に広がり、隠蔽されていた産業事故や原発事故についての情報がぞくぞくと入手できるようになった。そして一九九〇年代前半にロシア議会はある法案を可決した。それは、環境汚染に配慮すべきとされた工場や施設に対して、独立した環境保護基金に出資することを命じるものだった。ニコライ・シュールは他人が目もくれない細部に注意が向く人間だ。すぐに彼はこれを絶好のチャンスと見て応募し、認可を受けてスネジンスク市で環境保護基金の運営を始めた。

すぐに彼は、ロシア最大の環境汚染者とも言えるこの地域の工場や施設が、出資すべき基金のほんの一部しか納めていないことを突き止め、全額を徴収した。だがこの一件で彼はトラブルに巻き込まれることになる。元警察署長で現在は市の幹部である役人が彼に近づいてきた。シュールが大金を扱っていることに気づき、分け前を要求してきたのだ。「今晩、二万ルーブルを持ってこい」と彼はシュールに言った。シュールが拒むと、この役人は彼が基金を個人的に流用していると訴えた。こうしてニコライ・シュールに関するファイルはどんどん増えていった。

その一方でシュールは独立した環境研究所を作り、調査に必要な手に入りにくい機器を求めて貧困にあえぐ国中を捜しまわり、専門家を雇った。熱狂や勇敢さが消え去る前のあの高揚した時代、地元の核施設労働者は最も危険な場所を教えてくれた。シュールのチームは最初の調査に乗り出し、何十か所もの「ホットスポット」を見つけたが、その多くは学校や校庭に隣接していた。放射線量が許容値の四千倍の場所もあった。

シュールは調査結果を一本のフィルムに収め、それを地元のテレビ局に持ち込んだ。「テレビ局の幹部がいない、花の金曜の夜」を選んだ。シュールの集めた緻密な証拠や市の癌罹患率の高さに心を動かされた夜勤スタッフは、その映像を流すことを承諾した。放送を見たあちこちの市民がすぐに関係当局に電話をし始めた。そして月曜の朝には、連邦保安庁の人間がシュールのオフィスにやって来た。そのときシュールは「自分の運命は決まった」と悟った。

この最悪の放射能漏れの発生者である核兵器研究所は直ちに反論し、シュールの報告を「嘘の塊」と呼んだ。市民らは集会を開き、シュールと研究所の責任者たちを招待した。シュールは連邦保安庁から「出席するな」と繰り返し警告された。警察と役人も同じ警告をしてきた。「もちろん、私は出席した」。研究所の安全管理責任者は集まった人々に向かって「憂慮すべきことは何もありません」と断言し、「われわれは政府の公務員です。ご安心ください」と言い添えた。だが市民は納得しない。シュールは線量計を持って問題の場所に行き、測定することを提案した。すると研究所長はシュールに向かって「おまえにはうんざりだ。刑務所に放り込んでやる」とささやいたのだが、それはマイクを通して全員に聞こえてしまった――しかし、所長の言葉は現実になった。

基金の不正使用の容疑でシュールは拘置所に収容された。裁判が開かれるまでの六か月の長期勾留が骨身に応え、彼が活動をあきらめ、容疑の一部を認めることを政府の役人たちは願った。シュールは妻との面会も、手紙のやり取りも禁止された。当時、娘のひとりがアメリカ政府の奨学金で高校留学をしていた。シュールは娘が不安にならないように、娘との手紙のやり取りだけは許可してもらった。彼は一気に二十七通の手紙を書き上げ、日々の暮らしのニュース、バースデーカードへの添え書き、季節の移り変わりなどを記した。手紙は妻のタチヤーナに手渡され、彼女は毎週、順番にアメリカの娘に郵送した。シュールによれば、だまされたマーシャは父親をまだ許しておらず、「そうと知っていたら抗議運動をしたと思うわ！」と怒ったそうだ。

前述したように、シュールは慎重な人間だ。彼は詳細な帳簿を付けていたので、最後には検察官は、彼は総額三ドルを着服したと主張せざるをえなかった。彼とタチヤーナへの判決は有罪、しかし二年半の執行猶予というものだった。だがこのまま受け入れると、今後、彼らは市民としての活動を制限されることになる。シュールは捜査機関が証拠を捏造したことを立証し、人権活動が継続できる保障を得るために控訴することにした。すると検察官から、この判決を維持しろと上から圧力がかかっているとこっそり打ち明けられ、無実を主張し続けるとさらに悪い結果になるだろうと警告された。仕方なくシュールは控訴を取り下げると検察官はそれに乗じて、さらに厳しい求刑をした。裁判で判事はシュールにこの判決内容で満足かと尋ねた。「もちろん、満足ではありません」とシュールが答えると、判事は「それではなぜ控訴しないのかね？」と質問した。シュールはこれまでどのように脅迫されてきたかを語った。すると判事は限られた権限内で、シュールを助けようとしてくれた。判事は熟考の末、司法制度を巧みに利用することにし、最初の判決はそのままにしてシュール夫妻の今後の活動の部分のみ恩赦を与え、制限されないようにした。

シュールの環境保護基金は閉鎖され、法律で命じられているにもかかわらず、工場や施設は出資しなくなった。しかしここに再びチャンスが到来した。一九九六年にボリス・エリツィンが大統領に再選されると、彼は人権擁護団体を支持する声明を出した。政治の動向には慎重なシュールだが、新しいNGOを立ち上げ、すぐに地方自治体に登録した。それにより法的資格を得て、幅広い市民活動ができるようになった。当時は潤沢だった外国からの資金提供も受けることができた。その資金をもとにシュール夫妻は地元紙を発行することにした。そして、かつて地元の編集者が刊行できなかった「世界人権宣言」を世に送り出した。ありきたりな第一歩のようにも思えるが、まだインターネットが普及する前の話だ。ニコライによれば、それは閉鎖都市にとっては「爆弾」のようなものだったという。

夫妻は放射能汚染の調査範囲を広げることにした。環境問題は彼らにとって相変わらず重要だった。焦眉の問題は、汚染された魚が学校、児童養護施設、病院、老人ホームに売られていることだった。

明るいニュースもあった。住民からの圧力で、何十年にもわたる放射能漏れで汚染され続けた土地の一部を政府が除染することになったのだ。一方、とくに危険とみなされた湖では漁業は禁止されていたが、汚染された魚から取った魚卵の利用は許可されていた。魚卵に限れば安全とみなされたので、その多くはきれいな水の中に移され、そこで孵化された。政府の役人の親戚が孵化事業の許可証を手に入れたが、こうしたコネのある実業家たちはそれだけでは満足しなかった。すぐに現金がほしい者にとっては、魚卵の孵化はもちろんのこと、汚染された魚を捕って売ることは抗しがたい魅力だった。一般市場ではこうした魚を売ることは許されなかったが、彼らはコネを利用して、事情を知らない国の施設、たとえば学校や児童養護施設に売り始めた。

シュールはこの事実を知り、州知事に手紙を送った。新大統領のウラジーミル・プーチンが任命した人物だった。知事からの返事はすぐに来た。「まったく問題ない」という内容だった。シュールは再び手紙をしたため、今回は皮肉たっぷりの書き方をした。「私は、大統領に任命された地方自治体の首長の役割というものを理解していませんでした。なぜなら憲法の条文からは推し量れないからです。しかし今なら、その役割は関係当局の犯罪を隠すことにあるのだとわかります。私の目を覚まさせてくれたことに感謝致します」

州知事はシュールを投獄すると脅したが、彼はこの手の脅しにはもうすっかり慣れていた。今回の容疑は「政府への侮辱」だった。シュールは容疑の理由を問い、逆に知事とふたりで問題の魚を検査してみるのはいかがかと提案した。

シュールは自分の調査と取材が正しいことを証明するために、検査の場にジャーナリストたちを招待した。警官は道路を封鎖して彼らが通れないようにしたり、滞在しているホテルの部屋に閉じ込めたりしたが、抜け出した者もいた。同席した政府の役人は再びシュールを脅した。

関係当局の妨害はうまくいかなかった。汚染された魚について数多くの報道がなされたのである。とは言え、これは報道の自由の最後のあがきと言えた。プーチン大統領が近い将来、ほとんどの全国ネットのテレビ局を黙らせることになるからだ。プーチンが指名したチェリャビンスク州知事も地元のマスコミを管理することだろう。あの一九九〇年代の報道の自由の時代は終わりを告げたのだ。

ダーチャ

シュール夫妻はいまだに閉鎖都市スネジンスクに住んでいる。ロシア人、外国人を問わず、友人たちはふたりのアパートを訪問できない。そこでふたりは二〇〇〇年代半ばに、立ち入り禁止区域外に建つおんぼろのダーチャ（別荘）を購入した。ニコライは購入する前に周辺の土と水の放射能検査をして汚染されていないことを確かめたが、その外側には有毒な世界が広がっている。彼が腐敗した世界の数少ない良心の代弁者であることを考えれば、汚染された土地に囲まれたおんぼろのダーチャは、彼にふさわしい場所のようにも思えてくる。

ダーチャはスネジンスク市のアパートからは車で四十分、オフィスのあるチェリャビンスク市からは車で三時間のところにあった。ある朝、私はチェリャビンスクのホテルの前で彼らにひろってもらい、車でダーチャに向かった。途中で露店がたくさん並んだ市場（ルイノク）に立ち寄り、食料品を買い込んだ。仕事に集中しているときのニコライは厳しそうに見える――それはそうだろう――が、市場にいる彼はまるで子供のようだった。彼には道楽というものがほとんどないが、おいしいロシアの農産物や加工食品を食べることは数少ない楽しみのひとつだ。

二〇一四年の西側諸国による経済制裁が始まる前は、さまざまな輸入食品や加工食品が並んだ、品揃えが豊富なスーパーマーケットがどこにでもあった。しかしルイノクは本物のファーマーズマーケット（農家による市場）だ。アメリカではファーマーズマーケットが近年多くなってきているが、ロシアの都市部では便利なスーパーマーケットが今は隆盛で、ルイノクの数はむしろ減っている。道路や町が変わったことでルイノクは今ではやや辺鄙なところにある印象があり、値段も多少高い。だが相変わらず魅力的な雰囲気で、売っているものおいしい。品揃えもまだまだ豊富だ。自家製ソーセージや燻製肉、地元のチーズや焼き立てのパン、地元の農家で採れた丸々とした果物や野菜、さらには州の南で接するカザフスタンなどで採れた果物や野菜、クワス［ライムギと麦芽を醗酵させて作った微炭酸、微アルコールの飲み物］が手に入り、おしゃべりと噂話で盛り上がる。このルイノクの誰もがニコライを知っていた。彼はまるでわんぱくな少年のように、嬉々として私を露店商に紹介してくれた。当時は反米主義が高まっていたが、彼らはアメリカ人である私を毛嫌いすることなく興味津々で接し、気前よく何でも味見させてくれた。たちまち私は贅沢な食事をした気分になった。

食料品を積み込み、ダーチャに向かう。それはチェリャビンスク州北部に無数にある湖のひとつを望む過疎の村にあった。多少修繕されたあばら家といった感じで、フェンスにはニコライが黄色い(イエロー)潜水艦(サブマリン)から釣りをしている絵が描かれていた(娘のひとりが描いたものだ)。もちろんこれはニコライが「精神的にはヒッピーである」ことを表す内輪のジョークである。孫たちも含めて家族全員がここに集まってスキーやスケートをし、とりわけ自前のそりで凍った湖まで滑り降りるのが楽しみなのだという。暖かい季節には、湖で泳ぎ、釣りをし、森でキノコ狩りを楽しみ、家庭菜園に夢中になる。

ダーチャは冷え切っていた。もともとのログハウス部分は、今はキッチン兼寝室になっている。隣接する崩れ落ちそうな家畜小屋を、つつましくはあるが快適な居間に模様替えし、ログハウスとつなげて中庭を作った。家畜小屋の外側を覆っていた軽量コンクリートブロックを奇抜な色で塗り、あちこちに古いCDを貼り付けた。太陽や月の光に照らされるとCDがきらきらと光る。屋根にはソ連時代の日用品を固定し、「ファミリー博物館」を作った。今では見なくなった道具、長いこと放置されていたキッチン用品、かつてはどの店でも使われていたアバカス(そろばん)、短波ラジオ――「本当の」ニュースは妨害電波のノイズとともに外国から入ってきたあの時代を彷彿させる――が並んでいる。急な階段を下りると地下室もあって、夏に菜園で採れたニンジン、ジャガイモ、タマネギが大量に保管されている。冷凍庫もあり、やはり夏に収穫したベリーが袋詰めにされて冷凍されている。ニコライは釣った魚を燻製にするために外で火をおこした。

驚いたことに、夏の終わりのこの季節に初雪が舞い始めた。私たちは寒さ対策にたくさん着込んで村を散歩した。平屋の古い木造家屋。新築や改修した家はほとんどない。荒れ果てたままの教会。ずっと昔に閉鎖された国営農場。廃校になった高校。大半のロシアの村と同じように、若者は仕事や娯楽を求めて村を去ったのだろう。聞こえてくるのは私たちのブーツの靴音だけだ。その静けさを破り、私はニコライに尋ねた。「なぜこんな危険を冒すの?」政府に闘いを挑んだ理由を、私は知りたかった。

彼は自分の出自を語り始めた。祖父のひとりはロシア帝国軍の将校で村の宗教指導者だったが、収容所に送られた。もうひとりの祖父は筋金入りのボリシェヴィキだったが、最終的には彼が支持した革命で命を奪われた。スターリンの粛清で一九三七年に銃殺されたのだ。父親は第二次世界大戦でドイツ軍の捕虜になったが、ドイツの敗戦で捕虜収容所はアメリカ軍に解放され、父親は本国送還になった。これはスターリンによれば祖国を裏切った罪にあたる。父親はロシアに帰国するや投獄された。金属加工職人だったのだが、そのおかげで父親は命拾いをする。戦争とスターリンの粛清により多数の犠牲者が出たため、父親のような熟練労働者がソ連にはどうしても必要だったのだ。こうして父親はチェリャビンスクの工場へ送られた。家族と一緒に暮らすことはできたが、一九五七年まで彼の行動は制限されていた。スターリンの粛清について決して話題にせず、犠牲者がいても隠し通す家族が多いなか、シュール家では過去の歴史について自由に語り合ったという。「私の父親は、反体制派だった」と彼は言った。

第六刑務所事件の顛末

散歩から戻った頃には魚の燻煙は終わっていて、家は薪ストーブで温まっていた。重ね着した服を脱いでいると、ニコライの携帯電話が鳴った。第六刑務所所長の刑事訴訟を調査している取調官[警察官や検察官とは異なる独自の官職〕からだった。本章の冒頭で述べたように、この刑務所では受刑者たちが刑務官による残忍な拷問や汚職の蔓延に対して非暴力の抗議運動を起こした。事件の調査は進んでいると取調官は言ったが、ニコライの口からマスコミに事実を広めてほしいと考えているようだった。そうなれば検察側が起訴状を覆すのはかなり難しくなるだろう。*

＊ ロシアでは予審制度を取っており、取調官が事件の詳細な取り調べを行ない、起訴状を作成し、証拠書類とともに検察官に送る。検察官は内容を精査したうえで、適当と判断すれば起訴状と証拠書類を裁判所に送る。

とうとうこの段階まで来た。刑務所内に蔓延する虐待や汚職の調査は、ニコライとタチヤーナにとって三年がかりの仕事だった。だが慎重なニコライは、所長の容疑が正確には何の罪に当たるのかがまだわかっていないこと、山ほどある刑務官による虐待の証拠に対して検察側がどう対応しようとしているのかまだ予測がついていないことを取調官に伝え、注意を促した。

第六刑務所の非暴力の抗議運動が起こる数年前の二〇〇八年、ロシア政府は刑事施設視察委員会を各州に設置した。ほぼ全員がプーチン大統領か彼の被任命者たちによって選ばれた。基本的には委員会に従順で現状に疑問を抱かないような人たちが送り込まれたが、人権団体にも少人数が割り当てられた。

いつものことだが、ニコライは新しいチャンスが訪れるたびにチャレンジした。妨害はあったが、彼とタチヤーナは必要な資格をすべて満たし、モスクワの人権活動家からの推薦も得て、チェリャビンスク刑事施設視察委員会の委員に選ばれた。こうして彼らは、いつでもどんな刑事施設でも訪れる権利と資格を得た。多くの委員はまったく何もしなかったが、シュール夫妻率いる小グループは懸命に活動して違反行為を記録し続けた。

彼らが最初に扱ったのは、六人の男を殺害した受刑者のケースだった。彼はかつて軍需工場で働いていたが、一九九〇年代に給料が支払われなくなると車の修理工場を始めた。ところが地元のギャングが現れて「屋根」を要求した。これはロシア語で「みかじめ料」を指す言葉だ。支払いを拒むと、町はずれの家に連れて行かれた。そこで頭に銃を突き付けられ、ある部屋に移動させられた。部屋では女性がレイプされていた。友人の妻だった。彼の妻も、すでに誘拐されていた。次にレイプされるのは明らかだった。彼は金を持ってくると言って家に帰り、銃を持ってこの町はずれの家に戻ると、ギャングたちを全員殺した。彼は逮捕され、十五年の懲役刑を言い渡された。

彼は模範囚だったので仮釈放の候補者として名前が挙がったが、それには非公式の値段というものがあった——一万ドルだ。彼は満額を判事に払ったが、刑務所長は分け前をもらえなかったので明らかに不満だった。所長は仮釈放に待ったをかけた。

これは、シュール夫妻がロシアの刑務所内で横行している汚職について知った最初のケースのひとつだった。それ以降、何十回と刑務所を訪ねているうちに、ゆすり、殴打、拷問——時には刑務官による殺人もあった——には、あるパターンがあることに気がついた。刑務所内の環境を改善するという名目で「自主的な人道的支援」を工面するように受刑者は命じられる。これは賄賂の婉曲表現で、月に百ドルから一万ドルまでの支払い、あるいはその金額に相当する物品を渡すことを意味した。他にも、電話の使用、家族との面会、治療や診療、仮釈放の候補者になるための「手数料」などが要求された。支払いを拒むと数週間あるいは数か月も独居房に入れられ、殴打され、拷問された。

シュール夫妻が刑務所を訪れるようになるまで、受刑者には不満を訴える方法がなかった。手紙を書いても、検閲されるか、破棄された。もし検察当局に届いたとしても、無視された。何より、そうして不満を訴えた受刑者はさらにひどい目にあった。

受刑者に現状について語らせるのは容易なことではなかった。シュール夫妻が帰った後のことを考えれば口は重くなる。どんな目にあわされるかわからないのだ。夫妻はそうした仕返しをさせないためには定期的に訪問しなければならないことを知った。受刑者の許可を得て、夫妻のグループは取材を録画し、インターネットに載せた。協力してくれたある受刑者は、「このビデオの証言をおれが変えたら、それは看守の虐待に屈したってことだと思ってくれ」と語った。

刑務所の住環境はひどかった。窓はない。だから日は差さない。電灯すらない。シーツも毛布も不足している。資格のある医療関係者に治療してもらえることは、まずない。充実した図書館やスポーツ施設を誇る刑務所もあるが、受刑者たちの日常的な使用は許されていなかった。それらの施設は、視察に来た役人や委員に好印象を与えるためのものだった。テレビのニュースは検閲された――これは法律違反だ。湿った監房。水漏れする天井。カビの生えた壁。不十分な換気。大量のネズミ……。

懲役囚はノルマ――どこにも明記されていないが――を達成するために一日八時間の法定労働時間を超えて働かされ、法定最低賃金をはるかに下まわる月額二ドル相当の金額が支払われるだけだった。危険な仕事も多かった。ある刑務所では、血の滴る注射器や点滴の針を防護手袋なしできれいにする作業を強いられていた。

しかしこれらすべては、秘密の監房に閉じ込められることに比べたら物の数ではない。秘密の監房は地下室に隠されていたり、偽の本棚でカモフラージュされていたりしたが、シュール夫妻のグループは最終的にはほぼすべての刑務所で見つけ出した。彼らが刑務所を訪問している間、不満を訴えそうな受刑者はしばしば秘密の監房に閉じ込められていた。受刑者たちはここで「ネット（網）」に苦しめられる。素行が悪かったり、労働を拒否したり、「人道的支援」を用意できなかった者は監房の鉄格子に縛り付けられ――この状態を「ネット」という――、何時間も、ときには何日もその状態のままにされた。そのあいだ刑務官や彼らの手下になった受刑者が殴打したり、電気ショックを与えたりした。指と指のあいだに鉛筆をはさまれ、ねじられることもあった。刑務官は耳をつんざくような大音量の音楽をかけっ放しにして悲鳴が聞こえないようにし、さらに激しく虐待するのだった。

どの刑務所も虐待のひどさは似たり寄ったりだが、チェリャビンスク州でも最悪だったのがあの第六刑務所だった。シュール夫妻グループの長期間にわたる記録は、その後、大統領諮問委員会によって裏付けられた。委員会は虐待の詳細が書かれた六百二十一通の厳重に封印された手紙を受け取った。その中には受刑者とその家族が誰にいくら払ったかも書かれていた。

シュール夫妻グループのおかげで、最悪の殴打、虐待、ゆすりはなくなったそうだが、「この改善された状況がいつまでも続くと考えるほど、われわれはお人よしではない」とニコライは語る。額はだいぶ低くなったものの、刑務所当局はいまだに金銭を要求している。今のところ、受刑者と刑務官とのあいだにはある種の取り決めがある。受刑者が減額されたお金をきちんと払い、沈黙を守り、不満を漏らさなければ、殴打されることは決してないという取り決めだ。シュール流に言えば「昔はパンをまったくよこさなかったとすれば、今は耳くらいはよこす」ということだ。

シュールは受刑者の家族に次のように忠告している。「金を渡してはいけない。金を渡せば愛する人が生きやすくなると考えるのは間違いだ。しばらくは効果があるかもしれないが、やがて蓄えが底を突き、あなた方は借金をすることになる。住んでいるアパートを失うんだ。そしてもう渡すものがなくなれば、彼らは再びあなたの愛する人を殴り始めるだろう。すべてはあなた次第だ。そして忘れないでほしい。金を渡したら、あなた方は贈賄したことになるということを」

第六刑務所事件の調査が長引くにつれて、シュールの不安が的中したことがわかってきた。証言してくれた受刑者の多くが脅迫されていた。拘留中の者は、自分たちが糾弾したまさにその相手に監督されていた。重要な証言をした者の中には証言を撤回した者がいたが、それは彼らがあらかじめ言っていたように、耐えがたい「圧力」のせいだったのだろう。けれどもそうした「圧力」や脅迫は、考慮されることも調査されることもなかった。結局、第六刑務所の所長デニス・メハノフ少佐は有罪とされたものの、三年の執行猶予が与えられた。証人に対する脅迫や組織的な強要、殴打、虐待に関する十分に裏付けされた証拠があるにもかかわらずである。ニコライ・シュールはこの判決を、被害者への侮辱、さらには司法制度への冒瀆であるとした。彼は今もなお刑務所を定期的に訪問し、受刑者の待遇を監視している。

最近、受刑者たちからもれ聞くところによれば、「『義勇兵』となってウクライナで戦えば従軍経験者として仮釈放のチャンスを与えよう」と刑務所当局が言い出したという。ある情報提供者は、この勧誘を断れば仮釈放のチャンスはなくなり、さらにひどい目にあうことになるのではないか、と語った。

第14章 法医学者アレクサンドル・ヴラソフ

すがすがしい秋の日に、友人が私をチェリャビンスクの郊外へ車で連れていってくれた。陰気な工場群を後にし、かすかに光る貯水池を過ぎると森が広がってきた。このあたりの土地の価格は高騰し、高額所得者向けの土地開発が計画されている。しかし私たちがここに来たのは、土地を見るためではない。

もう少しで脇道を見逃すところだった。急角度で右折して脇道に入ると、道はカバノキの林の中を曲がりくねって続いていた。午後の日差しがカバノキの白黒の樹皮で揺らめいている。どこにも目印はなかったが、とうとう私たちは目的地である粗末な十字架が点在する空き地に着いた。荒削りな木の十字架もあれば、無骨な鉄製の十字架もあった。その根元に置かれていたり、かけてあったりするけばけばしい造花が、そよ風が吹くとかたかたと鳴った。ほとんどの十字架には、簡潔だが真実を伝える手書きの文字が並んでいた。「アンドレイ・シンシン　一九三八年銃殺」「アレクサンドル・アン

チュフェーエブ　牧師　一九三八年銃殺」「ユシフ・ホルヴァト　一八九六年〜一九三八年」。他にも一九三七年に処刑されたロシア正教会の聖職者二十三名が眠る墓もあった。空き地の中央には一九八九年に建てられた大きな石碑があり、「スターリンの違法な弾圧の犠牲者を追悼して」と刻まれていた。

粛清からだいぶ経つというのに、いまだに犠牲者を追悼する記念館はない。スターリンの負の遺産はクレムリンに否定されることはなく、犠牲になったはずのロシア正教会も彼の犯罪にこだわるのは気が進まないようで、その代わりに「スターリンの業績」と彼らが呼ぶものが注目されるようになった。

人権擁護団体「メモリアル」

ソ連の秘密がついに暗闇から姿を現したグラスノスチの時代の一九八九年、新たに組織された人権擁護団体「メモリアル」のチェリャビンスク支部は、大量の墓があるらしいという情報を得た。アンドレイ・サハロフ博士の後援の下に創設されたメモリアルは、ヨシフ・スターリンと彼の側近によって投獄、流刑、殺害された何百万の人たちの運命を記録することに全力を尽くした。また、新生ロシアにおける人権擁護にも取り組んでいた。

一九三〇年代後半、近くに住む村人たちは毎晩のように一斉射撃の音を聞き、ソ連の秘密警察［当時は国家政治保安部（GPU）］が長いこと廃棄されていた金鉱を殺害場所として利用しているのではないかと怪しんだが、誰も調べてみようとはしなかったし、あえて話題にする者もいなかった。ところが一九八〇年代後半になると、ミハイル・ゴルバチョフ政権の下で「歴史の見直し」が進み、ついに粛清の歴史が広く議論されるようになった。廃坑での粛清の話を聞いたメモリアルの地元の有志は、古い縦坑を掘り始めた。すると骨の一部があちこちで見つかり、やがて完全な白骨死体が掘り出された。チェリャビンスク州の副検視局長だった法医学者アレクサンドル・ヴラソフはメモリアルに協力することになったが、これが自分のキャリアを危うくすることになるとは当時は考えてもいなかった。何しろグラスノスチの時代だ。かつては禁じられていた過去の歴史が、雑誌や新聞の紙面を賑わせていた。家庭でも、長いこと隠されていた家族の秘密——スターリンの強制収容所（ラーゲリ）で消息を絶った身内のこと——が語られるようになった。KGBは公文書保管所を開放し、人々は愛する者のファイルを閲覧できるようになった。しかし皮肉にもファイルから明らかになったのは、多くの無実の囚人たちは、スターリンあるいは公正な判事たちが介入して秘密警察の「裏切り」行為を止めてくれると、最後の瞬間まで信じていたことだった。

チェリャビンスクではまだ雪の降る季節ではなかったので、メモリアルの有志たちは三つか四つの縦坑——それぞれが直径九メートルあった——を掘り始めた。縦坑は遺体で埋めつくされていた。遺体の上に遺体が積み上げられ、身につけていたもので残っていたのはボタンと靴のゴム底だけだった。ヴラソフはメモリアルのメンバーに、遺骨をきちんと移動し、紙に包んで保管する方法を教えた。当時は遺体袋などなかった。

作業は時間がかかり、合計四百体の遺体を回収できたが、どの縦坑も深さ三十センチしか掘れなかった。縦坑は恐らく全部で十はあるだろうから、それぞれ深さが九十メートル近くあるとすると、数十万体の遺体が捨てられたことになる。ヴラソフは首を振りながら「多すぎる」とつぶやき、その言葉を何度も繰り返した。

ヴラソフは掘り出した遺体を分析するために自分のラボに運び、検死の結果、犠牲者は頭を撃たれたか、銃剣で刺殺されたことが判明した。発掘すべき縦坑や坑道はまだまだあり、これらの遺体は序の口にすぎなかった。

ヴラソフによれば、「われわれはこの活動を隠したりしなかったし、関係当局も最初は干渉しなかった」。やがてイギリスの映画スタッフが彼らの仕事ぶりを記録するためにやって来た。さらに子供の遺骨が見つかったという噂と、犠牲者の中には粛清のピークをすぎた一九四〇年代後半に殺害された者もいたという噂が流れると、KGBがいきなり現れた。数か月後には、地元のメモリアルはこれ以上の収集を禁じられた。ヴラソフは遺骨の検死も中止するように言われ、ラボの検死中の遺体は一晩で持ち去られた。縦坑はどういうわけか埋め戻された。今では草生(む)した小山があるだけで、秘密は葬り去られたままだ。

今日でも、この場所で銃殺され、遺棄された者の身元はわかっていない。たぶんどこかに記録は残っているのだろう――ソ連の秘密警察は自らの犯罪を記録するのに気味が悪いほど几帳面だった――が、いまだ明らかにされていない。以来、この墓地はチェリャビンスクで非業の死を遂げた人々を象徴する場所になった。どの家族にも、あの時代に行方不明になった身内が何人かいたからである。

葬儀社開業

やがてヴラソフは「個人的」に請け負った仕事の代価を払うことになる。一九八〇年代後半まで彼は国のために働き、ときには秘密警察に協力したが、彼がメモリアルに協力し、発見した事実について語るようになると、国や秘密警察との関係が一変した。首にこそならなかったが、罰として博士論文（死亡時期の特定方法に関する研究）の発表を禁じられた。

一九九〇年代前半の経済危機の時代になると、チェリャビンスクの大多数の人と同じように、彼もまた——支払われていたとは言え——公務員の給与では生活できなくなった。小児科医である妻のイリーナの給料は月額十ドル程度にすぎない。メモリアルへの協力以降冷遇されていたヴラソフは、家族を養うために退職して事業を始めることにした。法医学者として研鑽を積んできたことを考えれば、葬儀社を始めるのが一番だった。

ロシア人は死というものに妙にとらわれている。恐らくは比較的若いうちに男性は死んでしまうからだろうし、大半の人にとって人生は苦であり、ロシア正教会の信仰が来世でのより良い生活を約束しているからだろう。作曲家チャイコフスキーの生前の屋敷はモスクワから車で一時間ほどのところにあり、そこは今では素晴らしい博物館になっているのだが、なぜか死者の展示室がある。彼の親友たちの写真——蓋の開いた棺の中で硬直して横たわっている写真——が飾られているのだ。

何世紀にもわたり、ロシアでは死者は生前よりも敬意を払われ、豪華に埋葬された。そんなロシア正教の伝統はソ連時代でさえも残っていた。埋葬式［ロシア正教における葬儀のこと］は棺の蓋を開けたまま執り行なわれ、その後丁寧に埋葬された。現代のロシア人の墓はシンプルな十字架あるいは墓石が一般的だが、墓石の上部には死者の写真がはめ込まれ、ガラスで覆われることが多い。

墓はかつて生きていた人の人生を彷彿させるものであり、ロシアの墓地はその点からもとても興味深い。たとえばパイロットだった人の墓には巨大なプロペラが飾られ、ソ連陸軍司令官だった人の墓に立つ胸像は耳に受話器がしっかりと当てられている。まるで命令を出しているかのようだ。モスクワには自殺したと言われているスターリンの二番目の妻ナジェージダ・アリルーエワの墓があり、その虐げられた美女の胸像は忘れがたいほど美しい。反宗教プロパガンダが全盛期のときでさえ、ナジェージダは神聖な場所――かつての女子修道院［ノヴォデヴィチ女子修道院］の墓地に埋葬された。ソ連の最高指導者ニキータ・フルシチョフもここに眠っている。フルシチョフの墓はかつて彼が酷評した彫刻家によって制作されたもので、黒と白の石を組み合わせた中央部のくぼみに彼の頭像が置かれている。この黒と白の石については解釈が難しく、フルシチョフの複雑な性格と政治的遺産を表しているとも言われている。他にも文化人や科学者の墓があり、彼らの功績を喚起させるような彫刻が施されている。著名な政治家の墓は凝った大理石と黒いみかげ石でできていて、墓石に顔が彫刻されていることが多い。

正教会の儀式では、死後九日目と四十日目に行なう追善供養があり［九日祭と四十日祭］、魂が肉体を離れて天国に行けるように身内や親しい友人が集まる。また、亡き親族や敬愛する作家の誕生日や命日に墓地を訪れるのが習わしになっている。一九六〇年に亡くなったボリス・パステルナーク（『ドクトル・ジバゴ』の作者）を偲んで、何十人もの人が集まったときのようすを私はよく覚えている。彼の死から何十年も経っているのに、熱狂的なファンはみぞれや凍えるような風をものともせずに墓地に集まって、彼の作品の一節を暗唱した。彼の墓石は供えられた花で覆われ、見えなかった。

復活祭には家族は死者を懐かしみ、儀式用のパンとイースター・エッグと花を持って墓地でピクニックをする。鳥の餌になるようにパンくずは墓地のまわりに蒔く。鳥は地面から飛び立つ魂の象徴と言われている。あるロシア人の友人が語ったように、墓地は彼らにとって「生者と死者が交流する聖なる場所」なのだろう。

ソ連時代は誰もが国のために働いていたので、葬儀は政府に雇われた事業主が援助してくれた。しかし一九八〇年代後半から一九九〇年代前半の苦境の時代を迎えると、工場などにはもはや援助しようにも現金がなかった。すべてのロシア人が生きるか死ぬかの瀬戸際だったので、死者にちゃんとした葬儀をしてあげる余裕などなくなってしまったのである。生きることが困難になるにつれて、死は敬意を払われるべきことからやがて屈辱的なことへと変容した。遺族は自分で棺を作り、墓を掘らざるをえなかった。「それは受け入れがたい、屈辱的なことだったわ」とヴラソフの妻のイリーナが話してくれた。

葬儀社を始めた当初は競争相手などいなかった。その点は苦労がなかったのだが、問題は必要な材料を入手してくることだった。ソ連崩壊後のチェリャビンスクにホームセンターなどあるわけがない。釘や板を見つけるのにも知恵や工夫が必要だった。ヴラソフは柵をばらして最初の棺を作った。

ヴラソフの顧客層ははっきりしていた。普通に死に尊厳を求める一般的な客もいたが、その一方で、金に糸目を付けず、絹で裏打ちされた輸入物の黒檀の棺で葬儀をしてほしいなどと考える、まったく新しい富裕層(ニューリッチ)がいた。ヴラソフはイタリアやキプロス島にまで出張し、ニューリッチ――そのほとんどが犯罪者だった――の好みに合う高級な棺を買い付けては、アエロフロートでロシアまで送った。

チェリャビンスク市から車で数時間のところに「マフィア」の墓地がある。一九九〇年代に隆盛を極めた悪名高き地元ギャングたちの墓でいっぱいだ。二メートル半もある高価な黒い大理石の墓石に、革のジャケットにジーンズ姿の死者がまるで生きているようにさまざまなポーズで立つ姿が刻まれている。こうしたギャングたちが、ヴラソフの上得意だった。

途方もない連中と普通の慎ましい家族を相手にした新しい葬儀ビジネスは、町中に支店を開くほど成長した。それは非常に儲かる商売だった。ヴラソフ家は、町の中心に突如現れたチェリャビンスク初の高級マンションに引っ越した。ゲートとフェンスのあるマンションにはインターホンが備え付けられており、受付係が人の出入りをチェックする。しゃれたロビーやエレベーターは、下品な落書きやゴミやタバコの吸い殻とは無縁だ。

広々としたマンションにあるのは、ソ連時代の慎ましい暮らしにはなかったものばかりだ。高い天井。デザイナーが手がけた広い部屋。輸入物の高価な革製ソファー。来客用の大きなダイニングテーブル。キッチンは相変わらず生活の中心だ。アイランドセンターキッチンには最新の電化製品が備え付けられている。便利なことにバルコニーは隣室につながっていて、息子一家が住んでいる。彼らは気前の良い「パパ」のおかげで贅沢な暮らしをしている。溺愛している孫息子がディズニーワールドのTシャツを着て走りまわる。

イリーナはきれいに化粧し、髪もきちんとセットしている。美容院で染めたブロンドの髪はおしゃれなボブカットだ。外出から帰ってきた彼女はすぐにミンクのコートを脱いでシャネルのネックレスを外し、デザイナーズブランドの黒のパンツとセーターから地味な部屋着に着替えた。六十歳をすぎて退職した元小児科医は、まったく異なる役割を同時にいくつもこなしている。魅力的な中年女性、献身的な祖母、失意の元医師、気難しい夫を持つ気配りの妻の四役だ。裕福であることの快適さを、しかし彼女は苦々しく感じている。彼らの贅沢な暮らしには、その代価の一部として、脅迫、殺害予告、刑務所暮らしが付いてまわった。ヴラソフがキッチンに来た。女同士のおしゃべりは一時中断だ。イリーナは、ミートパイ、薄切りのサーモン、おいしそうなロシア風サラダを手際よく用意しながら、誰かのグラスが空になればシャンパンを注ぎ、夫の話――彼女もよく知っている、長い話なのだが――をひと言も聞き漏らすまいとした。

ヴラソフの葬儀社が繁盛するようになると、市の役人たちが賄賂を要求してきた。上客である別の筋が守ってくれると確信していたので、彼は払わずにいた。ちょうどその頃、知人が頑として賄賂を渡さなかったために命を落とした事件があった。友人のアルカジー・フィッシャーは、国営農場の民営化をめぐる争いの最中に自分の工場のオフィスで射殺された。ヴラソフが言うには、誰もが犯人を知っており、自分の法医学者としての知見があれば事件は解決できるとわかっていたが、警察は「予想通り、興味を示さなかった」。一九九〇年代は嘱託殺人が急増した時代である。新しいビジネスチャンスや不動産取得をめぐって、競合する勢力が互いにしのぎを削っていたのである。

ある朝ヴラソフは車に乗り込み、アクセルを踏んで通りに出た。すると車から何かが落ちる音がした。車を止めて外に出ると、車道に手榴弾が落ちていた。幸運にも車の底にきちんと留められていなかったようだ。それからしばらくしたある日のこと、警官たちが彼のオフィスに入ってきて金庫を開けさせ、入っていた二千ドル相当の現金に難癖をつけてきた。言うまでもないが、当時は誰も銀行を信用していなかったので、金庫に大金があっても何の不思議もなかった。警官はこの金は偽札だと言い張って持ち去り、返却しなかった。

二〇〇一年になると、ヴラソフは「不明な一団に、不明な金額を、不明な場所で」贈賄した容疑で検察官に告発された。ヴラソフは、市の高官たちに賄賂を贈るのを拒否したために逮捕されたのだと言う。裁判が始まるまでの二か月間、ヴラソフは勾留された。

最初に収容された待機房はとんでもなく狭かった。七十五名の未決囚が押し込められていたその部屋は普通に立っていることもままならず、まして寝ることなど不可能だった。彼はその状態にどうしても我慢できず、昔からの知り合いである刑務所幹部の力を借りて、もう少しゆったりした部屋――交代でなら寝ることができそうな居室から、たった三十五人の居室までいろいろあった――に移った。刑務官も未決囚もヴラソフがなぜ捕まったかを知っていたので、彼に対してやや同情的だった。彼は手錠をかけられることもなかった。五十歳の誕生日――彼にとっては忘れられない日だ――にはケーキまで贈られた。彼は他の未決囚の裁判の訴訟条件、あるいは訴訟条件の欠如についてアドバイスするようになり、毎晩彼らの相談に乗った。彼がついに釈放されたとき、彼のアドバイスのおかげで未決囚がとても賢くなったと刑務所長から感謝までされた。

ヴラソフは拘置所での日々を思い出して小さく笑った。その後に起こったことに比べれば、たしかにそれは愉快な思い出と言ってもよかった。彼は二年間の執行猶予を言い渡された。ほとんど無罪放免だ。この判決は、公正な判事でも検察官にあからさまに異議をとなえようとしないロシアの裁判において、双方が歩み寄ったものだと言っていいものだ。話がこの点に及ぶと、イリーナは肉団子をひっくり返しながらいきなり映画『キャバレー』の話をし、「マネー・マネー」を歌い出した。

ヴラソフは生まれつき賭け事が好きで、とくにポーカーが得意なことは衆目の一致するところだ。「カジノで勝つのは気分がいい」と言って彼はきらりと目を輝かせ、タバコのヤニで黄ばんだ歯を見せて人懐こい笑みを浮かべた。こうした魅力がなかったら、彼は抜け目がないだけの、ただのつまらない人間だ。

一九九〇年代、ロシア中でギャンブルが大流行し、派手なネオンのカジノがあらゆる町に乱立した。チェリャビンスクも例外ではなく、ヴラソフの姿が――イリーナはすっかり匙を投げていたが――高級カジノで見受けられた。一度、車四台を賭けたゲームに勝ち、すべて現金に換えてもらったとヴラソフは自慢そうに言う。彼はポーカーについての本を上梓したことがあるほど強い。あまりに勝ち続けるので、どこのカジノも彼を出入り禁止にしたかったという。

二〇〇八年、ロシア政府は国中にある莫大な数のカジノを閉鎖するように命じ、二、三の遠隔地にカジノを作り、認可制にして監視する計画を立てた。ロシア版ラスベガスである。結果、裏カジノが大量に生まれ、ギャンブル好きが集まっている。ヴラソフ――彼自身、この裏世界と縁が切れていないようだ――の推定では、チェリャビンスクには百七十八の裏カジノがあるが、かつての魅力は失せてしまったそうだ。

私が取材を兼ねてこの町を散策していた頃、何の看板も出ていない店を二軒ほど見つけたことがあった。中に入るとそこは薄暗い酒場で、スロットマシンがぎっしり並んでいた。それは町のど真ん中にあり、店の数メートル先を警官がパトロールしていた。「どうしてそんなことがありえるの?」と私がヴラソフに尋ねると、「警察幹部がそういった裏カジノを牛耳っていて、パトロール警官もそれを承知しているから手出しはしない。彼らは自分の領分をわきまえている」と彼は答えた。

釈放後ヴラソフは再び葬儀社を続けたが、以前よりも規模を小さくすることにした。しかし、情勢そのものが変わった。二〇〇五年に新市長が就任してから、賄賂の相場が劇的に上がった。市の高官が彼に、仕事を続けたければ月に十万ルーブル支払うように「リクエスト」してきた。翌月には二十万ルーブル、翌々月にはさらに上がった。ヴラソフは三か月続けて払ったが、四か月目には、仕事を続ける「権利」は一万六千ドル相当にも達した。あまりにも高額だったのでヴラソフは拒否した。

二〇〇八年、彼の葬儀社の副社長が町の中心にあるオフィスから出た途端、何者かに射殺された。事件を目撃した警官が応援を呼んでいるすきに犯人の男は逃走したが、近くの公園で目出し帽を脱ぎ、銃を捨てようとしていたところを逮捕された。男は、市の高官に雇われて殺害したと供述した。男は有罪判決を受けたが、彼の依頼主について捜査されることはなかった。証拠不十分という理由で、さらなる捜査や告発はいきなり終わりを告げたのだ。

「次はおまえだ」という警告がヴラソフのもとに届いた。彼は葬儀社を廃業したが、それでももう一回「手数料」を払わされた。さらに、町の中心にある葬儀社の本社ビルの支払いが四十万ドル残っていると市の高官から請求された。ヴラソフは書類が偽造されたものであることを証明するために専門家に調べさせたが、「いつものように裁判所は上からの圧力を受け、言いなりになった」。ヴラソフは家族の資産を守るためにその多くを妻名義にしていたが、彼個人の借金が残り、完済するのに二十年はかかりそうだった。ロシアの法律では負債者は国を離れることを禁じられているので外国旅行ができない。これは腹立たしいことだった。かつての本社ビルは今では何と百三十万ドルで売りに出ている。

葬儀業界は市の役人たちにとって相変わらず金の成る木だった。ヴラソフの後継者たちは事業を続けるために十万ドルの賄賂を定期的に渡さなければならないが、その一方で役人たちは気を利かせて葬儀社が納付すべき税金を催促したりしなかった。ロシア政府は葬儀業界の不正を糺すために連邦政府管轄にするのが望ましいと語ったが、ヴラソフはこの提案を嘲笑った。莫大な金が絡んでいる以上、この提案もまた「見せ掛けだけの汚職撲滅運動に決まっている」と彼は断言した。

法医学研究所設立

アレクサンドル・ヴラソフは現在六十代前半だ。チェーンスモーカーで辛口のシャンパンを大量に飲むが、彼もイリーナ同様ほっそりしていて服にも気を遣っている。頭の回転はまだまだ速い。へそ曲がりなところもあるが意欲に満ちており、科学への情熱を失ったことはない。葬儀社時代、彼は法医学研究所を設立した。最初は彼の頭脳を刺激するための副業――彼の銀行口座の残高を増やすためではない――だったが、今では本業であり、彼はロシアでは数少ない独立した法医学専門家のひとりである。

研究所は、始めたばかりの頃はうまくいきそうには見えなかった。クライアントは係争中の被告の弁護士ばかりで、彼らはこうした中立的な立場の専門家の見解を裁判で認めさせるのに苦労していた。二〇〇〇年にヴラソフの結論を支持した判事は、即座に首になった。

ヴラソフによれば、ロシアの判事を操るのは簡単だ。判事は任命制なので、明確な理由がなくても解雇できる。各裁判所の長たる裁判官（所長）は政治任用であり、歴史的に連邦保安庁との結びつきが強い。裁判所所長や検察官は下級判事に絶えず圧力をかけることになる。受話器を耳に当てる真似をしながら、ヴラソフは「電話裁判」について説明してくれた。判事たちは判決の内容を電話であらかじめ指示されるという。「判事は証拠書類を見ながら質問しているような振りをしているが、判決はすでに決まっているというわけだ。もし判事がそれに従わずに無罪にし、その無罪判決がより迎合的な上級裁判所で覆されて有罪にでもなったら、その判事は懲戒処分の対象になり、自分のキャリアを危うくすることになる」。それゆえ、上級判事や検察官の意向に従おうとするというわけだ。

かたや検察官の立場は相変わらず強い。司法制度は気まぐれで、機能せず、腐敗したままだ。しかし最近になってヴラソフは、検察官や取調官に強気な態度で臨む判事を見かけるようになった。彼らは偽造された証拠をそのまま採用したりしない（もっとも、政治的に慎重な対応が求められる事件となると話は別だ）。こうした「勇敢さ」の増加は、警察の捜査能力の低下――上司の言いなりになっている判事ですら無視できないほどだ――が原因だとヴラソフは考えている。また、有能な法医学者は自治体から支払われる雀の涙ほどの料金では働きたくない。だから自治体も個人の依頼人もますますヴラソフに頼るようになってきた。建築詐欺文書偽造から放火や殺人に至るまで、今ではヴラソフは何でも扱う。

私は取材に応じてくれそうな公正な判事を探していたが見つからなかったので、ヴラソフに頼んでみた。彼は二件ほど電話をしてくれたが、だめだった。「あの男なら取材に応じてくれると思ったが、怖じ気づいている」とヴラソフは言った。そのとき電話が鳴り、私たちの話は中断された。それは、昔ヴラソフを殺すと脅し、彼の副社長の射殺を命じた――と思われる――あの市の高官の部下からの電話だった。彼らは何かの事件でヴラソフの助けが必要になったのだ。ヴラソフはにやりとした。「連中は、私が彼らの悪事を熟知していることや、彼らを嫌っていることを承知している。だが今は、私が必要なんだ」

彼の法医学者としての仕事は増えたが、「これは調査していいが、あれはだめだ」といったレベルの警告はいまだにある。次に挙げるのはそのうちの数例だ。

(1) チェリャビンスクの刑務所のひとつで、刑務官たちが四人の受刑者を殴り殺した事件が起きたとき、受刑者たちの家族はヴラソフを雇って、遺体のくわしい調査を依頼した。ところが治安部隊が死体安置所を取り囲み、ヴラソフと遺族が中に入るのを妨害した。「やがて刑務所幹部が私のところにやってきて、『この件に鼻を突っ込むな。さもないと厄介なことになるぞ』と脅した」

(2) 新兵である息子が縊死したと伝えられた家族は納得が行かなかったので、遺体をなんとか手に入れ、埋葬の準備をしていると見せかけてヴラソフの研究所に運び入れた。殴打の証拠が山ほど見つかったが、自治体の法医学者は何も指摘していなかった。ヴラソフは証拠写真付きの報告書を提出したが、その法医学者は確実な証拠を突きつけられても――上からの圧力がかかっていたので――非を認めようとはしなかった。この事件は幕引きとなった。

(3) ヴラソフは他の州の人間にも頼りにされるようになり、国中を飛びまわるようになった。隣接するオレンブルク州の検察官が、軍絡みの詐欺事件の解明に協力してくれないかと打診してきた。新しい法律が適用され、第二次世界大戦からアフガニスタン紛争、チェチェン紛争に至るまでのすべての戦争において、戦闘中に死亡した軍人に墓石を建てることを国防省は義務付けられた。そこでオレンブルク州にある軍本部は、この仕事を地元の葬儀業者に委託した。業者は墓石一基につき千ドルを要求し、合計二百基分の請求書を提出して代金を受領した。彼らは証拠として墓石の写真を二百枚添付したが、驚くべきことにどの墓石もよく似ていた。オレンブルク州の検察官は何か裏があり、軍と業者が結託して詐欺を働いていると考え、中立的な立場で査定をしてもらうためにヴラソフに依頼した。ヴラソフは実際に作られた墓石はたったひとつであることを証明した。彼らは百九十九名の兵士の名前を、フォトショップ（画像編集ソフト）で繰り返し墓石に貼り付けていたのだ。悪知恵に長けたことに、その二百基の兵士たちは天涯孤独で、実際に墓参りをして墓石がないことを訴え出るような親族がいなかった。「パソコンの前に座って、指をちょちょっと動かすだけで約十九万ドルを稼いだってわけだ」と言ってヴラソフは声を立てて笑った。最終的には、軍の幹部は彼が提出した証拠をはねつけた。これは新種の詐欺のように見えるが、ロシアには昔から似たような話がある。ニコライ・ゴーゴリの名作『死せる魂』では、死んだ農奴で金儲けをしようとした詐欺師が描かれている。

ヴラソフのオフィスは一見に値する。机の上にはパーラメント［アメリカのタバコ］のパッケージが山のようにあるし、キャビネットの中のシャンパンとヘネシーはいつでも飲めるようになっている。そのキャビネットの上に置かれているのはドンキホーテの像だ。壁には大きな木の十字架が飾られているが、これは辛口のジョークだ。根っからの無神論者であるヴラソフは、存在するかどうかわからない神を頼ったり、ロシア正教会を当てにする政府を頼ったりする人間を嘲笑っている。「それは安易な解決法であり、同時に、政府が権力を握るには最高の方法だ。何しろ、こうした絶対的な信仰心と大衆の徹底した受動性に付け込めばいいのだから」

私が最後にヴラソフに会ったとき、彼はあきらめムードだった。たいていのロシア人はプーチンが政治的・軍事的に手腕を振るうのを見てよろこんでいると彼は語った。プーチンは国民を統一する方法を何年もかけて模索したのち、ついに「外敵を作る」という方法で成功した。次は、強大な警察国家にでもするのだろう。だが抗議する人間はおそらくいない。彼は自分の知り合いの顔を思い浮かべながら言う。抵抗するには歳を取りすぎている。外国で生きるにはあまりにもロシア人すぎる。賭けに出るにはあまりにも資産がありすぎる。「右往左往しているうちに、結局はすべてを失うのだろう」

監視社会到来の前触れであるかのような書類が国からヴラソフに最近送られてきた。それには、法医学研究所の従業員全員の詳細、つまり、人種、宗教、政治的見解、家族史、性癖を記載して提出せよと書かれていた。彼は提出を拒み、罰金を科せられた。ヴラソフは、自分は昔から存在したが使われてこなかった法律が適用された最初の人間だと言った。彼はこの罰金について友人たちに話してみたが、信じてくれなかった。嘘を書いて質問欄を埋めればいいだけのことだと彼らは言った。しかし、国からの要求をかわすのは今後ますます難しくなるだろうとヴラソフは考えている。将来あらゆる企業は、そうした問題に対処する人間をわざわざ雇うことになるだろう。彼らは表向きは会社に雇われている――しかし裏では、連邦保安庁に報告するはずだ。

第15章 言論の自由

イリーナ・グンダレワ記者

イリーナ・グンダレワは一見したところ目立たないが、だからと言って甘く見たら火傷する。彼女は五十代前半、派手さとは無縁の、前髪を切り揃えたブラントカット［切りっ放しの髪型］の赤毛の女性だ。地味な外見とは裏腹に、中身はもの凄くタフだ。チェリャビンスク一の敏腕記者である彼女は中傷と名誉毀損で定期的に訴えられてきたが、怯むことなく勝利してきた。汚職が横行するこの州の裁判所で勝ち続けてきたのである。また、彼女の取材や調査を快く思わない役人から、恐ろしい脅迫を受けたこともある。

グンダレワは犯罪組織と市役所との癒着について連載記事を書き、不正な不動産取引の実態を暴いた。すると彼女の家のガレージが全焼した。消防署はガソリンの入ったプラスチックのボトルを火災現場で発見し、放火の証拠と断言したが、警察は事件性を否定した。

彼女はチェリャビンスクの女性実業家の事務所から十五万ドルが盗まれた事件も追っていた。以下が事件の概要である。警察が脱税容疑で女性実業家の事務所を家宅捜索した。その家宅捜査は違法だと後日判明したのだが、そのときは彼女は警官の命令に従い、金庫を開け自分のマンション購入資金の入った袋をふたつ取り出した。警官は、追徴課税として二万ドル相当の額をその場で支払うように要求したが、賢明なことに彼女は支払いを拒んだ。後日立証されたことだが、彼女は脱税などしていなかった。警官は、彼女が現金を金庫に戻して鍵をかけ、その鍵をしまうのをじっと見ていた。二日後、彼女の事務所に何者かが侵入し、金庫を開けて現金を持ち去った。警察は捜査を開始したもののなぜかすぐに打ち切り、「この件は忘れたほうがいい」と言った。そして彼女がそれに従わないとわかると、自作自演だと言い出した。そう言えば彼女が引き下がると思ったのだろうが、大間違いだった。

女性実業家は自分で調べ始めた。金庫の中に現金が入っているのを知っているのはあの警官たちだけだったし、彼らの行動は最初からおかしかった。しかし調べれば調べるほど謎は深まり、圧力も強くなってきた（警察は遠まわしに脅してきた）。一方、疑惑の警官は嘘発見器による取り調べを拒んだ。さらに不思議なことに、捜査資料がすべて消えてしまった。彼女が問題の警官の金の流れを調べてみると、いきなり大金を手に入れ、新しいマンションと車を購入していた。彼の給料ではどちらも手が届かないものだし、家族——父親は貧しい年金生活者で、母親は清掃作業員——にも資産がなかった。

イリーナはこの事件を取材して記事にした。すると、タクシー運転手をしているイリーナの息子が警官から嫌がらせを受けた。タクシーの中で大麻が発見されたと言うのだ。最初、息子は車を停止させられ、薬物摂取の容疑で血液検査を受けさせられたが、薬物反応は出なかった。すると今度は薬物所持の容疑をかけられた。イリーナは、息子は警察にはめられたと確信した。

新聞社の上司は息子の件でイリーナを助けてはくれなかったが、モスクワを拠点にしたジャーナリスト擁護団体「グラスノスチ擁護基金」が彼女の支援に乗り出し、弁護士を用意してくれた。イリーナのジャーナリストとしての卓越した業績を考えれば、グラスノスチ擁護基金はこの事件を大スキャンダルとして取り上げることもできただろう。だがそのやり方はいつもうまくいくとは限らない。最終的に息子の事件は不起訴になったが、イリーナは自分の勤める新聞社に嫌気がさした。汚職や人権侵害を扱った彼女の記事は、ますます没にされるようになっていた。

イリーナは新聞社を辞めてフリーになり、ウェブサイトを立ち上げた。そのサイトでネタになりそうな情報を集め、大手の新聞や雑誌が扱わない事件を記事にするのである。彼女は引き続き市役所の汚職を取材し、さらにモスクワの反政府運動のリーダー、アレクセイ・ナワリヌイの裁判［二〇一一年十一月の大規模な反政府デモでナワリヌイは逮捕され、禁固十五日間の実刑判決が言い渡された］と、それに続くチェリャビンスクでの反政府運動――小規模ではあったが――を記事にした。こうした事件や記事は、チェリャビンスクの商業ニュースサイトでは取り上げられない。野党指導者のボリス・ネムツォフの暗殺事件［第18章］とそれに続くモスクワでの数万人の追悼デモについても同様だ。イリーナのような勇気あるジャーナリストに委ねられているのである。

イリーナはこのサイトを寄附でまかなっている。とは言え、大勢の読者がいるわけではなく、三千人にも満たない読者が毎日読んでくれているだけだ。寄附ではなく有料登録制にするべきだと彼女を気遣う読者もいるが、彼女はそうせずに定期的に記事を再投稿したり、影響力のあるサイトの「ライブジャーナル」に別のブログを掲載したりしている。目立たないように行動しているつもりだが、再び警察にはめられるのではないかと恐れているのだ。つい最近、地元のジャーナリストが逮捕された。遠く離れた森の環境問題を取材中だったのだが、「危険な」武器と手榴弾を所持していたという容疑である。後日判明したことだが、警察がこっそり置いた武器は時代遅れの狩猟用ライフルで、手榴弾は訓練用の偽物だった。すると、普通はありえないことだが判事がその点について警察に説明を求め、警察の失態であることが明らかになった。ただし――もう少しで警察は成功するところだったのは事実だ。

イリーナへの取材の最中に電話が鳴った。彼女が最近記事にした実業家からの電話だった。腐敗した役人たちが彼の会社を不正に乗っ取ろうとしたのだが、ついに彼は仲裁裁判所で勝訴した。彼がイリーナに電話したのは感謝のためで、彼女の詳細な記事がなかったら勝訴には至らなかっただろうと言う。こうして一瞬だけ、彼女は自分の仕事に慰めを見出すことができる。ところがしばらくしてこの件で脅しの電話が入った。記事の情報源はわかっている、「そいつらは不幸になるだろう」という脅迫だった。

彼女の目下の関心事は、ウクライナ東部紛争とそれについてどこまで真実を報道できるかということだった。彼女は国営メディアの偏った、ときにはヒステリックな報道にぞっとしている。テレビだけを観ていると、誰もが武器を持って戦わなければならないような気になってくる。国営テレビとは異なる見解や彼らの真っ赤な嘘を正すような記事をサイトに投稿すると、ウクライナから戻ってきた「義勇兵」に、「おまえの住所と身内の名前はわかっている」という脅しのコメントが入っていた。

彼女は今でも役所絡みの汚職を追及している。チェリャビンスク市のはずれにある町の住民と中小企業のオーナーたちは、市長による土地の不正取得とゆすりを止めてくれるように以前からプーチン大統領に陳情していた。ただし市長はプーチンの支持者であり、州政府と密接な関係にある。しかも州政府の役人をゆするネタ（コンプロマート）をたくさん持っているので、誰も手を出せずにいた。しかしとうとう、プーチンの統一ロシア党の市議会議員数名が彼らの抗議に加わった。彼らはイリーナを公聴会に招待した。ジャーナリストとして登録している彼女は、公聴会への出席が法的に保障されている。ところが市長が雇ったボディーガードに床にねじ伏せられ、そのまま外に連れ出されてしまった。彼女を招待した議員たちは、いざとなると何もできなかった。この件についても、彼女は提訴するつもりだ。

「なぜこんな危険を冒すの?」私はイリーナに尋ねた。それは、体制に異議を唱える人たち全員への私の永遠の疑問だった。彼女の答えは単純だった――「誰かがしないといけないから」。それから母方の祖父の話をしてくれた。彼女の祖父は一九三六年にスターリンの強制収容所で亡くなった。「真実を語った」からだ。彼女の母親は自分が「人民の敵」の娘であることを必死に隠そうとし、家でも長いこと秘密にされていた。

イリーナは一九八〇年代に自分の運命を悟った。今は祖父が彼女を奮い立たせてくれる。「ロシアはその最良で最も賢明な人たちを戦争と粛清で失ってしまった」という持論――多くのロシア人が唱えていることでもあるが――を彼女は繰り返した。「私たちが簡単に奴隷根性に陥ってしまうのは、私たちに遺伝的欠陥があるからじゃないかと考え始めている」。彼女は増大する国防予算とそれが他の政策にどのような影響を与えるかについて、もっと記事にしたいと考えている。また、ウクライナにひそかに派遣されたチェリャビンスクの部隊に関する情報を集めたが、「過激派」に対する新たな刑罰法規［刑罰のみ規定し、罪となる行為の内容は他の法令に譲る］が心に重くのしかかっている。さらに、周囲からの支援がどんどん減っており、危険を冒すことにも疲れてきた。彼女はロシアを出ようかと考えている。

ロシアのジャーナリストは汚職や不正などを独自に調査して記事にした結果、殺害されたり、重傷を負わされたりすることが多い。だが高い犯罪検挙率を誇る国であるにもかかわらず、こうした事件が解決されることはめったにない。最近では新しい法律により、名誉毀損には立ち直れないほどの莫大な額の慰謝料が科され、「過激派」とみなされた者には法に則った実刑判決が言い渡される。もはやジャーナリストを殺害する必要はなくなり、外国からの不快な批判を浴びることもなくなった。慰謝料という経済的武器、「過激派」という曖昧な法の定義、言いなりになる判事――当局のやり方はますます洗練されてきている。

チェリャビンスクの大学のジャーナリスト志望の若者をどう思うかと私が質問すると、イリーナは肩をすくめた。彼女は大学に呼ばれて講義することがよくあったという。「学生たちは私を、こいつはまともじゃないって顔で見てるわ。彼らは――まれに例外はいるけど――高収入の仕事を望んでいる。だから高収入を約束してくれそうな人なら誰にでも媚びへつらってしまうのね。今ではこの仕事は広報に毛が生えたようなものに成り下がってしまったわ」

ジャーナリズム専攻のある勇敢な学生は彼女のメッセージを理解し、彼女の信奉者になった。二〇一一年の下院選挙における大がかりな不正行為［統一ロシア党による表の水増し等］に対して抗議運動が沸き起こり、数万人がモスクワの通りに集まったとき、地方でも多少ざわつく動きがあったのだが、地元メディアはまったく報道しなかった。記者兼報道カメラマン志望の学生ミハイル・ガリャンは、チェリャビンスクで抗議集会を開くために、ロシア版フェイスブックの「フコンタクテ」を使って参加者を集めようとした。するとすぐに関係当局は彼を中心人物として特定した。ミハイルは大学の学生部長に呼び出された。部屋に入ると三人の男性がいて、慇懃にしかし断固として彼に抗議集会を思いとどまらせようとし、プーチンと彼の統一ロシア党は国民のことを第一に考えているのだと説得しようとした。それでも彼は集会に行き、二千人ほどの人たちと合流した。下院選挙の露骨な不正にうんざりしていた人々はここチェリャビンスクにも多いのである。しかし、この件について私に熱心に語った人の大半は、人前に出ることを恐れてもいた。知人のひとりは飛行機でわざわざモスクワまで行き、抗議デモに参加してきた。モスクワなら大勢の人に紛れて特定されることもなく、嫌な目に遭うこともないと踏んだからである。

チェリャビンスクでの集会は参加者も少なく、うまく組織されていなかったので、大混乱になった。誰でも演説できたことがあだとなり、それぞれが勝手な主張をすることに終始した。現政権に代わる勢力を求めて集まった人たちはすっかり失望した。要するに、ロシア中で起こった反政府運動にはまとまりがなく、説得力のあるメッセージや戦略というものが欠けていた。この集会は主要メディアには無視されたものの、不正選挙への抗議が大きくなるにつれて小さな突破口となるかもしれなかった。しかしせっかくのチャンスはふいになり、やはりプーチンに代わる指導者はいないのかと人々は再確認する結果になった。

二〇一二年の大統領選

二〇一二年にプーチンが三度大統領選に出馬したとき、市の美術館の学芸員をしている友人は、プーチン支持の集会へ参加せよという上司からの命令をさりげなく無視した。すると上司は、彼女がオフィスを留守にしている間に罰を与えた。彼女のパソコンをインターネットにつながらないようにし、暖房を切ったのである。こんな嫌がらせはまだましなほうかもしれない、と彼女は言う。首になる可能性もあったのだから。それ以降、同僚の視線は冷たい。

国営企業、あるいは国から補助金を受けている民間企業や研究所は、プーチンと彼の被任命者への支持を表明しなければ補助金削減の憂き目に遭うことになる。関係当局は、工場、政府機関のビル、大学の中にある投票所での結果をチェックし、望ましい結果が出なかったところには罰を与えた。チェリャビンスクの大学では、学生の有権者は投票ブースの中に携帯電話を持ち込んで投票用紙を撮影することを要求された。拒否した学生は奨学金の取り消しなどの嫌がらせを受けた。頭の切れる学生たちが抜け道を考え出した。糸を一本投票ブースに持ち込み、投票用紙のプーチンの名前の横にあるチェック欄に糸でレ点の形を作ってから撮影する。それから本当に投票したい人に印をつけたのである。

ウラジーミル・プーチンは六割を超す得票率で大統領に当選した。その得票率から、不正や強制をしなくとも当選できただろうとも言われた。もっとも、その場合は圧勝には至らなかっただろうが。

ミハイル・ガリャンは不正選挙への怒りをどうしても世間に示したかった。ひとりで抗議活動を始めることにし、サンタクロースの格好をしたプーチンのポスターを自転車にくくり付けてチェリャビンスクの町を走りまわった。プーチンの顔には大きな「×」を書き、「冬は去った」という言葉を添えた。警官を煙に巻くにはこれくらい曖昧な表現のほうがいいと思った。外国人にはわかりにくいだろうが、婉曲表現に慣れているロシア人ならば「変わるべき時が来た」という真意を理解できるだろうと考えたのだ。「冬は去った」はいわゆる「雪解け」を指す。一九五三年の独裁者スターリンの死の後、過酷な弾圧はソ連の最高指導者になったニキータ・フルシチョフによって終わりをつげた。

恐れるのを止めよう、発言すべき時は来た——ミハイルはそう言いたかったのだ。法を犯したこともなければ非合法の集会を開いたこともないミハイルだが、とうとう数名の警官に自転車から降りるように言われた。少なくとも彼らにも、プーチンの写真に大きな×が付けられているのが見えたのだろう。警官たちはミハイルに説教を始め、誰に雇われたのかと質問したり、アメリカから資金を得ているのだろうなどと言い出した。やがて普通の服装をした「ギャング」がふたり現れ、警官に加わった。ふたりは「殺されてもいいのか」とミハイルを脅した。ミハイルは警官のほうを見て助けを求めたが、警官は黙って立っていた。

ロシアでジャーナリストになる夢は叶えられないと悟ったミハイルは、ドイツで夢を追うことにした。こうしてまたひとり、才能のあるロシア人が国を捨てた。「ぼくはどんな役人も信じない。中にはちゃんとした役人もいるかもしれないが、彼らは体制に属し、それをうまく機能させることしか考えていない」とミハイルはスカイプで話したときに私に言った。彼はエリツィン大統領の首相を長いこと務めたヴィクトル・チェルノムイルジンの言葉「われわれは良くなることを望んでいるが、一向に変わらない」を引用し、「人々が何もしようとしないから、いつまでも変わらない。自分たちの力で変えられるとは、これっぽっちも思っていない」と言って話を終えた。

ブログ圏（ブロゴスフィア）

チェリャビンスク市は典型的なロシアの地方都市だ。住民は互いに相手の職業まで知っている。言論の自由への規制はモスクワよりも厳しい。一方、人口一千数百万人のモスクワでは匿名性が保たれ、さらに欧米諸国から注目されているので、それが監視の役目を果たしている。クレムリンはモスクワの独立系メディアに言論の自由をほんのわずか――反体制派のあいだの憂さ晴らし程度――だが与えている（その範囲はどんどん狭くなっているのだが）。しかし、ロシアの過去、現在、未来について激論を戦わせることができる場所がひとつだけある――ブログ圏（ブロゴスフィア）だ。そこは商業的な報道機関が二の足を踏むような題材も扱う、強力で破壊的な情報源になっており、多くの研究者やイリーナのような取材記者が、管理された伝統的なメディアの外で広範な話題を討論できる場となっている。この広大なコミュニティでは、比較的自由にロシア国内外の情報を入手できる。ただし、クレムリンが現在有効ななにがしかの法律を本気で適用すれば、こうした討論はすべて簡単に終わってしまう可能性もある。

ジャーナリズムはせいぜい「厄介な獣」程度のものであり、ロシアではまず間違いなく低俗な仕事とされている。脅迫され、取り込まれ、堕落させられ、買収されるからである。チェリャビンスクの政治学の重鎮でブロガーのアレクサンドル・ポドプリゴラは、プーチンが任命した知事の不正行為を非難する詳細な内容を定期的に投稿している。そして、仕返しを恐れているようには見えない。彼の投稿メッセージは拡散されることが多いが、それは「安全」だからだ。彼に保護者がいることは誰だって知っている。後ろ盾のいない人間は、そうしたテーマをあえて載せたりはしない（ポドプリゴラの保護者はチェリャビンスクの連邦保安庁だと考えている人が多い）。ロシアでは、コメントの内容ではなく、誰がその後ろ盾になっているかがまず話題になる。チェリャビンスクのマスコミ報道の行間を読めば、「連邦保安庁とその仕事仲間」対「知事とその取り巻き」の闘いが進行中であることがわかる。おもにポドプリゴラのせいで知事は立場が危うくなり、ついに辞任した。とは言え、知事自身にも保護者がいたのは明らかだ。彼はモスクワに呼ばれると下院議員になり、免責特権を得た。

報道の自由に関するロシアの実験は、あっという間に終わってしまった。一九八〇年代後半、ゴルバチョフのグラスノスチは彼自身が想像していた以上に進んだ。ジャーナリストの新しいコミュニティは、秘密のベールに包まれていた自国の真の姿を白日の下に曝すことを決意した。だが、国そのものが崩壊してしまった。

元外国特派員で、現在はアメリカのコロンビア大学ジャーナリズム大学院教授のアン・クーパーは、ジャーナリスト保護委員会［一九八一年にニューヨークで設立された、ジャーナリストの権利を守り、世界各国の言論弾圧を監視する非営利団体］の依頼でロシアのジャーナリズム史を手際よくまとめ上げ、ロシアではジャーナリストとしての倫理観よりも経済的価値のほうがあっという間に優先されたと解説した。うなるほど金を持ったニューリッチがメディア帝国を建設し、調査報道と個人的な鬱憤晴らしを結合させたのだ。一九九六年にボリス・エリツィン大統領が再選をめぐり政敵の共産党に苦戦を強いられたとき、テレビ局の記者はジャーナリストとしての客観性をかなぐり捨て——保つふりさえしなかった――、民主主義の擁護という名目で反共産党キャンペーンを正当化した。

エリツィンがウラジーミル・プーチンに大統領職を譲ると、各メディアのオーナーたちはプーチンへの忠誠と服従という新たな、厳しい試練を受けることになった。巧妙に風刺の効いた番組は終了してしまった。権威に対する手の込んだ辛辣な一撃や調査報道があってしかるべきだったが、それもなかった。プーチンが、自分自身や側近への批判を甘んじて受ける気はないと明言したからである。全国ネットのテレビ局六局とそのジャーナリストは国の管理下に置かれることになった。そうした中、権力に楯突くテレビ局があった。「ドーシチ（雨）」という全国ネットの反政府系テレビ局だ。ところが二〇一四年、ここもまた自由を奪われた。クレムリンからの圧力でほぼすべてのケーブルテレビ会社がドーシチの一般放送を停止し、有料動画配信サイトのみで視聴可能という事態になった。同じ頃、ドーシチにビルを貸していたオーナーたちは政治的圧力を感じ、彼らを立ち退かせた。ドーシチは必死になって新しい拠点となる建物を探しまわった。

アメリカの企業エマソン・プロセス・マネジメント［世界最大規模のプロセス制御用計装機器・システム開発会社］のロシア支社長であるアントン・ドルジーニンに取材したときのことだ。この会社はチェリャビンスクで千人以上を雇用している。ロシアのメディアが置かれている状況を危惧しているかと私は彼に尋ねた。世界を股にかけ、数か国語を操り、物事に精通した高給取りの彼は、逆に私に質問を返した。「何が問題なのでしょう？」と。問題のない証拠として、ドーシチとインターネットがあることを彼は指摘した。

そうなのだ。問題はほとんどのロシア人がウェブサイトやブログからではなく、陰謀論や反欧米プロパガンダをヒステリックに広めるテレビから情報を得ていることなのだ。政治コンサルタントで情報操作の専門家であるグレブ・パヴロフスキーは、プーチン大統領の最初の選挙運動で支援し、その後十年近く大統領顧問をしてきたが、最近になってプーチンと袂を分かつことになった。彼はプーチンの戦略的思考の無さを懸念すると同時に、熱狂的な反ウクライナ主義や反米主義、外国人嫌いを増大させているテレビ番組が人々のあいだにいかなる影響をもたらすかを案じている。「こうしたことは人々の心にトラウマを残します。人々は正気を失い、被害妄想になり、攻撃的になるのです」と彼は語った。

地方テレビ局は、一九九〇年代にはクレムリンやオリガルヒからやや独立していたが、今ではすっかり言いなりだ。クレムリン頼みの州政府か、あるいは州政府の気前の良さを当てにしている地元企業のいずれかに、ほぼ例外なく支配されている。一方、いわゆる独立系の地方メディアも、真の独立とは程遠い。彼らは実入りの多い自治体との契約に依存し、批判的なコメントをせずに公式の発表をそのまま記事にしている。商業メディアもまた企業広告に依存しているので、反対派の意見を支持して企業と自治体との関係を悪化させるようなことはめったにしない。そして「注文されて」書くというロシア人にありがちな行動によって、ニュースはさらに汚染される。各メディアは、手軽な収入源となるこうした非倫理的な行為に専念するための部署さえ設けている。かつて私は興味深い署名入り記事を読み、その記者に連絡を取ったことがある。すると彼はどぎまぎし、最後にはその記事が本当の話かどうかはわからないと言い出した。裏を取らずに言われるまま書いた、と彼は告白した。

チェリャビンスクの大手ニュースサイトの編集長は匿名という条件で取材に応じてくれたが、最後に政府の批判をしたのはいつだったか覚えていないと言った。概して「われわれは衝突を避けるようにしている」と言い添えた。うまい言い方だが、本当は、彼もニュースサイトのオーナーも、役人や広告主を怒らせたくないか、あるいは訴えられたくないか、さらに悪い事態に陥らないようにしたいだけなのだ。名誉毀損――判事次第で定義に幅がある――で訴えられた場合、その慰謝料は会社にとって大きな痛手となる。

その編集長は、一九九〇年代の高揚した理想主義的な時代にジャーナリストになったが、今やジャーナリズムのもうひとつ別の仕事に従事し、とまどっているという。もうひとつ別の仕事――それは「自主規制」と「自衛本能」が働くウェブサイトでの仕事のことだ（なお、検閲はロシア連邦憲法で禁じられている）。

私が彼に、プーチンの再選運動の集会に参加しなかったためにひどい目に遭った人たちについて記事にしたかと質問すると、彼は「しなかった」と答えた。だが同じような目に遭った人たちは大勢知っていると言う。彼の情報源はオフレコでしか話さない。発言者が発言に責任を取らないのだから、自分はそれを記事にするわけにはいかない、というのが彼の主張だ。「人々は恐れている。加えて、最悪なのは自主規制だ」と彼は説明するのだが、彼こそがその最たるものだ。

言論の自由への締め付け

最近は政府のメディアへの締め付けが強まり、ロシアで最も人気のあるSNS「フコンタクテ」も圧力を受けた。元CEOで創業者のパーヴェル・ドゥーロフによれば、二〇一四年初頭のキエフの独立広場での抗議デモ（マイダン）に参加した活動家の個人情報を提出するようにロシア連邦保安庁から命じられたという。拒否したドゥーロフはCEOを解任された。ロシアを去ったドゥーロフは、フコンタクテは今やクレムリンの政府高官の完全な支配下にあると述べる。

ロシア政府はこの程度ではまだ満足していないようだ。国のイメージを損なうような否定的なニュースがあふれていることについて、政権幹部のあいだで絶えず議論されている。国会議員の中には国営テレビ局を批判する者までいて、新しい工場のオープンではなく交通事故を報道すること自体に不満を述べている。こんなふうに政治家が好き勝手なことを言い始めたら、ソ連時代の「良いことずくめのニュース」に逆戻りすることになるのは明らかだ。

ロシア連邦文化相のウラジーミル・メジンスキーは、まさにこの手のタイプの政治家だ。一般読者向けの修正主義的な歴史書シリーズを上梓したところ、それがベストセラーになり一躍有名になった。彼は著作の中で、「西欧かぶれ」によって広められたロシアについての「黒い神話」（彼の命名）の嘘を暴いた。そしてこれほど長い間、悪者扱いされてきた国はロシアだけであると記した。彼はロシアの知識人（インテリゲンチャ）を激しく非難する。「知的エリート層は過去の歴史のあら捜しを止めるべきである。露悪趣味はもうたくさんだ。われわれの歴史は輝かしい軍功にあふれているではないか。それを知れば、われわれの進むべき道やわが国の大義が何であるかがわかるだろう」

政府による締め付けはメディアやブロガーだけでなく、より広範な言論・表現の自由までターゲットにした。ロシアで最高の人気を誇るロックバンド「マシーナ・ヴレーメニ（タイムマシン）」のボーカルであるアンドレイ・マカレーヴィチは、ロシア政府のウクライナ政策を公の場で非難したことにより「裏切り者」という汚名を着せられた。彼はクレムリンの最高勲章の授章者だが、政府からの脅しと圧力でコンサートは急遽中止になった。

映画監督・舞台演出家のウラジーミル・ミルゾエフは、独立系新聞『ノーヴァヤ・ガゼータ』［大手紙の記者五十名が独立して一九九三年に創刊］が政府への公開質問状を自紙に掲載したときに署名をしたひとりだ。公開質問状は、ウクライナ東部紛争、いわゆるロシアの孤立主義、全体主義への復活に抗議したものである。彼の支持者は映画や演劇好きの知的エリート層である。彼はロックシンガーのマカレーヴィチほどひどい脅迫は受けていないし、罰せられてもいない。

ミルゾエフは公式コメントで、ロシアの不寛容の風潮を心理学的に説明した。「二十世紀の始まりから終わりまでの百年間の出来事で、われわれは心に深く傷を負った。世界には躁病的な高揚感と愛国心に容易に陥る国民がいるが、彼らは鬱状態にも容易に陥る。その症状はまさに双極性障害であり、そうした国民は恐ろしいことが起きても適切な対応ができない。たとえば、紛争が進行中であることを頭から否定する。ロシア人はテレビのプロパガンダの犠牲者だと言うことも可能だが、テレビ以外の情報を得るためにインターネットにアクセスし、テレビとネットの両方の事実を比較するのはそれほど難しいことではない。だが、彼らは何も比較したくないのだ。自分たちの国が、祖国が侵略者であるという考えを受け入れられないのだ」

タマーラ・マイロワは、ミルゾエフが語ったようなタイプのロシア人だ。高学歴で、軍需工場でエンジニアとして働き、定年退職した彼女は、今では熱心なTVウォッチャーだ。彼女とキッチンテーブル越しに話をしていたとき、国営テレビ局とは違う見解を私が言うと、彼女はテレビ局を擁護し、「事実は事実よ」と頑なに言い張った。ウクライナ東部紛争について議論しても、彼女が信じていること、つまりロシアの弱体化を目指す西側諸国による長年の陰謀へと話がすぐに戻ってしまう。

彼女は、一九九〇年代に勤めていた軍需工場が工場長たちに略奪され、何もかも売り払われてしまうのを為す術もなく呆然と見つめていたときのことが忘れられない。「誰も物作りに興味がなくて、何も考えずに、ただ盗んでいた」。彼女はそうしたことのすべてをボリス・エリツィン大統領と西側諸国の顧問のせいにする。「価格の自由化とか、急速な民営化とか、全部ロシアで生まれたものじゃないわ。あなたたち西側諸国で生まれたものよ。そういったものを導入した結果どうなったか……。その悲惨な状況の中で生き延びなければならなかったのは私たちよ。あなたたち西側の人じゃない」

「でも汚職については、その非はロシア人にもあったんじゃない?」私が反論すると、「ええ、そうよ。私たちロシア人は飲み込みが早いから」と彼女は苦笑しながら答え、「私たちロシア人は最もクリエイティブな方法で現実に適応したけど、それはそもそもあなたたちがそうなるような状況を作ったわけでしょ」と言い足した。

マイロワは、石油産業施設の修理点検を行なう会社を作って生き延びた。一九九八年にロシア政府が債務不履行(デフォルト)に陥ったとき、再び彼女は打ちのめされたが、その前に大きな家を建て終えていた。仕事を失い、途方に暮れていたエンジニアや科学者や友人たちに一部手伝ってもらって建てたのだ。子供時代は公営住宅に、結婚してからは粗末な家に住んだ彼女は、ようやく不安定な将来に備えて「要塞」を手に入れたのだ。だが立派な家に住んでいる割には彼女も夫も質素に暮らし、家庭菜園で採れた野菜を食べ、自分たちで家の修理をしている。彼女は冗談交じりに自動小銃を撃つ真似をして、あらゆる侵入者からロシアを守る覚悟があることを示した。

三十代の彼女の娘は国営テレビ局の情報にかなり懐疑的で、母親の西側諸国への怒りと過剰なもてなしの両方から私を守ってくれようとした。が、両方とも失敗に終わった。タマーラはウクライナ東部に住む友人たちと定期的に話し、ロシア政府の公式な談話――ウクライナの分離独立派は、ファシストと西側諸国の陰謀から東部に住むロシア人とロシア語話者を救おうとしている――を鵜呑みにしていた。さらに、ウクライナ政府は東部の一部で助成金と年金を打ち切り、中立な立場だったかもしれない人たちを敵にまわしたとも指摘した。

タマーラは自分の見解と矛盾する「事実」は西側諸国から流された嘘だと一蹴した。しかし残念なことに、彼女の見解がすべて間違っているというわけではない。ロシアのプロパガンダほどひどくはないが、ウクライナに関する西側諸国の報道は、はっきり言ってお粗末だった。西側メディアは、二〇一四年初頭に起きたウクライナ危機を独裁政権に対する大衆民主主義的抗議デモとして報道してきたが、たしかに選挙を経て誕生したヤヌコーヴィチ政権――ギャングのような振る舞いもあったが――を憲法に反するやり方で転覆させた活動に加担したのだとも言える。欧米のジャーナリストは、ウクライナ政府による未確認で根拠のない主張を裏も取らずに繰り返し流す一方、ロシア側の報道をこれまた裏も取らずにすぐに切り捨てた。彼らはウクライナ政府支援の武装した民族主義者への数々の告発を過小評価し、さらに「親欧米」ウクライナ新政府の問題点にほとんど注意を払ってこなかった。たとえば、ウクライナの統一へ向けての展望の無さ、汚職をなくし経済改革を推し進める能力の無さなどがそうだ。こうした問題点すべてが、ロシアの最悪なプロパガンダを煽り、交渉による持続的な和平合意に達するのをさらに困難にしているのは事実である。

私がジャーナリストのイリーナ・グンダレワに、疑わしい情報、腐敗した役人、権力に迎合する判事、秘密裡の戦争に、ロシア人はいつまで我慢できるのだろうかと質問すると、彼女はただ首を横に振って、半ばあきらめ顔で言った。「ロシア人は今この瞬間を、やっと手に入れたものを楽しみたいのよ。誰もが罪を犯している。誰もが賄賂を渡している。ロシア人は我慢強いわ。政府を信じるのよ。店からソーセージが消え、再び給料が支払われなくなったら、たぶんそのときは激しい抗議をするでしょう。いつレッドラインを越えるのかはわからない」

ロシアでは、クリミア併合、ウクライナ東部での軍事干渉、プーチンの国への忠誠心の要求などをめぐる話をすると、家族や友人のあいだで意見が対立してしまう。「友人でいられることがどれほど素晴らしいことかわかる？　かつての友人が敵になることがどれほど恐ろしいことかわかるの？」ある友人からひどく感情的にそう言われたことがある。二〇一五年初頭、人々の意見はプーチン支持に相当傾いていた。

鍵事件

ウクライナ危機以前ですら、ロシア人の友人同士でも大っぴらに話すこと、とくに電話で話す内容には注意していることに私は気づいていた。「これは電話では話せない」という表現がソ連時代にあったが、今は再び使われるようになった。前述したように、私、つまり外国人がこの建物に住んでいるという通報があったといって警官がやって来たことがあったが［第12章］、あのとき私は警察署に連れて行かれ、ビザをチェックされた。最初に警官は「一時間で済むだろう」と言ったが、何時間もかかった。待っている間に家主から電話がかかってきて、アパートの扉を開けたまま出かけたかと聞かれた。パトロール中の警官が鍵がかかっていないのに気づき、彼に電話してきたそうだ。警官は調子の悪い鍵を無料で直すという前代未聞の申し出までしたそうだ。まったくもって驚きだった。私はアパートを出るときにしっかり鍵をかけたし、パトロール中の警官がたまたま入った建物の五階まで上がり、私のアパートのドアの異変に「気づく」なんてことは考えられないからだ。ましてや警官が鍵屋を呼んで無料で鍵を直してくれるなんてことはありえない。

その日の夜は、地元の大学で定期的に集まる「英語クラブ」の日だった。私は昼間の出来事を話し、「外国人が同じ建物に住んでいるからと言って警官に電話するようなロシア人がいると思う?」と聞いてみた。すると「まさか、そんなことありえない」と若い女性が答え、「私たちは皆、警官が嫌いだから、告発するような人なんていない」と言い添えた。後で別の若い女性が「注意したほうがいいわ」と私にささやき、「祖父母が近所の人に告発されたわ。結局、スターリンの時代から何も変わっていないのよ」と早口で教えてくれた。

ここに集まった人々は「自由に話そう(スピーク・フリーリィ)」という会のメンバーだ。自由に話すのが当たり前だった数年前にそう名付けられた。しかし今では「中立的な話題をできる限り英語で話そう」という意味になってしまった。

会の終了時間になると、数人が他のメンバーから離れて私のところにやって来た。そして昼間の出来事について最も納得のいく説明をしてくれた。彼らの推測では、私はどうやらかなり計画的に警察署に連れて行かれたらしい。そして私の留守中に捜査官がアパートに押し入り、パソコンをはじめとする私の持ち物を調べたというのだ。ところが無能な捜査官たちはアパートを出るときに鍵の締め方がわからず壊してしまい、家主に電話して鍵を無料で直すという奇妙な申し出をせざるをえなかったのだろう、と彼らは推測した。

第16章 核の悪夢

ソ連の核兵器開発計画

チェリャビンスク州はソ連の核開発計画の誕生の地である。そこはアメリカのワシントン州ハンフォード［マンハッタン計画におけるプルトニウムの製造のための核施設群があった］やテネシー州オークリッジ［マンハッタン計画の原爆製造の秘密基地があった］のソ連版と言えた。アメリカの歴史家ケイト・ブラウンは著書『プルートピア――原子力村が生みだす悲劇の連鎖』［邦訳：高山祥子訳、講談社、二〇一六年七月］の中で、ソ連とアメリカの核開発計画はともに、製造を優先させるために安全性と廃棄物処理をなおざりにしたことを白日の下にさらした。両国は事故に関する情報を隠蔽し、記録を捏造して安全と見せかけ、病気になった労働者について言い逃れをしたが、チェリャビンスクで起こったことはアメリカとは比べ物にならないほど悲惨だった。数万人が被曝したのはわかっているが、それ以外の人がどのような運命をたどったかはわからないままである。汚染された面積は数千エーカーにも及ぶ。史上最悪の事故は今のところチェルノブイリ原子力発電所事故（一九八六年）ではあるが、チェリャビンスクで繰り返された事故の積算線量が及ぼす影響は何年にもわたる秘密主義と相まって、この地域に「地球上で最も汚染された場所」という汚名を与えてしまった。

一九四五年、ヨシフ・スターリンは、チェリャビンスク州の人里離れた場所を彼の新しい核兵器開発計画の建設予定地として選んだ。首都モスクワから千六百キロ、州都チェリャビンスク市から百六十キロ離れたその場所は、詮索好きな目からは遠く、しかし連絡は十分に取り合える距離だった。周辺の森林は建材を、自然のままの川と湖は必要な水を供給してくれた。

ナチスドイツを倒した後のソ連は荒廃し、国の大部分が破壊されてしまった。貧困は広がり、科学や技術分野の専門家は不足していた。ところがアメリカが日本に原子爆弾を投下したと知り、あわてたソ連は乏しい資金をかき集めて自国で原爆を製造することに着手した。計画よりも遅れたが、それでも驚くほど短期間で原爆は製造できた。しかしスピードを求めるあまり事故は繰り返され、安全性や健康への配慮に欠けていた。放射能汚染は甚大な被害をもたらし、人々の病気や死を招いた。チェリャビンスクの住人の中には「われわれがソ連を救った。それだけ価値のあることをした」と言う者もいたが、あまりにも犠牲が多すぎたと感じる者もいた。

核開発計画は、最終的にはいわゆる「中型機械工業省」の管轄になった。極秘の活動を隠すために、わざと無難な省名にしたのである。初期の建設を担ったのはソ連の懲役囚と若い新兵、ドイツ人戦争捕虜だ。極寒の中、テントや塹壕を宿舎として彼らは作業した。こうした労働者の数は二年間で急増し、四万七千人に達した。彼らはこの場所を郵便私書箱の名称でしか知らなかった。最初は「チェリャビンスク40」だったが、後に「チェリャビンスク65」に変更になった。プルトニウム精製工場はいつしか「マヤーク（灯台）」と呼ばれるようになっていた。

まず実験用原子炉の建設から始まった。原子炉は——当時の基準から言っても原始的だったが——レンガ造りの巨大なハチの巣のように見えた。次に四基の黒鉛原子炉［核分裂連鎖反応を維持するために中性子減速材として黒鉛を用いる原子炉］のうち最初の一基を建設し、一九四八年に稼働した。並行して、化学工場と冶金工場も建設された。化学工場は原子炉で中性子照射したウランからプルトニウムを抽出するための、冶金工場はそのプルトニウム濃縮液を高純度の金属プルトニウムに変えてソ連初の原子爆弾を製造するための施設である。

すぐに被爆という深刻な問題が持ち上がった。原子炉内の貴重なウランの塊を、労働者は素手で取り扱っていた。兵士もまた、高レベルの放射性廃棄物を雑巾とバケツで片づけていた。彼らには知らされていなかったが、これは当時の年間許容放射線量を超える分量を十分から十二分の作業で浴びていたことになる。

この地域で繰り返し勤務についた旅団の兵士も、許容量を超えて被曝していた。最終的に兵士が除隊し、囚人が釈放されたときには、彼らがどこで働き、どれほどの放射線量を被曝したかについては記録されていなかった。遠い故郷で発病しても医師は彼らの病気を診断できなかったし、病死したとしても記録は残されていない。

ウラジーミル・チェルヴィンスキーは一九五一年に核施設で働かされたが、彼のような新兵は完全に軽く見られていた。「なぜおれたちは病気になるのかと聞いても、仕事が終わってから新鮮な空気を吸えば治るだろうとしか言われなかった。もっとちゃんと治してくれと思ったね」。九か月働いたのち除隊したが、ここでの労働を証明する書類がなく、彼は補償が受けられなかった。

最初に死亡したのは兵士と囚人たちだった。彼ら以外で急性放射線症になったのは、化学工場で働いていた圧倒的多数の女性労働者だった。この工場でもプルトニウムを抽出する作業は素手で行なわれていた。研究員のI・V・ペトリアノフ＝ソコロフは、彼女たちがとても具合悪そうに見えたこと、最も基本的な安全ルールさえ守られていなかったことを覚えていた。女性労働者の多くが、三十歳を迎える前に亡くなった。

一九四九年になると、増え続ける放射線症患者の診察と治療のために何名かの医師が核施設内の診療所行きを命じられた。ミラ・コセンコ医師がその医療機関に雇われたのはそれから十年近く経ってからだが、一九四九年当時から働いていた医師の多くと知り合いだった。彼女は先輩医師らから話を聞き、当時の出来事を克明に記録した。医師たちは窓に黒いカーテンがかけられた車でチェリャビンスク40に連れてこられたという。家族と連絡を取り合うことができなかったので、刑務所か強制労働収容所に送られたようだと思った家族もいたそうだ。

最初に派遣された医療関係者は放射線症について何の教育も受けていなかった。またこの核施設は秘密だったので、放射線症をテーマにした国内外の会議に参加することもできなかった。そうした医師のひとりであるアンゲリーナ・グシコワは当時のようすを振り返り、「私たちは試行錯誤ではなく、試行しては成功する過程で学んでいった」と楽観的に総括する。とは言え、患者を救うのは並大抵のことではなかった。明らかに被曝した人たちを核施設から移動させようとすると、中型機械工業省の役人から、医師の診断は「未経験なお坊ちゃん、お嬢ちゃんの作り話」だと人を見下したような言い方をされ、却下された。彼らは熟練労働者を失いたくなかったのだろう。労働者の被曝線量が常に限度を超えていることを知っていたグシコワ医師は、彼らひとりひとりを現場から引き離すためにそんな役人たちと闘わなければならなかった。医師たちの主張が認められ、「九十パーセントの労働者が健康を快復した。私はとても誇りに思っている」と後日彼女は語ったが、その健康がどれほど長続きしたのかについては適切な追跡調査も記録もなく、不明である。

テチャ川への大量投棄

核開発計画が始まった直後に、さらにもうひとつの問題――放射性廃棄物［当時は液状］の処理問題が発生した。原子炉が稼働してからの四年間、核施設の労働者は高濃度に放射能汚染された廃棄物を近くのテチャ川に大量投棄した。テチャ川は、当時で合計二万八千人が住む四十の村を縫うように流れていた。川幅は狭く、場所によっては歩道くらいの幅しかなかった。また、流れが遅いために放射性廃棄物の多くは川岸や川底に堆積していった。テチャ川は二百四十キロメートル下流でオビ川に合流し、最終的には北極海にたどり着く。川沿いの村は昔から貧しい農村であり、ロシア人とタタール人とバシキール人が暮らしていた。彼らはテチャ川の水を飲料水、灌漑用水、洗濯用水として使い、泳ぐこともあれば釣りをすることもあった。

克明な記録を付けていたミラ・コセンコ医師は、ついに一九九〇年にかつての中型機械工業省の高官たちに質問する機会を得た。テチャ川の水が村人にとってライフラインであることを知っていたのに、なぜ彼らを守るために何もしなかったのかと質すと、放射性廃棄物はすっかり溶けて消えてしまうと思っていた、と言い訳がましい返事をした。だがそうはならなかったし、そのことを彼らは承知していた。

一九五一年、ようやくテチャ川の水質検査が行なわれた。千六百キロ離れた北極海のソ連領海域で放射能が検出されたからである。テチャ川はもちろん、川沿いや周辺の土壌、牧草地からも恐ろしく高濃度の放射能が検出された。そこは村人が牛や鶏を飼っている場所だった。

メトリノ村は投棄された場所のすぐ下流にある村で、住民の累積放射線量は当然のことながら最も高く、放射線同位体に対する年間被曝線量限度の四百倍から六百倍に相当した。さらに下流の村になっても、累積放射線量は高かった。こうした検査結果があったにもかかわらず、川の水の使用が禁止されたのは一九五二年になってからである（水質検査の丸一年後、投棄され始めてから四年後のことだ）。秘密の核開発計画ゆえに、テチャ川沿いの村人には使用禁止の理由は明かされなかった――ライフラインであるにもかかわらずだ。井戸のある家はもともとわずかであり、多くの者は川の水を使うしかなかった。

はやくから村人たちはめまいや吐き気の症状を示し、赤血球の損傷と白血球の減少が認められた。やがて、白血病やそれ以外の癌を発症し始めた。政府は特定の村の移転を決定したが、なかなか進まなかった。秘密の核開発計画であるため説明抜きに強引な避難指示が出されるのみで、村人のすでに弱っている体にさらに精神的ストレスが加わった。こうして彼らは、何世代にもわたって暮らしてきた土地、先祖が眠る土地から強制的に立ち退かされた。ほとんど何の補償もされず、さらにひどい住宅があてがわれた。

一九五七年、政府のある高官がテチャ川の安全宣言を行なうと、村民の避難事業は中止となった。ミラ・コセンコ医師によれば、「ある男の勧告のせいで取り残された数千人の村人がさらに災難に見舞われたわけだけど、それは核開発計画の利権がらみだったのよ」。要するに、村の移転費用が他に流用されたのだ。

マヤークの爆発事故

最悪の事故がその後に起こった。一九五七年九月二十九日、マヤークの放射性廃棄物貯蔵タンクで冷却装置が故障し、タンクが爆発した。その破片の大部分は爆発現場付近に落下し、最初の夜には許容レベルの四万倍もの放射線量が測定された。そして残りの破片で放射能雲［破片が上空に吹き上げられて移行する雲状の気団。風に乗って移動し、破片はそのまま、あるいは雨とともに下降］が形成され、アメリカのニュージャージー州ほどの広さの土地［四国地方総面積の約一・二倍］を覆った。ソ連当局は雲の通り道に住む人々と世界中からこの事実を隠し続けた。

またしても、若い新兵からなる建設作業チームに白羽の矢が立った。二万人に達する兵士が、一九五七年のこの惨事を収拾するために送り込まれた。だが、彼らが受けたはずの被曝線量についての情報も、その後の彼らの運命も不明のままである。ミラ・コセンコ医師によれば、「兵士たちが満期になり兵役から解放されると、政府もまた彼らへの懸念から解放された」はずだ。

残っていた村人はすでにテチャ川へ投棄された放射性廃棄物で被曝していたが、この爆発事故でまたもや被害を受けた。関係当局は、住民を避難させるべきか否かで十日間も逡巡していた。イラン・ハエルザマノフによれば、彼の十か月になる娘は放射能雲の犠牲になり、吐血してから数日で死亡した。ほかの子供も病気になった（大人はどうにか生き延びた）。兵士たちが村にやって来て、村民の避難に先立ち、犬と猫を皆殺しにした。それから牛、鶏、ガチョウを殺し始めた。「誰もが悲鳴をあげた。家畜の次は自分たちだという噂が広まった。完全なパニック状態だった」とハエルザマノフは語る。村人はさらに十日間、家にこもっているように指示され、ようやく村から退避するときは着の身着のままの状態に近かった。彼らは家財道具の大半を焼却するように命じられ、それが済むと遠い村へ移送された。避難先の村での新しい住まいは、合板で囲まれた粗末な家だった。退避理由については、やはり何の説明もなかった。

一九六〇年代に、ミラ・コセンコ医師は新しい医療機関に雇われた。そこは放射線症患者の研究と治療を目的としていた。彼女は心臓病の研究者として働き続けたかったが、「経歴」ゆえに叶わなかった。彼女の父親は一九三七年に反ソヴィエト活動の罪で収容所に送られており、母親はユダヤ人だった。自分が秘密の医療機関——どのようなところかはほぼ何も知らされなかった——で働くことになるとは思ってもいなかったが、「運命の不思議な巡り合わせ」なのだろうと彼女は言った。

コセンコ医師たちは限られた状況の中で最善を尽くそうとしたが、問題がいくつかあった。まず、医薬品と輸血用血液が不足していたこと。また、彼らの病院と治療を必要とする村が遠く離れていて、村まで行くのに轍のできた道を通らなければならなかったことだ。そこで夏の数か月間は村の小学校に仮設の医療センターを作り、検査機器や真水——村で手に入らないのは確実だった——からマットレスやシーツまで、何もかも運び込んだ。国の厳しい機密保護法のために、彼らは被曝の事実や被爆に関係するいかなる診断も患者に伝えることはできなかった。患者は困惑するばかりであり、放射能被害の拡大を防ぐこともできなかった。

村人の診療記録はもともと乏しかった。どの病気が長期にわたる被曝によるものか、どの病気が貧しい生活環境の結果や感染症の蔓延によるものか、似たような症状の中から正しい判断を下すのは難しかった。ただひとつ言えるのは——村人の健康状態は良くなかったということである。

コセンコ医師らが爆発事故の犠牲者の治療に取り組んでいたときに、無責任な当局は新たな患者を彼らに押しつけてきた。汚染地域にある村の建物を解体するように命じられた地元の子供たちだ。その作業がどれほど危険なことか、子供たちにも親にも知らされず、誰もその建物の放射線レベルや放射線量を調べなかった。

悲惨な事故はまだ続く。当局はテチャ川への放射性廃棄物の大量投棄を「公式に」中止すると、今度はそれを近くのカラチャイ湖に投棄した。湖というより沼地と呼ぶのがふさわしいカラチャイ湖が選ばれたのは、水の出口がないからである。だが、高濃度の放射性物質は湖の下の帯水層［地下水を含む層］に浸み出した。また一九六七年夏、カラチャイ湖が連日の暑さで干上がると、強風で高濃度の放射性塵が舞い上がった。それは広範な地域に拡散し、すでに繰り返し被曝している人たちだけでなく、新たに数千人の頭の上に舞い降りていった。

一九八九年、新しく起こった環境保護活動の圧力を受けて、中型機械工業省はマヤークの事故に関する分厚い報告書をやっと公表した［この報告書は国内外の新聞で広く取り上げられた］。そして、この地域への訪問をめずらしく許可した。調査したアメリカ人科学者トーマス・コクランは、カラチャイ湖はチェルノブイリ原発事故で放出された全放射線量の二・五倍の放射性物質をいまだに含んでいると見積もった。湖岸に人が立った場合、一時間もしない内に致死量の放射能を被曝することになるだろうと彼は結論付けた。

ナジェージダ・クテポワの活動

やがて反核運動の広がりによって、チェリャビンスク州にあったかつての秘密診療所は情報を開示せざるをえなくなった。この情報開示を受け、活動家ナターリア・ミロノワはある家族の損害賠償請求訴訟で勝訴に導くことができた。ロシアの裁判所が、マヤークの爆発事故や大量投棄によって放出された放射性物質と遺伝子損傷との関係を――信じがたいことだが――認めたのである。ミロノワの願いは、過去の環境行政の不正が最後には糺されることだった。しかし『プルートピア』の著者ケイト・ブラウンによれば、当時の大統領ボリス・エリツィンは環境保護活動家への支援を取りやめてしまった。エリツィンは政敵である共産党を貶めるために核の情報公開を利用したのであって、目的が達成されると活動家は用済みになった。それを知った環境保護活動家たちはエリツィンに反撃し、裁判でマヤークの事故を明るみに出して彼の政府に莫大な損害賠償責任を負わせると迫った。だが原告たちは裁判で負け続けた。

一九九四年になると、核兵器工場のあるロシアの閉鎖都市がとうとう地図上にその姿を現した。スネジンスク市とオジョルスク市の「誕生」である。スネジンスク市は第13章に登場したシュール夫妻の住む町だ。「オジョルスク」はロシア語で「湖の町」という意味で、近郊にはマヤークのプルトニウム精製工場があった。しかしそうした無害な名前をつけても、議論を封印したり疑惑を消したりすることはできなかった。オジョルスク市での事故は相変わらず続き、ロシア政府はそれをあの手この手で隠そうとした。ナターリア・ミロノワのような初期からの活動家には政府からの圧力がますますかかるようになり、沈黙せざるをえなくなった。ミロノワは反逆罪に問われ、また、税務警察によって脱税の容疑もかけられた。しかしそんな過酷な状況でも、彼女は仲間の活動家を励まし続けた。

一九八〇年代後半から一九九〇年代前半にかけて反核運動が初めて大きな盛り上がりを迎えていたとき、ナジェージダ・クテポワはミロノワの運動に参加すらしなかった。当時のクテポワは、看護師になること、最初の子供を産むこと、生き抜くことで精一杯だった。大多数の人と同じように、彼女も何か売れそうな品物を入手しては故郷のオジョルスク市に運び、転売をしていた。それは生活費を稼げる数少ない方法だった。ジュリア・ロバーツそっくりでモデルをしたこともあるという彼女は、社会学の学位を取るために夜学に通う日々を過ごしていた。

二〇〇〇年になると、彼女の人生に転機が訪れた。友人から環境権（良好な環境の中で生活を営む権利）を守る集会に出るように誘われ、しぶしぶながら行ってみた。しかし集会に参加して、彼女の中でもやもやしていたものすべてがつながった。彼女の家族が歩んできた道、ずっとやり甲斐のある仕事を探していたこと、熱心な活動家グループとの出会いがひとつにつながったのだ。彼女は運動にのめり込んだ。二〇〇四年にはオジョルスク市を本拠地にしたNGO「希望の惑星（プラネット・オブ・ホープス）」を自力で立ち上げ、アメリカとヨーロッパから資金提供を受けた。彼女は法学の学位を持ってはいないが、独学で勉強し、被曝者としての認定と補償を拒否された何千人もの人たちのための訴訟代理人になった［ロシアでは民事事件、仲裁事件では弁護士資格がなくとも法律知識がある者（法律家）が代理人になれる］。

クテポワは、オジョルスク市がまだ郵便私書箱でしか知られていなかった一九七二年に生まれた。どこにでもいるようなソ連の少女だったが、一点だけ違っていた。彼女の家族や親戚の多くは早世するか、病弱だった。「私は、それは普通のことだと思っていた。『なぜ』という疑問が私には浮かばなかった」

彼女の祖母は化学技師で、マヤークの核施設の一番危険な場所で働いていたが、若くして癌で亡くなった。彼女の父親も肺癌で早世した。父親は十九歳のときに、大勢の人たちと一緒に駆り集められ、一九五七年のマヤークのタンク爆発事故の「清掃」をさせられた。十数年後に父親は死んだが、父親の死が被曝と関係があることは証明できなかった。清掃に加わった者の記録は不完全なものしかなく、父親の名前は記載されていなかった。

クテポワに助けを求めに来る人々の中には、「清掃」をさせられた子供や妊婦もいた。彼らがそうした仕事をすることは法律で禁じられていたので、いかなる名簿にも名前は載っていない。クテポワによれば、「ロシアには、五十年以上も前の核施設事故の補償を受けていない被害者が大勢いる」。彼女は激しい口調で続けた。「ロシア政府は、すべての被害者が死ぬのを待っているとしか思えない。いつか政府は賠償金の支払いを決定するでしょうけど、そのときには被害者は全員死んでいて、一ルーブルも払わなくて済むなんてことになるんじゃないかしら。もし私たちが過去の被害者を助けられたら、現にいま苦しんでいる人たちや、いまだに話すのを恐れている人たちの力にきっとなれると思うの」

「希望の惑星」を立ち上げてからしばらくすると、当局からの嫌がらせが始まった。彼らはクテポワの事務所と自宅を令状なしで家宅捜索し、脱税容疑——人権活動家に対する常套手段だ——で彼女を訴えた（結果的には取り下げられた）。続いて、どこかの役人が彼女の子供の保育園に現れ、クテポワの母親としての適性を疑わせるように仕向ける厳しい質問を保育園のスタッフにしたという。これもまた脅しのひとつだった。

クテポワがサンクトペテルブルクの著名な研究者と一緒に、閉鎖都市における生活の社会学的研究を始めようとすると、ふたりにスパイの容疑がかけられた。またもや訴えは取り下げられたが、研究を進めることはできなくなった。連邦保安庁は彼女を呼び出し、「友好的な」尋問を行なった。そして、彼女の仕事は「不幸な結果」を生むことになるだろう、と警告した。

クテポワはそんな脅しにも怯むことなく、仲間の環境保護活動家とともに根気強く調査し、非公開裁判の判決を公（おおやけ）にすることに成功した。その判決は、マヤークの核燃料再処理工場［一九八七年以降、核兵器製造は中止され、核燃料の再処理がおもな事業］が二〇〇一年から二〇〇四年にかけてテチャ川に放射性廃棄物を投棄し続けたことを明らかにしていた。この封印された情報を入手するのに、彼らは五年という歳月をかけた。マヤークの幹部は繰り返し否定したが、判事は「環境放射線［自然放射線と人工放射線とから成る］の増加により、住民の健康と生活は危険にさらされ、急性骨髄性白血病とそれ以外の癌疾患を引き起こしている」と判断していた。また、除染用の資金は役人たちの賞与に流用されてしまったと判事は追記している。クテポワは、マヤークの幹部たちがさらにもうひとつの事故［二〇〇七年の放射性廃棄物の垂れ流し事故のことと思われる］の情報を改ざんしたことを明るみに出すのにも成功した。

クテポワはひっきりなしに訴訟を起こした。裁判で圧勝するようなことはなかったが、被害者への補償を勝ち取るために闘い、今も続く放射能汚染を調査・記録し、この閉鎖都市での人権侵害の報告をし続けている。しかし二〇一五年、ロシア司法省はクテポワの名前を「外国の代理人」リスト――増え続ける一方だ――に加えた。彼女は、自分は政治活動ではなく人権活動に従事していると主張したが、完全に無視された。リストに載った他の人たちと同様、彼女も罰金を科せられ、大きな痛手を被った。

取り残された五つの村

最も複雑で感情的な対立を生む問題は、テチャ川沿いにあった五つの村の住民の運命かもしれない。その五村に対しては、一九五〇年代に避難指示が出ていなかったのだ。五村の中には退去させられた村から二百メートル弱しか離れていない村もあった。取り残された村人の多くはバシキール人やタタール人だったので、言わばじわじわと何年もかけて民族的な大量虐殺を行なってきたのではないかと疑う声もあった。この主張を裏付ける証拠はないが、関係当局は危険を承知のうえでわざと避難指示を出さなかったのだろうと彼らは見ている。自分たちは長期間被曝した場合の結果を知るために実験用モルモットにされたのだと信じているのだ。

取り残された理由が何であれ、彼らは自分たちのことを犠牲者だと感じている。田舎者と馬鹿にされてきたが、彼らは家族の死因をきちんと記録してきた。誰も彼も病気を患い、しかも普通の病気ではなかったのだから。

村は固い絆で結ばれている――家族の絆が強く、貧しいからだ。家や土地を購入する余裕がないので、誰も他の土地に引越しできない。一方、補償制度の対象者はこれまでのところまるで恣意的であるかのように選ばれているので、補償金（月額たったの十二ドル）を支給される村人もいれば、隣近所に住むのにまったく支給されない村人もいる。それに対して当局に不満を述べると、体調不良はアルコール依存症が原因だなどとはねつけられたり、被曝したと主張して給付金をせしめようとしていると決めつけられたりした。科学者たちは放射性同位体の人体への影響は一様ではないことを以前から理解している。その複雑さゆえに診断は難しい。アメリカとロシアの指導者たちは、まさにその点を逆手に取り、人体への悪影響を否定してきたのである。

二〇〇五年、ついにロシア政府は取り残された五村のひとつであるムスリュモヴォ村の移転計画に着手した。ムスリュモヴォ村は比較的大きな村で、テチャ川の彎曲部に不規則に広がっていた。これまで村が移転されなかった理由のひとつに、村が大きすぎることが挙げられる。またソ連時代の建築請負業者たちが、村を別の場所に再建するとなると莫大な金がかかると報告したことも手つかずの状態になった一因である。しかし一九九九年頃、地元の医師が、この村で生まれた新生児の九十五パーセントが遺伝性疾患にかかっており、村人の九十パーセントが貧血、倦怠感、免疫異常に苦しんでいると報告すると、事態が進展した。

政府の役人が村の移転話を持ち出すと、多くの村人はできるだけ遠くに、チェリャビンスク市の郊外にある汚染されていない地域に引っ越ししたいと言い出した。役人は、その希望を叶えるには金も手間もかかりすぎると判断した。地元自治体が代案として出したのが、テチャ川対岸――三キロしか離れていない――への移転である。当然のことながら、そこは安全なのかという疑問が村人のあいだに持ち上がった。どこか他の土地で新しい家を購入したい者には三万七千ドル相当の金額を支給するという代案も出た。しかし、いったい誰がその金を受け取るというのだろうか？　多くの家では何世代もの家族が肩を寄せ合って暮らしている。彼らは体調がすぐれず、仕事もない――誰も近寄りたがらない土地なので当然だ。三万七千ドルと言っても家一軒に対して支給されるので、ひとり暮らしでも十人で暮らしていても同額だった。当然、混乱が起こった。さらに、引っ越しを望む村人に購入費がすぐに支給されたわけではなかった。ようやく支給された頃には、家を購入するには不十分な額になっていた。

ムスリュモヴォ村以外の村民には、そういった選択肢すら与えられなかった。彼らはテチャ川沿いで生き続けなければならなかった。そんな村のひとつ、ブロドカルマク村の職員ニコライ・オシュルコフはいみじくもこう語る――村民は、孤立、貧困、放射能汚染への恐怖といった「負の遺産」に苦しめられてきた。

二〇一二年に私がブロドカルマク村に向かって車を走らせていると、村に続く道にはプーチン大統領が任命した州知事のポスターが見えた。知事は大金持ちの実業家で、州民には「きちんとした」生活を送ることを要望した。車が村とテチャ川へ続く道に入ると、舗装されていた道路はぬかるんだ道に変わった。ここにはかつて国営農場があった。だがオシュルコフがあたりを指さしながら語ったように、「すっかり解体され、廃墟になってしまった」。村はすでに内部から崩壊していた。「テチャ川は安全だ」「いや極めて有害だ」という矛盾した報告のせいで、村は二分してしまったのだ。ここには民間企業もなければ、税収もなく、仕事もなかった。補償金を得るどころではなく、この村は州政府に首根っこを押さえられ、無茶な規制に従わなければ罰金を科せられた。その一方で、荒れ果てた木造家屋の半数には暖房用のガスも上水道も引かれていない。「実に腹立たしいのは、州政府の役人がこの村のことをどうでもいいと思っていることだ」とオシュルコフは言った。

ここの市長はイスラエル人実業家と会談し、この村で養鶏場を始めたいと考えている彼に好条件を約束した。ところがこの実業家は村の歴史を知るや、手を引いた。テチャ川の水を使わないとしても、風評被害でビジネスは立ちいかなくなるだろうと彼は言った。「やっと私の耳に入ってきたんですよ。もう少しで放射能汚染された鶏を飼うところだった」と吐き捨てるように市長に言った。それは投資を考えている人間にとっては最悪のことだろう。土地を無料提供すると言っても、欲しがる者はいないだろうとオシュルコフは語った。

最盛時には一万人いた村人は今では三千人に減ってしまった。それでも、若い家族も含めてまだそれだけの人々がここで暮らしている。「なぜですか?」と尋ねた私に、オシュルコフは言葉を探しながら答えた。「ここがわれわれの故郷だからだ。われわれはこの場所から離れがたい。祖父母も両親もここで暮らしてきた。それに家の買い手がいない以上、どこにも行かれない」。とは言え、彼は自分の子供たちを町で生活させている。村の子供が町で暮らしていくのは実に大変なことだと言う。

ブロドカルマク村の小学校には教師のヴァレンチーナ・パシュニナが作った博物館がある。マヤークの核施設とそれがテチャ川とブロドカルマク村にどのような影響をもたらしたのかを展示する小さな部屋もある。髪を紫色に染めた小柄で精力的なパシュニナは、グラスノスチが始まるとすぐにマヤークで何が起きたのかを知るために新聞を読み、情報を集めた。やがて国営農場は解体し始め、給料は出なくなり、人々は絶望した。パシュニナは言う――村人にとって放射能汚染はそうした「多くの悲劇のひとつ」にすぎなかった。

パシュニナは線量計を持ち歩き、通常の数倍の濃度を示す「ホットスポット」を記録している。だが彼女にできることはその程度だとも言える。「私たちは人質みたいなものよ」。彼女も自分の子供たちを町で生活させている。「ここには何もないもの」と話を終わらせるように言い、しかし「いえ、何もないほうがまだましだわ」と言葉を足した。

米ロの核安全保障合同プロジェクト

閉鎖都市オジョルスクの生活環境はかなり良くなっている。私はオジョルスク市に入れないが、直接入手した資料や衛星写真から判断すると、一九四〇年代後半には何もなかった町が、退屈ではあるがやや魅力的なロシアの町に発展したようだ。シュール夫妻の住む閉鎖都市、スネジンスク市同様、そこで働く人たちの給料は劇的に増えたので、不満を抱く貧しい核科学者が兵器級核物質をひそかに持ち出すのではないかというソ連崩壊直後の危惧はかなり解消した。あるアメリカの政府高官は「今や懸念すべきことは、彼らが絶望して自暴自棄になることではなく、彼らのご都合主義である」と語った。

ロシア中に散らばる残りの九つの閉鎖都市同様、オジョルスク市とその近郊にあるマヤーク核施設は、有刺鉄線でできた二重のフェンスに囲まれ、厳重に警備されている。オジョルスク市には特別通行証を持つ住民、労働者、納入業者しか出入りすることができない。家族で祝い事をするために中にいる親戚を呼び出したいときには、一か月半前から申請しなければならない――もちろん、役人なら数日前の申請で済む。

アメリカの専門家によれば、今やロシアの核安全保障にとって最大の脅威は汚職である。すでに核兵器や放射性物質の責任者である数名の役人が収賄容疑で逮捕されている。オジョルスク市の幹部もまた、汚職事件で何度も解任されている。

プルトニウムの新たな製造を禁じるアメリカとロシアの二国間協定［戦略核兵器削減条約（START）］により、マヤーク核施設ではもはやプルトニウムを精製していないが、数千発分もの廃棄された核弾頭の余剰プルトニウムを現在も貯蔵している。その貯蔵施設は「核分裂性物質貯蔵施設」と呼ばれ、巨大地震や飛行機墜落に備えて設計された七メートルの厚みのある壁で囲まれた要塞である。この施設の建設には米ロ双方が出資しており、アメリカ政府は三億ドル以上も出資した。

ソ連崩壊後の十年にわたるロシアの政治的、官僚主義的、財政的後退を経て、ようやく二〇〇三年に完成したこの施設は、米ロの協力関係を示す画期的な「成果」だった。もっともロシア政府は、この施設にどれくらいの量のプルトニウムが貯蔵されているのか、またそれ以外のプルトニウムはどこに貯蔵されているのかをきちんと把握していなかった。アメリカ政府はさらにロシアと協力して、マヤークに貯蔵された兵器級核物質の安全と、核物質計量管理制度の改善・近代化に努め、加えて必要な機器や専門技術や訓練まで提供した。

やはりアメリカの専門家によれば、彼らの努力が実を結んだかどうかは判断しにくいという。ロシア人は情報を共有するのを嫌う。協力し合っていた初期の頃、検査のためにオジョルスク市に入ることを許された一握りのアメリカの役人は、通訳を連れて町中を歩きまわり、住民向けの店に立ち寄ることもできた。彼らは核施設のカフェテリアでロシア人と雑談し、衛星画像で目にするものよりもはるかに有益なもの——ささいだが、非常に貴重なこと——を得ようとした。ところがそうした草の根交流は次第に禁じられるようになり、もはやロシア人と立ち話することもできなくなった。さらに線量計の携帯も禁じられ、今では町に電子機器を持ち込むことすら許されない。

二〇一四年に米ロの専門家は、マヤークには安全性の向上が必要な核燃料再処理施設が十一か所あることに合意したが、協力関係に綻びが出てきた。多くの核専門家が協力関係は無いよりあったほうがいいと主張したにもかかわらず、アメリカ議会は核安全保障合同プロジェクトへ新たな資金を拠出する法案を否決した。するとロシア側は対抗策として、マヤークと他の核施設への立ち入りを全面禁止とした。それでも核専門家たちは、両国が再びその気にさえなれば、この合同プロジェクトは復活できると述べている。

現在、マヤーク核施設はプルトニウムを生産していないが、その代わりに別の核プロジェクトに関与している。今後のロシアにとって重要な課題となるのは、ロシアの原子炉や原子力潜水艦、さらにはベトナム、ポーランド、チェコ共和国、ブルガリアといった、かつてのワルシャワ条約機構の国々に今もあるソ連製原子炉の使用済み核燃料再処理問題であろう。マヤーク核施設は、何かと問題の多いイランのブーシェフル原子力発電所*から出た使用済み核燃料の再処理契約を結んでいる。さらに国内向けや輸出向けの発電用原子炉を十数基建設する計画が持ち上がっているが、原子炉建設を望む企業や国がその安全性と有効性を判断するうえで必要な情報をマヤーク核施設に要求すると、拒否された。

＊ 一九七四年にドイツのシーメンス社が原子炉建設を開始したが、イラン革命（一九七九年）、イラン・イラク戦争（一九八〇～八八年）により中断・凍結。一九九五年にロシアが軽水炉を建設した。

外国の顧客に原子炉を売り込む際のロシアにセールスポイントは、使用済み核燃料の再処理まで請け負うことである。もっとも本当に請け負えば再処理過程で放射性廃棄物が大量に生じることになり、それをどう処理・処分するかが問題となるのだが、不明なままだ。しかし州政府の役人はこんな大事なことには目もくれず、使用済み核燃料の再処理契約はチェリャビンスクと顧客にとって「ウィンウィンの関係」になると主張してきた。「再処理した製品を顧客に返すだけで、お金が手に入ることになるからだ」と呑気なことを言っている。

第17章 景色を変える

もしヘリコプターに乗ってロシアの農村を見下ろしたら、最近の戦争で国土が破壊されてしまったのだろうと思うかもしれない。かつての国営農場や集団農場はどれも採算を度外視して数百人を雇用していたが、それらは廃墟と化してしまった。

一九九〇年代にチェリャビンスクの農場に招待されたあるアメリカ人農場経営者は、いまだに四百五十人も働いていると聞いて、この規模の農場なら多くても四十人まで従業員を減らさないと現代ではやっていけないと答えた。しかし人数を徐々に減らしていく前に、農場は簡単につぶれてしまった。共産党支配が終わって二十年が経つが、耕作に適した土地の三分の一が休閑地だ。納屋や家畜小屋は朽ち果てるに任せているので、まるで不気味な骸骨のようだ。彫刻が施された鎧戸がついた、荒削りだが絵のように美しかった平屋のログハウスは今では傾き、そこで暮らす老人同様、酔っ払いのように見える。

チェリャビンスク州の環境汚染

チェリャビンスク州北部をヘリコプターで飛べば、低木林に覆われたウラル山脈に抱かれるように、美しい湖が点在しているのが見える。だが同時に、立ち上る煙も目に入る。産業汚染と放射能汚染——長年対策が取られてこなかった——によって荒廃した地域から立ち上る煙だ。

チェリャビンスク市の北西八十キロにあるカラバシ村は、そもそもは広大な銅山の周りに作られた村で、銅製錬所とそこから出るスラグ（鉱滓（こうさい））の山があった。製錬所の歴史は百年になるが、その大部分は汚染対策が取られなかったので、カラバシ村はチェリャビンスク州のもうひとつの「世界でもっとも汚染された場所」——カラチャイ湖とこの不名誉な賞を競っている——でもある。村を流れる川は鉄分を大量に含んでいる。川の水の色は夏は黄色、凍った冬の川面は明るいオレンジ色になる。周辺の土地は酸性雨で使い物にならず、山木は枯れ、地肌がむき出しになっている。

土地の荒廃と村人の健康被害は計り知れず、平均寿命は五十歳にも満たなかったので、一九九〇年に銅山は閉鎖された。他の土地に移る人が続出した結果、人口は半減して一万五千人になった。ところが一九九八年になると、新しい事業主である「ロシア銅会社」［本社はエカテリンブルク市］が再び銅山を開いた。会社は製錬所の公害対策はしたと主張したが、公害監視委員たちは「到底十分とは言えない」と答えた。事実はどうあれ論争の的になっており、カラバシ村は相変わらず月面のように荒涼とした風景のままである。

環境保護団体は、多くの市民グループ同様、ソ連崩壊後の一九九〇年代前半に欧米諸国のNGOから刺激を受け、資金提供もされて活発に活動した。彼らは一時期もてはやされたものの、やがて大半の地域住民から支持を得られなくなった。何しろ脅かされれば簡単に怖じ気づいてしまうし、住民のほうも企業城下町ゆえに町や村の将来や失業への不安からこの種の活動に慎重になったからである。今や環境保護団体にとって状況はますます厳しくなり、訴訟の裏付けとなる公的記録を入手するのもひと苦労というありさまだ。

チェリャビンスク市にはソ連時代に政府が設置した八か所のモニタリングステーションがある。そこでは九種類の汚染物質を特定できるようになっているが、環境保護団体「環境を守るために」のリーダー、アンドレイ・タレフリンによれば、今や大気は百種類以上の有害物質に汚染されているので、公表された数値は「何の役にも立たない」。また、自治体はすべての工場に対して特定のテストの事前通告をすることを法律で義務付けられているが、事前通告制は工場——当然、自治体と癒着している——の技術者にテストに備える時間をたっぷり与えることになるとタレフリンは指摘する。

弁護士であるタレフリンは長いこと環境保護活動をしており、ノルウェイのNGOから引き続きささやかな資金提供を受けている。けれど彼の団体には高度なモニタリングを定期的に行なうだけの資金がない。以前、長年の告発が実り、地元の検察官が独立系の研究機関に大気汚染物質の検査を依頼した。するとチェリャビンスク市はきわめて危険なレベルであることがわかった。しかし当時でさえ、検察官は汚染者である工場を処罰することはできなかった。判事が検査結果を採用しなかったからだ。タレフリンによれば、「判事は全員、最終的にはプーチンに任命される」からだ。

二〇一五年にロシア銅会社相手に闘っているときに、彼もまた「外国の代理人」リストに載せられ、さらに名誉毀損で高額な慰謝料を支払うことになるぞと脅された。ロシア銅会社は、チェリャビンスク州のすでに汚染された州都の近くに、もうひとつ広大な露天掘りの鉱山を開く計画を立てていた。タレフリンは州で最も信頼のおける有能な環境保護活動家であるにもかかわらず、新設されたチェリャビンスク市環境保護委員会のメンバーに選ばれなかった。役所と企業が癒着しているからだ。彼はよくいるヒステリックな環境保護活動家とは大違いで、非常に交渉上手で、合法的なやり方を重んじてきた。コミュニティ絡みの問題があれば、異なる立場の人間を集めて討論をさせる。だがそうした討論会の最中に警官がいきなり入ってきて、「爆弾が仕掛けられたという通報があった」と言って解散させられたことがあった。ロシアで集会を妨害する常套手段である。彼は社会が対立していることに絶望しており、「われわれは相手の話に耳を傾けるのをすっかり止めてしまった」とブログに書いている。

人々の大気汚染への関心は高いにもかかわらず、環境保護活動に参加する市民の数は少ない。チェリャビンスク州の多くの工業都市の住人に大気汚染について質問すると、彼らが異口同音に答えるのは、「工場の大気汚染担当技術者は週末休んでしまう。だから月曜の朝の空気は耐えられない」だ。二〇一四年の年末年始の休み中、チェリャビンスク市は息苦しいほどの厚いスモッグに覆われ、市当局は外出を控えるように市民に警報を出した。マスクが飛ぶように売れて値段が高騰した。二〇一五年の冬には、スモッグはさらにひどくなった。記録によれば二万人の市民が「もう我慢できない」と意思表示するインターネット上の運動に参加した。工場から排出される煤煙の急増に市民が工場に抗議したのだが、工場の説明はうんざりするような当たり障りのないものだった。たまらず今度は自治体幹部のところへ行き、プーチン大統領に何か手を打ってくれるように頼んでくれと懇願したのである。

公害とは無縁の地域が他にあるにもかかわらず、州政府は悪名高い大気汚染地域にさまざまな観光客を呼び込もうと考えている。それは無理というものだ。彼らはチェリャビンスクの公害史のサイトを削除したり制限をかけるために大金を投入したが、うまくいかなかった。パソコンに「チェリャビンスク」と打ち込むだけで、好ましくない評判が書かれたサイトがわっと表示される。しかし、安易な解決方法を望む人間は物事をすべて比較論でとらえようとするものだ。たとえば、あなたがカラバシ村かチェリャビンスク市に住んでいたら、州北部にある、人の手がまったく入っていない原始のままの湖までドライブするのはたしかに立派な息抜きになるだろう。というわけで、ここではスキー場の開発がいくつか進行中で、それを一年中楽しめる高級なリゾート施設に発展させようという計画までである。

毎度のことだが、そうした開発計画は贈収賄の温床となる。しかし州知事は勇気ある行動に出た。製鉄会社の元経営者だった知事は、一期目はプーチンに任命されたが、二期目の公選制のときは大した対抗馬がいなかったこともあって正式に当選した。その二期目以降、彼は開発業者たちを相手に闘った。彼らは国有地を安く手に入れ、それを何倍もの値段で売って暴利をむさぼってきた。知事は、そうやってだまし取られた金を取り戻し、減り続ける州の財源にあてると語った。それを聞いた大勢の州民は、こう考えずにはいられなかった。「これって、業界同士の争いが形を変えただけなのか？それとも真剣に大改革をしようとしているのか？」

不規則に広がるチェリャビンスク市から南へ十六キロほど行くといくつもの村にたどり着くが、どこもまったく落ち着きのない、統一性に欠ける郊外住宅地へと変貌しつつある。四階建てのマンションが平屋の二家族向けコンクリート住宅の隣に建っているといった具合だ。ここでは建築規制が話題になることもなければ、コミュニティという意識もない。ソ連崩壊から二十有余年経ってもいまだ混沌としており、インフラ整備の話になると、誰に責任があるのかはっきりしない。各市町村は州に財政依存しているので、そうした整備費の使い道についてはまず何も言えない。

私はさらに車で南下して人里離れた村に着いたが、まるで百年以上前から時が止まっているようなところだった。上水道はなく、共有の給水場があるだけだ。近くの森から勝手に拾ってきた薪の山があったが、これが暖を取るための唯一の熱源なのだろう。私がニューヨーク市から車で三時間のところに住んでいると言うと、ロシア人は親しみと恐れと好奇心の混ざった表情で私を見つめる。しかし週末をログハウスで過ごすことと、ロシア人が連想する入植地――でこぼこ道だらけで、公共施設や店舗がなく、土地への誇りもない――で暮らすことは、まったく別のことだ。私が住んでいる村には寄附で運営されている充実した図書館があり、救急や消防活動は有志で賄っているのだと話しても、まったく理解を得られなかった。「えっ、自分の村にお金を寄附するなんて考えたこともない。そんなことをしたら盗まれるだけ！」と友人は呆れたように言った。コミュニティの意味が何であれ、ここロシアでは、かつて強制的に所属させられた「集団」は消えてしまった。誰もがそこから出て、自力で生きている。そして今や誰もが高いフェンスに囲まれて暮らし、隣人や地元自治体を疑っている。だがその自治体は州政府の言いなりであり、最終的にはクレムリンの言いなりだ。この現状に対して誰も抗議すらしない。

一九八〇年代後半の話だ。著名なソ連のジャーナリストがボストンでの会議のためにアメリカにやって来た。ソ連はひどい物不足の時代だったので、彼は友人や親戚に頼まれた長い買い物リストを持っていた。ところがせっかくの週末に、主催者側のアメリカ人がボストンからバーモント州の田舎町に彼を連れ出した。彼は買い物リストのことが気がかりだったので、車の中で怒り出してしまった。アメリカ人はバーモントへの道すがら、必要なものはすべて購入できるから心配ないと請け合ったが、彼の怒りは収まらなかった。しかしだんだんと彼も、アメリカの田舎がどういうところかなのかを理解していった。ショッピングモールに案内され、リストにあったものをすべて購入できたときには衝撃を受けた。もちろん彼だって、アメリカの都市はソ連の都市よりもはるかに商品が豊富であることぐらい知っていたが、さすがに村はソ連とさほど変わらないと思っていたのだろう。ところがアメリカの田舎の実態を知って、自分の国はアメリカにはとうてい追い着けないと悟り、絶望したという。

共同出資会社イリンカ

チェリャビンスク市から車で三十分ほどのところにかつて国営農場があった。五人の元農場幹部は、ソ連崩壊後の市場経済への移行を――障害は山ほどあったが――好機ととらえた。彼らは独立することを決意し、自営農家になった。五人は、チェリャビンスクの村に大勢いるドイツ系ロシア人だった。彼らの祖先は数百年前にロシアに新天地を求めてやって来たが、第二次世界大戦が始まるとスパイ予備軍とみなされ、逮捕されるか、前線から遠く離れた土地に強制移住させられた。ソ連崩壊後はドイツへの移住を希望する人が増える中、五人はロシアに留まり、ドイツ政府がロシアにいる同胞向けに開始した研修プログラムに参加した。彼らはヨーロッパに数か月滞在し、農場で働いた。チェリャビンスクに戻ると、自分たちが欧州で見てきたことを再現しようとした。

チェリャビンスクの土が驚くほど黒く、肥えているのは、ロシアの「黒土地帯(こくど)」に属しているからだ。だが作物の生育期間は短く、ヨーロッパに比べると降水量が少なかった。それこそがロシアの呪い――「土地は肥沃なれども気候条件に恵まれず」というわけだ。さらに、この地方の天候は気まぐれに変わる。五人はゼロから始めなければならなかった。彼らには新しい知識と決意と夢しかなかった。初めの一年で、仲間の農家の大半が失敗した。それを目の当たりにした彼らは、自力で生き延びるしかないといよいよ覚悟を決め、さらに仕事に精を出した。

二十年が経った。彼ら五人の共同出資会社イリンカは生き延びた。彼らは耕作放棄地を少しずつ購入したり、借り受けた。だが耕作放棄地はいたるところから木が生え、すぐに元の林に戻ってしまう。農地に戻すには大量の労働力が必要だった。彼らには農業機械もなく、穀物栽培に必要な十分な土地もなかったので、少ない面積で済む野菜栽培を始めることにした。まず灌漑用水を引き、持てるものをすべて農地に費やした。粗末な倉庫を建て、収穫した野菜を保存してすぐに安値で売らなくて済むようにした。ヨーロッパでの実習で、市場メカニズム――規模は小さいが――の原理を学んでいたのだ。しかし、彼らの事業に賛同しない、腐敗した役人たちから絶えず賄賂を要求された。やがて、改良されたロシア製トラクターを外国製トラクターの数分の一の値で購入できるようになり、さらに国内産農機具も手に入れられるようになると、だんだんと支出を抑えることが可能になった。今でも外国から購入している物があるのかと尋ねると、イリンカの重役であるアレクセイ・リップは即答した――「コンバインと種」。もし西側諸国が種の輸出を禁止したら、ロシアの農業は一晩で弱体化してしまうだろう、と彼は言った。

リップはチェリャビンスクの天候不順を考慮して、政府保証の農業共済に入った。ある年の春、農地が洪水で水浸しになったのだが、彼の机に置かれた三十センチもの高さの大量の共済証書は何の役にも立たなかったという。損失がどれほどのものかを証明できなかったからだ。穏やかな言葉ながら、この共済制度は体の良い詐欺みたいなものであり、政府の役人の金儲けでしかないと彼は言う。そして、自分がもっと賢かったらあのお金を農場に使っていただろうに、と悔しそうにこぼした。彼が政府保証の農業共済に入ることは二度とないだろう。

アレクセイ・リップは大変な苦労をしてきたので、再び自営農家になることも、子供たちが同じ道をたどることも望んでもいないそうだ。しかし良くも悪くも、それが彼の仕事だ。彼ら五人は最近、自分たちの会社を農業関連企業に売却し、雇用される側の人間に戻った。それが会社の発展に必要な投資を得る唯一の方法だったからである。今やイリンカは、泥のついた野菜を嫌う目の肥えた消費者を相手にしている。野菜を洗って袋詰めにする機械も導入した。次は自分たちの野菜ブランドを作ろうと計画している。有機野菜へのわずかだが新たな需要について質問すると、リップは大笑いしながら答えた。「農薬を買うお金はまだないから、うちの野菜は最初から有機だよ」

彼らは自分たちの経験を新しいビジネスに応用しようと計画している。ＩＴサービスマネジメントである。この州で頑張っている農家同士を結びつけ、彼らが必要とするサービス――レンタル農機具の入手から法的支援、融資、マーケティングに至るまで、彼らに足りないものすべてを提供し、農業の発展の手助けをしたいと考えている。

農業の未来

ロシアの農業は一九九〇年代の廃墟の中から少しずつ蘇りつつある。農地取得の際の規制も緩和された。それを利用して成功したのが、前州知事のミハイル・ユレーヴィチだ。彼は一九九〇年代になぜか旧国営パスタ工場のオーナーになると州南部の肥沃な土地を数千エーカーも買い漁り、ロシアの「マカロニ王」になって一財産を築いた。今やロシアは再び穀物輸出国となったが、生産量は安定しておらず、信頼性に欠ける。一エーカーあたりの生産量は西側諸国よりかなり低い。旱魃や洪水にも左右される。ロシア政府は大口の農産物輸出契約には繰り返し干渉し、国内への供給と価格を維持するために規制をかけて穀物農家を犠牲にしてきた。だから彼らは幸せな有権者ではないし、かといってイリンカのような野菜農家でもない。プーチンが西側諸国によるロシアへの経済制裁の対抗処置としてヨーロッパからの農産物輸入を禁止・制限したため、野菜農家は増産に努めているものの、そのための設備投資やローンがかさんでいる。収支はおおむねプラスマイナスゼロの状態である。

ロシア政府は国内市場向けに生産している農家に、あらゆる種類の奨励金や助成金の充実を突然約束し、ヨーロッパからの農産物輸入禁止を「ロシアの農業にとって絶好のチャンス」とアピールした。政府は輸入農産物への依存を断ち切るという誓いを繰り返すとともに、二〇二〇年までに食糧の完全自給を達成したいと考えている。国の逼迫した財政を考えると、そうした奨励金や助成金は遅きに失したか、焼け石に水だと、当の自営農家は思っている。増産を要求するのならば、長期間にわたる持続的支援でなければならないと彼らは強く主張する。

農業や畜産業の今後の課題は、農業技術指導者や獣医師などに、いまだに原始的な状態の村で起居を共にしながら実地指導をしてもらうことだ。彼らの住まいをイリンカのような農業者が用意できるように、政府は建築資材を提供すると約束した。だが最大の課題は、農業機械の運転・整備ができるまじめな農場労働者の確保だ。ロシアの農村の若者は低賃金・長時間労働の農業を嫌い、近隣の都市や町にあこがれる。ほぼどんな仕事でも、もっと稼げるからだ。

ロシアはさまざまな高い目標を掲げているが、その割には人口が少ない。ロシア人の代わりとなる農業労働者を確保する必要がある。イリンカをはじめさまざまな農家や農業法人が、タジク人やウズベク人といった旧ソ連邦の諸共和国の中でも最貧国の安い移民労働者に頼らざるをえない。しかし非ロシア系外国人労働者の制限枠は厳しくなる一方で、とくにムスリムが圧倒的に多い国からの労働者は減る一方だ。

イリンカの畑から数キロ離れたところで、中国人が使われていない土地に木の切れ端とビニールシートで作った粗末な温室を建て、夏の間にトマトとキュウリを育てて傍らの店で売っていた。近隣のロシア人の話では、こうした中国人季節労働者はあらゆる規則を無視し、温室に寝泊まりしては木を伐採したり、使用した水の代金を支払わなかったりするという。

中国人農夫は年間六か月働くために満州からぎゅうぎゅう詰めのシベリア横断鉄道に乗り込み、嬉々としてロシアにやって来る。カリフォルニアにいる大勢のメキシコ人同様、仕事のチャンスを求めて大移動するのだ。自国にいるよりもはるかに稼げるし、ロシア人のもとで賃金労働者として働くよりも、粗末な温室で栽培した野菜を相場より安く売るほうが儲かる。働き手が見つからないロシア人農家は、この不公平な競争にずっと抗議してきた。

私の取材に応じてくれたチェリャビンスク州農業省の役人は、中国人が法の目をかいくぐって商売をしていることを否定しなかったが、なぜそんなことができるのかという質問の答えには窮していた。理由は賄賂だと考えれば、納得がいく。さらに、現在ロシアは西側諸国の代わりに中国にますます接近しているので、中国人の傍若無人な行動には目をつぶっていると考えられる——地元の人間には目を配っているのだが。

ロシアのマスコミは、中国人がロシアの極東を占領しつつあると注意を促すような報道をよくするが、彼らはロシアの全移住労働者のほんの一部にすぎない。チェリャビンスク市のある成功した中国人実業家は、数年前にレストランを始め、今では手広く商売をしている。その彼が、中国人農夫が季節労働者としてここにやって来ることはありえるが、彼の新しい製靴工場や家具工場で働いてほしいような中国人技術者や熟練労働者はもはや確保できなくなったと嘆く。そうした技能労働者は中国で働くほうが高収入を得られるからだ。現在のロシア経済をよく物語っている。

ユーリイ・グルマン

私の断続的な南下の旅は続いた。冬のある日曜日に私はチェリャビンスク市から南へ車で二時間走り、何キロも続くカバノキの林を通り抜けた。それはまさに目もくらむような旅で、カバノキの黒と白の樹皮が揺れるストロボのように点滅して見えた。私は「外国の代理人」と会うことになっていた。地元の活動家であるユーリイ・グルマンは、否定的な意味を込めてそう呼ばれてきた。彼は外国から資金提供を受けていた選挙監視団体「ゴロス」の元代表である。地元支部はもはや外国から資金を得ていないが、地元のメディアは彼を「スパイ」あるいは「裏切り者」としていまだに引き合いに出すことがある。

ホムチニノ村へ続く幹線道路は驚くべきことにきれいに舗装されていたが、村に着いた途端、泥道になった。村にはかつて集団農場があり、今でもコンクリート製の平屋の家と地上を走るガス管が残っている。ざっと見たところお勧めできるようなものは見当たらなかったが、ロシア正教の新しい木造の教会だけは一見に値する。その教会は一九三七年に解体された教会の礎の上に建てられていた。

教会の前には寒風対策に厚着した年配の女性が立っていて、明らかに誰かを探していた。私と彼女はしばらくうろうろしていたが、とうとう相手に話しかけ、互いが探していた人物だとわかった。私はユーリイが迎えに来るものとばかり思っていたが、彼は生まれたばかりの赤ん坊と幼い息子の世話をしなければならず、代わりに母親をよこしたのだ。

ユーリイの母親はポケットから大きな鍵を取り出し、教会の扉を開けた。中は簡素な田舎風で、マツ材の壁にはイコン（聖像画）が何枚か掛けられていた。新しいイコンもあれば、教会が解体される前に持ち出され、何十年にもわたって村人の家で大事に保管されていたであろうイコンもあった。内部の重々しさと郊外の教会らしいキンキラの外見はまったく対照的だが、妙に寛げて、居心地が良かった。教会のすぐ隣にはかつて小学校があり、司祭一家がそこに住んでいたそうだ。壁紙がはがれ、ひどい湿気の、何かの建物の残骸のようなこの廃校は、教会ができるまでの「仮の教会」兼司祭一家の仮住まいとなり、司祭は教会の建設を監督した。その後、司祭一家は別の村に引っ越したが、時間が許せば礼拝を捧げるためにこの村にやって来るという。

母親が教会に居着いた猫たちに餌をやり終えると、私たちはユーリイの家に向かった。底冷えのする冬の日には、彼の家は居心地良さそうに見えた。それは、ソ連時代のコンクリートと鉄屑と廃材が豊かな想像力で絶妙に混ざり合った家だった。防犯とプライバシー保護のためのお決まりの塀の内側には小さな中庭があり、バーベキュー用のオーブン、果樹、プラスチック製の奇抜な池、伝統的なロシアのサウナ、夏の菜園の名残があった。家に入ると、「アメリカのビリヤード台」と誇らしくもいわくありげに呼ばれている物体が玄関ホールを塞いでいた。そこは、村の若者が楽しみを求めてやって来る数少ない場所だ。玄関ホールの先にある広い部屋には壁沿いにベッドがあり、「自家製ビール」が揃ったバーカウンターと、ロシア料理が所狭しと並んだ大きなテーブルがあった。肉団子。ビーツソース。魚の塩漬け。サーロ（豚脂身の塩漬け）。サーロはウオツカのつまみとして最高だと耳にたこができるほど聞かされてきたが、まだ食べたことがない。

幼い息子にレゴをあてがい、ユーリイがやっと家族や友だちの話に加わった。この村で育ったユーリイは、人口千五百人のこの村が生き延びるための投資を呼び込む方法はないかと思案中である。彼は、土地開発でより大きな発言力を持てるように町村会を作ったことがある。だが現状はと言えば、かなり理不尽がまかり通っている。たとえば州政府はホムチニノ村の小学校を拡張する必要があると最近決定したが、村の子供の数は減っているので現状にそぐわない。学校の拡張で誰かが得をするのだろうが、だとすればそれは村が口をはさむべきことではない。一方、村のコミュニティセンターの修復に使われるはずだった予算は地元自治体に持って行かれ、庁舎の修復に使われてしまった。だから この村には皆が集まれる場所がどこにもない。私は店やカフェすら見つけられなかった。

ユーリイは数名の市長を説得して、透明で納得のいく予算編成と予算執行について地元の役人による説明を要求する文書に署名してもらった。しかしその行動は州政府から直ちに批判された。署名した大半の市長は政治生命が脅かされるのを恐れ、署名を撤回した。

自治体の選挙が近づくと、プーチンの統一ロシア党の党員がチェリャビンスク市からやって来て、もし政権与党に投票しなかったら財政支援はすべて打ち切る、と村の有権者を脅した。それを知ったユーリイは選挙に立候補し、「アメリカのスパイ」と悪口を叩かれていたにもかかわらず、総投票数の実に三十六パーセントを獲得した。

ホムチニノ村は、一九九〇年代に「略奪」された。村の集団農場の議長は政府からの命令通りに皆で土地を分け合うのを拒否し、着服した。その後、集団農場は民営化されて酪農場に変わり、村人はそこで月百ドル以下の月給で働いている。経営はうまくいかず、酪農場は借金を抱えている。村にあったサナトリウムは、おもに国から補助金が支給されるような患者が脳溢血や心臓発作の予後のために療養する場所だったのだが、ここもまた――恥知らずなことに――勝手に民営化され、経営がうまくいかず借金を抱えている。

このぱっとしない村が観光地になるというのはかなり想像しにくいが、ユーリイにはアイデアがあった。村人が自宅をB&Bスタイルの宿泊施設に変え、観光客に村の農産物や料理を振る舞い、村の暮らしを味わってもらおうというものである。村の集落には何の魅力もないが、周辺にはカバノキとマツの林があり、鉱物組成が異なる三つの湖がある。土地開発をして医療施設やレクリエーション施設を作ることもできるだろう。無謀を意味する「ウクライナの冒険」――ユーリイはこの軍事行動を支持していないが――から何か良い結果が生まれれば、国内観光の発展にもつながるだろう。だが公害という州の汚名がそそがれ、ソ連時代の施設がなくならない限り、望みは薄い。

この村に観光客を呼ぶというユーリイの決意が揺らぐことはなさそうだが、彼の無謀な計画に協力するためにチェリャビンスク市から移り住んだ親友は、あきらめかけている。元ジャーナリストのイリーナ・ドゥルマノワは、この村の人たちがいま手にしているものを守り、必要なものを要求するために立ち上がるよう、できる限りのことをしてきた。しかし数年経つうちに、彼らは自分の話を聞きたくないということがわかったと言う。「あの人たちはいつまで経っても受け身のまま。あなたは所有者なのよと伝えようとしても、理解できない。いまだに奴隷のようで、市民であるとはどういうことか、権利を持つとはどういうことかを理解できない」と彼女は語った。けれどユーリイは、これ以上悪くなることはないだろうと言う。今が最低最悪なのだから、人々はそろそろ目を覚ます頃だと彼は考えている。

アレクサンドル・セレズニョフ

カザフスタンとの国境に向かってさらに南下すると、カバノキの林が途切れ、町や村はさらにまばらになった。並木道は起伏に富んだ素晴らしいステップ（大草原）へと変わった。ソヴィエト政府が「処女地」と呼んだ広大な土地がここから広がっている。一九五〇年代から六〇年代にかけて、工場労働者以外の若者がここに送られ、定住して数十万エーカーの土地を耕した。ほとんどの若者は農業訓練を受けていなかった。実業家ロマン［第6章と第11章に登場したプラスチックパネルの製造・販売業者］の両親もここにやって来て、ゼロから始めた。テントや半地下の小屋で暮らしながら、村をつくり、不十分な資材で土地の開拓に奮闘した。砂防工事をしなかったせいで何百万トンもの土が吹き飛ばされてしまったのを目の当たりにしたこともある。一九九〇年代後半には国からの助成金はなくなったが、他の土地へ移るチャンスはいくらでもあったので、ロマンのような若者は村を出て成功した。だが村に残った者の大半は行き詰まってしまった。

チェリャビンスクの大学で知り合った学生のひとりがそうした国境の町の出身だったが、彼女も故郷へ戻る気はまったくない。長い金髪をお下げ髪にしているクシューシャは、ロシア娘のイメージそのままだ。彼女は現在、チェリャビンスク市に山ほどある語学学校のひとつで英語、フランス語、イタリア語――イタリアに一学期だけ留学した――を教えている。彼女は自分の父親に会ってほしいと私に言ってきた。心から父親のことを尊敬しているようだ。何を取材すればよいのかわからなかったが、私たちを会わせようとする彼女の熱意に負けた。娘の留学を許したことを考えると、父親は反プーチン派だろうと私は勝手に想像した。

私たち三人はカフェで会った。娘のクシューシャは都会に出てしまったが、父親のアレクサンドル・セレズニョフはチェリャビンスクから車で五時間南下したところにあるキジールにまだ住んでいた。彼は成功した建築会社のオーナーだった。自力で事業を起こした彼は、子供たち――キジールでの暮らしを嫌がっている――が会社を継いでくれることを願っている。彼は再び公職に戻りたいのである。

アレクサンドルは青い瞳に真四角なロシア風の顔をしていた。彼はアメリカ人に会うのが楽しみだったようで写真を撮りまくっていたが、しかし明らかに私を警戒していた。開口一番アメリカ国民に私は反感を抱いてはいないと言いつつ、アメリカ政府はロシアを弱体化しようと躍起になっていると信じている。かつて「良き共産党員」だった彼は、ペレストロイカのあった一九八〇年代に成人し、今は五十二歳だ。一九九〇年代に父親になったときはどうやって家族を養っていけばいいのか途方に暮れたと言う。だから、ロシアが再び貧しくなり、弱り果てる姿を見たくない。

彼はプーチン個人と、たくましいロシアを目指すというプーチンの理念を支持している。西側諸国による経済制裁は、ロシアを一層発展させる良い機会になると信じている。「制裁に感謝しているくらいだ。これでロシアの農業は発展するだろう」とまで言い切った。彼はロシアのドラッグ問題を西側諸国のせいにしたが、たしかにこの問題は、中央アジアとの抜け穴だらけの国境の町に住む者にとっては深刻だ。多くのロシア人同様、アメリカ軍はアフガニスタンに駐留中にロシア人の健康を蝕むためにケシ栽培を現地住民に意図的に奨励したと彼は信じている。ヨシフ・スターリン批判にも憤然とし、彼は「あの時代に必要な」男だったと主張した。粛清についても、スターリン本人はひとりの人間も殺害していないと言い張る。「彼は国を一新し、強大にした。われわれが今日手にしているものはすべて、スターリンの功績が基になっている」と言ってから、「プーチンあっての、われわれだ」と言い添えた。

アレクサンドルは忠実な元共産党員で、いまだにスターリン支持者だが、ロシア正教会の洗礼を受けている。子供たちにも洗礼を受けさせ、クシューシャが外国語を専攻し、ヨーロッパで勉強するのを応援してきた。現在、父と娘はプーチンの政策――世界と衝突し、世界から孤立している――を支持している。

アレクサンドルの話をじっくり聞いているうちに、彼は「円の正方形化」、つまり不可能なことを望んでいるのではないだろうかという印象を持った。彼はプーチンを支持し、彼の「垂直権力構造」を賞賛している。そして言論の自由の制限には無関心だ。ただしチェリャビンスク州の片隅にある彼の町を発展させなければならないということはよく理解している。しかしそれを実現するためには、町が自力で考え、何が必要かを決定し、汚職に反対し、何千ドルもの滞納税を徴集し、必要ならこの地域のプーチン派の有力者に逆らい、自治体の歳出の肩代わりを企業にさせる悪習を止めさせることが必要なはずだ。彼も認めているが、「保護」もなく、政府や自治体との契約やコネに頼らずに通常のビジネスをすれば、その企業は本来なら税収で賄うはずの社会福祉費を肩代わりさせられ、無理やり大金を支払わされるのである。

つまり、アレクサンドルは「法の支配」について語っているのだ。法の支配がきちんと確立されれば、地元の企業は成長し、それなりの賃金でより多くの労働者を雇える。地元の農業を近代化したいと考えている彼は、農場を統合し、保管・貯蔵施設を作り、マーケティングを改善するためには何を為すべきかを知っている。多くの焦眉の経済・社会問題については、これまで本書で取り上げてきた人たち――実業家のロマン、進取の気性に富むイリンカの五人の農場経営者、孤軍奮闘したリービン医師、反骨のジャーナリストのイリーナ・グンダレワ、「外国の代理人」のユーリイ・グルマン――と彼はまったく同意見だ。ところが、民主主義の定義、ロシアにとっての脅威、世界におけるロシアの立ち位置という問題になると、途端に彼は改良主義者（リフォーミスト）ではなくなる。プーチンを誇りに思っている彼と、ロシアの現状に不安と恐れを抱いている彼らとのあいだには、越えがたい溝が横たわっているのだ。

第18章 レッドライン

チェリャビンスクは、もはや世界から切り離されたソ連の都市ではない。ソ連崩壊から今日までの短い期間に起こった変化は劇的なものではあったが、その多くは良い方向に向かっている。貧富の差ははっきりしているものの、それは決してソ連崩壊後の特異な現象ではない——そのことは十分に理解されている。ロシア人は外国旅行をするようになり、さまざまな情報を入手するようになると、自分たちの問題の多くはどこの国でも、アメリカでも見られることだと知った。今や大量の人々が、エリツィン時代に願っていた暮らしより、ましてソ連時代に夢見ていた暮らしよりもはるかに良い暮らしをしている。

生活水準は向上し、消費財は手に入るようになった。しかし多くのロシア人は、何かが欠けているということに気がついた。大雑把に言えば、ロシア人は自分たちの国は世界の中でどういう立場にあるのかという問題をめぐって、アイデンティティの危機に直面したのだ。ロシア人がロシア人であった最後の年は、ロシア革命が起こった一九一七年であると言ってよい。ソ連時代の「アイデンティティ」は長い期間存在したものの、多くの点で人工的な作り物だった。そしてソ連崩壊の頃には、ロシアとは何か、ロシア人であるとはどういうことかをわかっている人など皆無になっていた。結局、「ロシア」は民主主義を実践することや自由を愛することに――ソ連崩壊時には願った人がいたかもしれないが――さほど関心がなかったのだ。やがてロシアは一九九〇年代の「ショック療法」に耐えた。当時は生き延びることに必死で、アイデンティティの問題は脇に追いやられたのだろう。そして現在――二十一世紀――、「ロシア人」であることの意味を定義する研究が多くの分野で行なわれはじめている。

ウクライナ危機、ヨーロッパの経済制裁、原油価格の急落の影響で、ロシアの日々の暮らしは悪化してしまった。プーチンのクリミア併合と、それに続くウクライナ東部での彼の「冒険」を歓迎したときの最初の高揚感は、敵に包囲された要塞の中で暮らしているようなみじめな感覚へと変貌した。

チェリャビンスクでは、今やキーロフカ通りの石畳の道――二〇一二年のあの素晴らしい晩秋の日に散歩したあの通りだ［第2章］――には「貸し店舗あります」の看板が目立つ。ショッピングモールに次々と出店していた外国ブランドは規模を縮小しているし、レストランは悪戦苦闘している。格安の外国旅行を売りにしていた旅行代理店は閉店しようとしている。ルーブルの対ドル為替レートがここ数年で半減してしまったので、外国旅行ができるような人は多くはいない。残っている旅行代理店は国内旅行に力を入れているが、観光地の施設はまだまだ不十分で、外国旅行にすっかり慣れてしまった旅行客を満足させられそうもない。新たに併合したクリミアの、太陽が降り注ぐビーチですら、ロシア人旅行者を引きつけることはなさそうだ。旅費は安く済むかもかもしれないし、「自分たちの国」かもしれないが、ウクライナから切り離されたクリミアでは、停電や食糧不足は日常茶飯事だ。

プーチン政権下で十年以上にわたる安定と高い生活水準に慣れてしまったロシア人は、こうした新たな試練を静かに受け入れはしないだろうと語った人が多かった。ところが西側諸国の経済制裁は、今のところは意図したものとは正反対の結果をもたらした。多くのロシア人がプーチンを中心に結束するようになったのだ。元医師で、その後IT専門家になった友人のイアコフは、かつては年に一、二回の慎ましい外国旅行を楽しみ、旅先で知り合った外国人の友人もずいぶんと増やした。しかし今はモスクワへ年に一回行くのがせいぜいだ。彼はプーチンを支持していない。しかしデモに参加する気もない。彼は移住を考え始めている。

レッドライン

もしプーチン政権が権力に留まることを願ったら、できないことなどあるのだろうか? 評論家たちはロシアの未来の選択肢を検討し、プーチンが越えてはならない一線、つまりレッドラインをいくつか具体的に挙げた。それはどれも争点になるものばかりで、考えるだけで頭がくらくらしてくる。

まずインターネットだ。私がチェリャビンスクの「リベラルな」友人たちに、プーチン大統領のレッドラインは何かと聞くと、まず返ってきた答えが「インターネット」だった。もし政府が厳しくインターネット規制をしたら、それは政治に無関心な若者を反体制運動へ駆り立てることになると――多少希望を込めて——彼らは思っている。しかしクレムリンは抜け目なく振る舞い、比較的自由にインターネットを使えるようにしている。深刻な脅威とみなした者に対しては、監視したり、脅迫したりしているのは事実だが、「今のところは、インターネットはおおむね問題ない」と友人たちは認めている。

インターネット上の反政府的発言に対する脅迫は、慎重に選び抜かれた方法で行なわれる。たとえば、従順な判事を利用したり、「過激活動対策法」を拡大解釈したりして合法的に行なうこともあるが、ウェブサイトか電話を通じて匿名警告をすることもある。電話の場合は謎めいた声で、「第五列［戦争のときに敵方の国家に味方する人々］」「裏切り者」などと罵り、ときには「おまえは死刑だ」と不吉な言葉で電話を切る。そうした脅迫は当局に大目に見られているという噂が広まっていることもあり、実際に連邦保安庁に苦情を訴えてもたいていは無視される。

ボリス・ネムツォフ

反政府派の人々——チェリャビンスクでは大した数ではないが——は、孤立感を抱き、意気消沈し、および腰にもなっていた。反政府派のリーダーで暗殺されたボリス・ネムツォフの二〇一五年三月の追悼集会に、モスクワでは数万人が参加した。それは悲しみだけで結びついた、打ちひしがれた人々の集まりであり、何か戦略的な行動に出るための集会ではなかった。一方、同じ週末にチェリャビンスクのような地方都市でも追悼集会があったが、ほんのひと握りの人間しか集まらなかった。

チェリャビンスクのジャーナリスト「L」は、昔は反政府派の抗議集会に参加したが、今は家にこもっている。怖じ気づいてしまったのではなく、そんなことをしても無駄だという無力感からだ。彼女は、反政府派が壊滅させられ、やがて自滅するのを目の当たりにした。また友人や家族が、彼女が言う「ウクライナにおけるプーチンの犯罪行為」をめぐってぎくしゃくした関係になるのも見てきた。彼女にとって不思議であり、やや驚きでもあるのは、かつては「基本的人権」や「過去との決別」について同意見だった人たちが、「ロシアによるクリミアの不法占拠」に今では拍手喝采していることだった。さらに、彼らはロシアがヨーロッパのコミュニティから独立することを望み、欧米からロシアは何をすべきか、それはいかになされるべきかなどと言われることにうんざりしているのも解せなかった。今や彼女が自分の意見を開陳できるのは、ソ連時代の反体制派たちのように、キッチンにいるときだけになってしまった。プーチンの政策を静かに反対する大勢の人たちと同じく、彼女もまたやる気も希望も失ってしまった。彼女は冷戦の備えをしているという。

鉄鋼労働者のユーラ・コヴァチは、自分の給料の価値が四割も下がるのを目の当たりにして愕然とした。にもかかわらず、強い指導者であるプーチンを支持している――プーチンは中産階級を作り、社会福祉を向上させ、国を統一し、ロシアの誇りを取り戻してくれた。「ウクライナを見るがいい。あそこはここよりずっと汚職がはびこり、ばらばらだ」と彼は言う。ところが私が彼の本音を引き出そうと粘ると、今の政府を支持する気持ちと同じくらい強く、変化が怖いのだと告白した。彼もまた大多数の人と同じように、信頼できる指導者がプーチン以外にいないから支持しているのであり、エリツィン時代の「カオス」や「無政府状態」が繰り返されるのを望んでいない。クレムリンの目と鼻の先にあるモスクワ川の橋の上で起こったボリス・ネムツォフ殺害事件は、彼の家ではほとんど話題にならなかった。ネムツォフ殺害を賞賛する者などいないのは間違いないが、エリツィン時代に一躍有名になったネムツォフは、コヴァチのような人々にとっては一九九〇年代の混迷の時代を思いださせる人物でもある。ロシアのハートランドでは、ネムツォフはとうの昔に支持を失っていた。

軍事費と社会保障費

今までのところプーチンは、ロシアが抱えている問題を西側諸国に責任転嫁することに成功してきた。しかしながら彼はいま、年金制度と社会福祉制度を維持し、同時に少子化対策に取り組み、しかも軍事費を大幅に増加させるという離れ業をやってのけようとしている。そうした社会保障制度は完璧ではないし、問題点も多かったが、それでもセーフティーネットの役割はおおむね果たしてきた。「国民生活への配慮」はプーチン政権の重要な特徴であるが、軍事費を増加させせながら提供し続けるのは無理なことなのかもしれない。

一方、セーフティーネットの穴を埋めようとしている多くのNGOへの財政支援もまた、おぼつかない状態だ。外国からの資金提供に対して新たな規制（「外国の代理人法」など）が設けられ、その代わりに国費でNGOを支援しようという、いわゆる「大統領の補助金」政策が始まると、各NGOはその数百万ドルをめぐる争奪戦に勝ち残らなければならなくなった。この補助金は、チェリャビンスクなどの地方都市では「非クレムリン支持団体」へ与えられたこともあった。これは政府による陽動作戦だ、恐ろしい挑戦者になるかもしれない人々を抑圧する一方で、公平そうに見せかけながら反政府的な意見の持ち主を買収しようとしているのだ、と主張する人がいる。いずれにせよ、二〇一五年の経済の悪化（石油価格暴落など）のために政府は今後はいかなるNGOも支援できないと明言している。

国の諸問題が深刻になるにつれてモスクワの反政府グループは内部分裂するようになり、自分たちを支持しないのは「無知蒙昧」だからだ、などの激しい発言が出るようになってきた。チェリャビンスクの弁護士オルガはそうした十把一絡げな非難に立腹し、自分は国営テレビに洗脳された「ゾンビ」ではないと主張した。英語が堪能なオルガは世界中のさまざまなウェブサイトの記事を読んでいる。ウクライナ東部でロシア軍が戦闘に参加していることをプーチンが認めようとしないことは不満だが、ロシアのウクライナへの内政干渉には賛成している。経済制裁による厳しい代価を支払っている一方で、最後にはロシアが強くなることを期待している。「ロシアはいま国内生産力を高めようとしています。これには長い年月がかかるでしょうけれど、誰もがそれを理解しているし、私たちには待つ覚悟ができています」

あの日、隕石は空に軌跡を描き、破片を飛散させながら、チェリャビンスクの湖の底に静かに沈んでいった。あの隕石のように、崩壊したソヴィエト連邦も静かに水の底に沈んでいってほしいと世界中の人々が願った。ソ連は博物館の展示室に去り、代わりに優しく従順なロシアがやって来るのだろうと期待した。しかし、そんなことは起こらなかった。沈んだ隕石は小さな破片となって今も水面に浮かび上がり続け、その波紋は遠くへ広がっているように思える。

謝辞

本書には、旧ソヴィエト連邦と現ロシア連邦に関する約四十年にわたる私の取材の成果が収められている。私が本書を上梓できたのは、外国特派員仲間の友情と、心の扉を開いて話をしてくれた大勢のロシア人の勇気のおかげである。

一九九三年に私が初めてチェリャビンスクを訪れたとき、外国人と接することへの恐怖はだいぶ薄らいでいたが、再び警戒心が戻ってきたように思う。本書で名前を挙げた人たち以外にも何十人もの人が取材に協力してくれたが、彼らは匿名であることを今は望んでいる。匿名者の正体は本人だけが知っている。皆様には心からお礼を申し上げる。

感謝の気持ちを伝えたい人はアメリカにも大勢いる。アルフレッド・フレンドリー、ローレン・ジェンキンス、ダグ・ロバーツ、ジョン・フェルトン、デイヴィッド・ジョンソン、エリザベス・ベッカー、ジャンネ・ノーラン、ケイト・ブラウン［『プルートピア』の著書（第16章）］、デボラ・ウィリス、ドロシー・ウィッケンデン、ティーニー・ジマーマン、フィル・リーヴス、アン・クーパー［元特派員の大学教授（第15章）］、マシュー・バン、ニック・ロス、ホリー・アトキンソン、エイミー・バーンスタイン。彼らはいろいろな形で私に力を貸してくれた。

本書の版元であるファラー・ストラウス・ジロー社の社主ジョナサン・ガラッシ［著名な編集者、

詩人、詩の翻訳家でもある」は、ロシアが話題に上らなかった頃から本書に注目し、出版を決断してくれた。編集者のアレックス・スターは本書が何とか形になるように辛抱強く見守り、力を貸してくれた。誤りがあれば、すべて私の責任である。マーク・ファウラーは、法律上の疑問について丁寧に教えてくれた。

一九八〇年代に私が「好ましからざる人物（ペルソナノングラータ）」としてソ連から強制出国させられたときに、私はヴィント・ローレンス（未来の夫）に「いつかあなたと一緒にここに戻ってきたい」と言った。当時はばかげた願い事のように聞こえたはずなのに、彼は「そうしよう」と優しく答えてくれた。だが約束を果たす時が来るとは予想もしていなかっただろう。ところがソ連は崩壊してしまい、私は再びビザを取得できるようになった。私が一九九〇年代にロシアに赴任することになると、ヴィントは私との約束を果たし、一緒に来てくれた。その後も、チェリャビンスクへの長期にわたる取材旅行で私を支え続けてくれた。というわけで、本書を最愛の夫ヴィントに捧げる。

アン・ギャレルズ

訳者あとがき

本書は *Putin Country: A Journey into the Real Russia* (Farrar, Straus and Giroux, New York, 2016) の全訳である。二〇一三年にロシア連邦のチェリャビンスク州に隕石が落下したところから始まる。約千二百名の負傷者（奇跡的に死者はゼロ）が出て世界的なニュースになり、ユーチューブにも隕石落下の衝撃映像が投稿されたので、ご記憶の方もおられるかもしれない。その「チェリャビンスク」という、ウラル山脈の南端にある日本人にはあまり馴染のない州と同名の州都が本書の舞台である。

一九九一年にソヴィエト連邦が崩壊したとき、著者のアン・ギャレルズはアメリカの公共ラジオネットワークであるNPR（ナショナル・パブリック・ラジオ）の外国特派員だった。一九七二年に大学を卒業し、アメリカの当時の三大テレビネットワークのひとつだったABC（アメリカン・ブロードキャスティング・カンパニー）に入社した著者は、ロシア語が堪能だったため、モスクワに赴任。やがてモスクワ支局長となるが、一九八二年に「好ましからざる人物（ペルソナノングラータ）」としてソ連から強制出国させられる。一九八八年にNPRに入社し、外国特派員として世界中を取材してまわった。一九九一年にソ連が崩壊してロシア連邦が誕生すると、再びロシアに入国できるようになる。西側メディアがソ連崩壊という「激震後」のようすを政治、経済、文化の中心であるモスクワから発信し続ける一方、その余波をもろに受けたはずのロシアのあまたの地方都市に、自分自身も含む世界のメディアが無関心であることに疑問をもった——と同時に反発も覚えた——著者は、どこか適当な地方都市を選んで市井の人々が「激震後の瓦礫の中を恐る恐る進むようす」を定点観察したいと思うようになる。ロシア人なら誰もが言う「モスクワは真のロシアではない」という言葉も彼女の背中を押した。一九九三年のことである。

ひとつの都市に絞り切れなかった著者が運を天に任せて選んだのは——壁の地図に向かって鉛筆を投げたのだが——、ロシアのハートランドともいうべきチェリャビンスク州の州都チェリャビンスク市（人口百十三万人）だった。石炭と鉱物が豊富な同州は、第二次世界大戦中は軍需産業が栄え、なかでも州都は「タンコグラード（戦車の町）」と呼ばれるほど「大祖国戦争」に貢献した。戦後は州内の閉鎖都市に秘密の核兵器工場が建設され、アメリカとの冷戦を支えた。そんなチェリャビンスクに住む人々は、自分たちが「ソ連を救ってきた」と自負している。ソ連崩壊後も製造業中心は変わらず、工業都市が多いため、不名誉なことに大気汚染で有名な州となった（本書のカバーはチェリャビンスク市）。誇りと屈辱を同時に抱えた人々が住むチェリャビンスク市を、著者は一九九三年の初めての訪問から本書脱稿直前の二〇一五年までの足かけ二十三年間、特派員としての多忙な生活の中で時間を作りながら、一年に一回のペースで訪れた。その間には二〇〇三年のイラク戦争もあった（著者はバグダートに最後まで残って報道し続けた十六名の欧米ジャーナリストのひとり）。NPR退職後の二〇一二年には同市に長期滞在して取材しながら、本書を書き始めた。ソ連に初めて赴任した一九七〇年代半ばから数えれば、約四〇年にわたるソ連邦とロシア連邦に関する著者の取材の集大成と言える。

本書は十八の章からなる。第1章から第3章までは「カオス」「安定」「アイデンティティ」という章題がつけられ、ソ連崩壊から十年ごとのチェリャビンスクの変化をロシア全体の歴史の流れとともに追っている。経済的に見れば、「豊かではなかったが困窮はしていなかった」ソ連時代から、「家族を養うために売れる物なら何でも売った」どん底の一九九〇年代を生き延びて、プーチン登場とともに十倍近い経済成長（原油・天然ガス価格の高騰）のおかげで、中産階級と消費社会が誕生した繁栄の二〇〇〇年代を迎える。ところが二〇一〇年代に入り、二〇一四年のウクライナ危機以降の西側諸国による経済制裁、二〇一五年の石油価格の暴落で経済に陰りが見え始める。急降下したかと思ったら、急上昇し、再び降下し始めたわけである。まるでジェットコースターだ。

この十年単位の激変の時代のどこを生きたかによって、チェリャビンスクの、ひいてはロシアの世代ごとの意識は異なる。たとえば、一九九〇年代に二、三十代で家族持ちだった人たちはそれこそ家族を養うのに必死だったので、「あの無政府状態には二度と戻りたくない」と積極的にプーチンを支持する人が多い。現在の彼らは決して貧しくない。それどころか一九九〇年代に起業して、まっとうなやり方——多少、賄賂やコネを使ったかもしれないが——で成功して裕福になった中産階級の人たちだ。かたや二〇〇〇年代に生まれ育った若い世代は生まれたときから豊かさに慣れ、自分への関心は高いが、政治には無関心だ。「それ（政治）は自分たちが考えるべきことではない。自分たちよりずっと賢い人間のいる政府が決めることだ」と言い放つ。もちろん、プーチン支持者は世代を超えて存在するが、その多くは「他に成り手がいないから」と本音を漏らす。

プーチンの人生や政治手腕について書かれた文献は多いが、プーチン支持者について書かれたものは少ないように思う。翻ってアメリカの政治を見ると、『ヒルビリー・エレジー——アメリカの繁栄から取り残された白人たち』（J・D・ヴァンス著、関根光宏・山田文訳、光文社、二〇一七年）が、トランプ「支持者」について書かれた好例として挙げられる。ただし、プーチン支持者がトランプ支持者と大きく違うところは、彼らは「ロシアの繁栄から取り残された人々」ではないということだ。

第4章から第15章までは、現在のロシアが抱えている問題（社会福祉、医療、家族、教育、宗教、徴兵、人権、言論の自由、そして何よりも汚職）を、さまざまな職業や経歴を持つチェリャビンスクの人たち（タクシー運転手、LGBT、障害児を持つ親、医師、薬物中毒者とHIV感染者、教師と学生、兵士、受刑者、人権活動家、ジャーナリスト、ロシア正教徒とムスリム）への取材を通して解き明かしていく。それにしても著者がチェリャビンスクで二十数年かけて築き上げた人脈の量と質に驚かされる。数章にわたって登場する人は、実名の人もいれば、たぶんあの人とこの人は同一人物だろうと思われる匿名の人もいる。一回だけの取材の人もいれば、それこそ二十年近く取材を続けた人もいる。印象的な人は数多くいるが、とくにリービン医師（第8章）は彼の出自も含め、興味深かった。それにしても公立病院の医師の給料の低さには驚かされた。桁を間違えたかと、訳すときに何度も見直した。

第16章の「核の悪夢」はじっくりと読んでほしい章だ。チェリャビンスク州にある閉鎖都市オジョルスク市での秘密の核兵器開発計画とマヤーク核施設爆発事故（いわゆる「ウラルの核惨事」）、川や湖への放射性廃棄物大量投棄、被爆者の惨状や補償問題、米ロの核安全保障のための合同プロジェクトなどが描かれ、読み応え十分である。第17章ではチェリャビンスク州の農業を通じてロシアの未来を予見し、第18章ではプーチン大統領にとっての「レッドライン」とは何かを問い、今後のロシアが抱える問題を提起している。そして最後は隕石の話で終わる――心憎い演出だ。

著者の最後のチェリャビンスク訪問は二〇一五年である。その後のロシアに大きな変化は今のところないが、二〇一七年に入ってからは三月末と六月半ばに野党指導者でブロガーのアレクセイ・ナワリヌイ（第15章）がSNSで呼びかけた大規模な反政府デモ（きっかけはメドヴェージェフ首相の不正蓄財）が起こった。ナワリヌイの呼びかけに応じて、モスクワを初めとするロシアの主要八十都市でもデモが行われた（全土で数万人規模）。二〇一八年三月にはロシアの大統領選が予定されている。現段階ではナワリヌイは出馬を目指しているが、何度も逮捕され有罪判決を受けているので難しいと言われている。やはりプーチンのひとり勝ちなのだろうか？　大統領選の動向を追ううえで、「プーチンの国」の住人について理解することは必須である。本書がその一助になることを願っている。

本書を訳すにあたりさまざまな文献を資料として活用したが、以下の五冊がとくに参考になった。ここに記して感謝申し上げる。

『プーチンの世界――「皇帝」になった工作員』（フィオナ・ヒル、クリフォード・G・ガディ著、濱野大道、千葉敏生訳、畔蒜泰助監修、新潮社、二〇一六年）

『セカンドハンドの時代――「赤い国」を生きた人びと』（スヴェトラーナ・アレクシエーヴィチ著、松本妙子訳、岩波書店、二〇一六年）。著者は二〇一五年ノーベル文学賞受賞者。この本のおかげでチェリャビンスクの人たちの言葉――「家族を養うために売れる物なら何でも売り始めた」（第2章）、「遺族は自分で棺を作り、墓を掘らざるを得なかったからだ。『それは受け入れがたい、屈辱的なことだったわ』」(第14章)――が意味する具体的な状況を知った。

『プーチンとG8の終焉』(佐藤親賢著、岩波新書、二〇一六年)。タイトルに「ウクライナ」という言葉はないが、ウクライナ危機の推移や背景を理解するのに役立った。

『プルートピア――原子力村が生みだす悲劇の連鎖』(ケイト・ブラウン著、高山祥子訳、講談社、二〇一六年)。著者が第16章で引用した本。

『ウラルの核惨事』(ジョレス・メドヴェージェフ著、佐々木洋監修、名越陽子訳、現代思潮新社、二〇一七年)。一九八〇年に刊行(原書)された名著の新訳。

なお巻頭には著者の承諾を得て、日本語版独自の年表を付した。参考にしていただければ幸いである。

最後になりましたが、私の質問に丁寧に回答してくださった著者のアン・ギャレルズさん、的確なアドバイスをしてくださった原書房の中村剛さんに心からお礼申し上げます。

二〇一七年七月

築地誠子

アン・ギャレルズ（Anne Garrels）
アメリカのジャーナリスト。外国特派員。作家。1951年マサチューセッツ州生まれ。72年にハーバード大学ラドクリフ女子大学卒業後，ABC（アメリカを代表する放送局）に入社。モスクワ支局長，中央アメリカ支局長等を歴任。88年，NPR（ナショナル・パブリック・ラジオ）入社。チェチェン，ボスニア，コソボ，アフガニスタン，パキスタン，イスラエル，イラク等を取材。2012年にNPRを退社後はフリー。2003年，国際女性メディア財団「勇気ある報道賞」受賞。2004年，ジョージ・ポルク賞（ラジオ報道部門）受賞。著書に『Naked in Baghdad』（2004年）と本書『プーチンの国 Putin Country』（2016年）がある。

築地誠子（つきじ・せいこ）
翻訳家。東京都出身。東京外国語大学ロシア語科卒業。訳書に『紅茶スパイ』（サラ・ローズ著，原書房），『さむらいウィリアム』（ジャイルズ・ミルトン著，原書房），『レーニン対イギリス秘密情報部』（ジャイルズ・ミルトン著，原書房），『スタッズ・ターケル自伝』（スタッズ・ターケル著，金原瑞人・野沢佳織との共訳，原書房），『ヒトの変異』（アルマン・マリー・ルロワ著，みすず書房）などがある。

プーチンの国（くに）
ある地方都市（ちほうとし）に暮（く）らす人々（ひとびと）の記録（きろく）

●

2017年7月28日　第1刷

著者………アン・ギャレルズ
訳者………築地誠子（つきじせいこ）
装幀………佐々木正見
発行者………成瀬雅人
発行所………株式会社原書房
〒160-0022　東京都新宿区新宿1-25-13
電話・代表03(3354)0685
振替・00150-6-151594
http://www.harashobo.co.jp

印刷………新灯印刷株式会社
製本………東京美術紙工協業組合

ISBN978-4-562-05419-0 Printed in Japan